Shortbread und Shiva

REBECCA ELBS

Shortbread und Shiva

CARLSEN

Für Isabell und alle, die diese Worte gerade lesen

Zitat aus: Emily Dickinson, *Wilde Nächte – Wilde Nächte!*, S. 195,
übersetzt von Walter von Koppenfels
Aus: Emily Dickinson, DICHTUNGEN,

Zitat aus: Emily Dickinson, *»Hoffnung« ist ein Ding mit Federn*, S. 254,
Übersetzt von Hans-Peter Kraus (lyrikmond.de),
wir danken für die freundliche Genehmigung

Übrige Zitate von Emily Dickinson
übersetzt von der Autorin

Umschlaggestaltung und -typografie: formlabor
Umschlagillustrationen: shutterstock.com © Ardea-studio; Natty In; GoodStudio; redchocolate; ilkayalptekin
Lektorat: Franziska Leuchtenberger
Sensitivity Reading: Mita Banerjee
Satz: Dörlemann Satz, Lemförde
Herstellung: Karen Kollmetz
ISBN 978-3-551-58473-1

VÖLLIG UNNÜTZES WISSEN:

Verliebtsein macht süchtig

1

Ich bin draußen mit Lampen und suche mich
Emily Dickinson

Natürlich hat es auch seine Vorteile, so klein zu sein wie ich: Wenn meine beste Freundin Pen und ich mal wieder eines der Cafés in Notting Hill für Recherche-Zwecke abklappern, bekomme ich oft einen Cookie mit Smarties drauf geschenkt.

Pen passiert das *nie.*

Bei Live-Auftritten unserer Schulband *Rock Bottom* fragt mich Shiva spätestens nach dem dritten Lied, ob er mich auf seine verschwitzten Schultern heben soll.

Und das soll er *immer.*

Außerdem freuen sich die Mitfahrer meines Bruders Josh jedes Mal riesig, wenn ich in seinem altem Volvo *hinter* ihnen einsteige. Weil sie den Sitz dann so weit zurückfahren können, dass in ihrem Fußraum noch locker Platz für ein Picknick ihrer Großfamilie ist.

Und laut meiner Mutter gibt es sogar einen Vorteil Nummer vier. Denn es ist ja so: Auch wenn ich fast sechzehn bin, gibt es für jemanden wie mich immer noch passende Jeans in der *Kinder*abteilung von *Marks & Spencer.* Und die sind grundsätzlich billiger als die Jeans für Erwachsene.

Aber spätestens da endet sie schon, die *Liste der Vorzüge einer Körpergröße von einem Meter vierundfünfzig*.

Es dauert nämlich Stunden, bis man die bescheuerten Tier-, Elfen- oder Blumen-Aufnäher von diesen Jeans weggepfriemelt oder mit Pailletten-Stoff übernäht hat.

Aber das ist noch nicht einmal das Allerschlimmste. Das *Allerschlimmste* ist das Gefühl, wenn man seine neue *Marks-&-Spencer-Jeans* zum ersten Mal in der Schule trägt. Weil: Dann klebt an einem die große Peinlichkeit wie der Inhalt von Murphys Katzenklo, wenn man wieder mal vergessen hat, nachts das Badezimmerlicht anzumachen. In jeder einzelnen Schulstunde, auf allen Gängen von Klassenzimmer zu Klassenzimmer und natürlich in der Cafeteria. Da besonders.

Und den ganzen Tag über werde ich diesen einen Monster-Gedanken nicht mehr los.

Nicht, während ich schön kuschelig zwischen meinen zwei allerbesten Freunden in der letzten Reihe des Physiksaals auf meine Lieblingslehrerin warte und dabei einen meiner selbst gebackenen Erdbeer-Cupcakes vertilge.

Auch nicht, obwohl ich weiß, dass ich in Physik wahrscheinlich *wieder* als Einzige den Lösungsweg zu Mrs Malloneys *Spezialaufgabe der Woche* geknackt habe.

Und nicht einmal, wenn *the one and only Shiva Lal* – für mich nur Shive, für Pen manchmal auch Shivkens – mich mit seinem Karamellschmelz-Lächeln fragt, ob ich noch schnell die Biologie-Hausaufgaben von ihm abschreiben will.

Dann erst recht nicht.

Und dieser eine Monster-Gedanke ist folgender: »Ich, Em P. Bennett, bin fast sechzehn Jahre alt, ein verfluchtes Näh-, Back- und Physik-Genie, verliebt in meinen besten Freund, seitdem ich bis zehn zählen kann, und – tataah! – stolze Trägerin einer Jeans für *Zwölfjährige!*«

»Em, auf welchem Häkel-Planeten weilst du eigentlich gerade?«, fragt Pen, während sie mir ihren Ellbogen in die Rippen schiebt.

»Ich ... ähm ... auf keinem. Wieso? Hast du mich was gefragt?«

»Ob du die Jeans heute Morgen von Pheebs geklaut hast, wollte ich wissen«, murmelt Pen mit der einen Hälfte ihres Cupcakes noch im Mund. Die andere Hälfte, vielmehr die gesamte Erdbeer-Sahne, ist schön über dem Blatt mit meinem Lösungsweg verteilt.

»Danke auch, Pen«, murmele ich, stoße mit dem Ellbogen zurück und starre auf meine Jeans. Was genau hat mein nagelneues Kleidungsstück denn bitte schön verraten?

Ich seufze. Es ist ja so: Meine beste Freundin Pen kann nicht anders. Sie muss ihre Fragen immer direkt raushauen.

Ich hasse und liebe sie dafür. Und natürlich bringt sie es direkt auf den Punkt.

Meine Schwester Pheebs ist ja tatsächlich die *eigentliche* Zielgruppe meiner neusten Jeans: zwölf Jahre alt und verknallt in Einhörner jeglicher Art. Auch in Form von mühsam abgepfriemelten Stoff-Aufnähern, wie ich gestern Abend herausfand, *by the way*.

Ich wische mit einer meiner Blümchenservietten einen Teil der Sahne von meinen Physik-Hausaufgaben. Aber das verschmiert meinen Rechenweg komplett.

»Ups, sorry, Em«, sagt Pen, während sie auf die Schmiererei starrt. »Aber du hast die Lösung ja sowieso im Kopf. So wie immer.«

Ich gebe ein Grunzen von mir. Wenn Pen wüsste, was in *Wirklichkeit* gerade alles in meinem Kopf herumschwirrt.

»Meiner Meinung nach fehlt in deinem Cupcake nur noch eine Prise von Ambas Masala mit Zimt«, sagt Shive von links und zwinkert mir zu, während er weiterkaut. »Aber sonst echt lecker, Shortbread.«

Ich sehe ihn an. Auch wenn ich weiß, dass es unhöflich ist, jemanden beim Essen anzustarren. Aber ich kann mal wieder nicht anders.

Ob es für Shives und meinen Beziehungsstatus so förderlich ist, dass er mich immer noch *Shortbread* nennt, bezweifele ich stark. Aber irgendwie habe ich mich an seinen Kosenamen für mich gewöhnt. Schließlich nennt er mich so, seitdem Pen, er und ich im Kindergarten Herzen aus Shortbread-Teig ausgestochen und nach dem Backen mit kunterbunten Jelly Beans verziert haben.

Und auch wenn man es nicht für möglich halten sollte: Das »Short« in Shortbread hat nichts mit meiner Körpergröße zu tun, sondern ist reiner Zufall. Denn mit fünf konnte Shive ja noch nicht wissen, dass er und Pen später so dermaßen in die Höhe schießen würden, dass sie heute zwei Köpfe größer sind als ich.

Erst jetzt bemerke ich, dass Shive sich meinen Physik-Ordner geschnappt hat und gerade die restliche Erdbeer-Sahne runterschleckt. Gut für ihn – schlecht für meinen Lösungsweg.

Den kläglichen Rest, den man davon noch erkennen konnte, schleckt er nämlich mit ab.

»Sag mal, hast du keine Angst vor einer Bleivergiftung, Shiva?«, fragt Pen und verzieht angewidert das Gesicht. »Das war Ems Bleistift-Gekritzel, was du da eben weggeschleckt hast.«

»Das war kein *Gekritzel,* sondern das Ergebnis der *Spezialaufgabe der Woche*«, murmele ich. Echt jetzt.

Pen ist so eine Physik-Banausin.

»Was ich nicht alles auf mich nehme für eine von Ems Leckereien. Und übrigens: In jedem deiner geliebten Thunfisch-Sandwiches aus der Cafeteria ist mehr Blei drin als in Ems Rechenweg. Das kannst du mir glauben«, sagt Shive und wischt sich mit dem Handrücken den Sahne-Schnurrbart weg.

Er hätte ja nur fragen müssen. Ich hätte ihm den auch weggeschleckt.

»Entschuldigt, Leute«, versuche ich mich einzubringen, »ihr habt gerade meinen gesamten Lösungsweg ...«

»Aber die Idee mit deinem Zimt-Masala ist gar nicht mal so schlecht«, sagt Pen, klemmt ihre Knie hinter unser schmales Pult und knotet währenddessen ihre meterlangen blonden Haare zu einem perfekt unperfekten Bun mitten auf ihrem Kopf. »Mit den Masala-Cupcakes könnte Em in ihrem eigenen Näh-Café später sicher einige Bollywood-Hochzeiten deiner weitverzweigten Großfamilie versorgen. Das wird der Renner in ganz London. Und ich kann irgendwann als Managerin dort mit einsteigen und nebenher meine Artikel schreiben. Shiva, du bist einfach der Beste.«

»Wisst ihr eigentlich, dass ich für diesen Lösungsweg gestern Abend fast drei Stunden ...«, versuche ich es noch einmal.

»*Theoretisch* schon«, sagt Shive und schleckt sich seinen kleinen Finger ab. »Aber meine Schwester und meine 31 Cousinen und Cousins machen sich nicht allzu viel aus dem Heiraten. Ihr kennt die meisten von ihnen doch: Das ist viel zu altmodisch für ihren Geschmack.«

Ich gebe auf.

So ist es immer: Wenn Pen und Shive bei einem Thema Feuer fangen, sitze ich nur auf der Zuschauer-Tribüne und schaue zu, wie meine zwei besten Freunde sich die Bälle zuschmettern. Oder ich führe die Strichliste für den Punktestand bei einer unserer regelmäßigen Mühlespiel-Sessions und koche den Loser-Tee, während die beiden ihre Steine übers Brett schieben.

»Und für *deinen* Geschmack, Shivkens?«, fragt Pen und malt Herzchen um ihr riesiges Fragezeichen aus winzigen Pistolen. An diesem Kunstwerk arbeitet sie schon seit Anfang des Schuljahres.

Mein Magen zieht sich zusammen und ich lege den Rest meines Cupcakes auf die Blumenserviette auf meinem Schoß ab.

»Für meinen Geschmack … was soll ich sagen? Ich werde wahrscheinlich irgendwann die für mich von den Sternen vorbestimmte Frau heiraten. Allein Amba zuliebe«, flüstert Shive und wischt sich seinen langen, sternklare-Nacht-schwarzen Pony aus der Stirn.

Mein Magen zieht sich zusammen. Wegen dieser Sache mit den Sternen.

Und als Mrs Malloney endlich erscheint und mich sofort für ihre *Spezialaufgabe der Woche* an die Tafel holt, bin ich mehr als erleichtert. Weil ich mich wenigstens für die nächsten fünfzehn Minuten berechenbareren Dingen als der Zukunft unserer Herzen widmen kann.

2

VÖLLIG UNNÜTZES WISSEN:
Tintenfische haben drei Herzen

»Übernachtet Penelope heute denn nicht bei uns?«, fragt meine Mutter, während sie im Internet nach einem erschwinglichen Saugroboter sucht. Sie scheint richtig enttäuscht zu sein, schon bevor ich überhaupt geantwortet habe.

Ich sehe ihren Gesichtsausdruck nicht, da der Schreibtisch in unserem WG-Wohnzimmer direkt vor dem ehemaligen Buchladen-Schaufenster steht. Aber ich merke ihr die Enttäuschung an der Stimme an: Meine Mutter versucht sie nämlich immer mit übertriebener Lässigkeit zu überspielen.

Ich pfeffere meine Schultasche in die Ecke, lasse mich in unseren Plüschsessel fallen und langsam einsinken. Dann atme ich tief durch. Zum Glück hat jemand den Kamin schon angeworfen. Und der bollert gerade so dermaßen vor sich hin, dass man sich direkt willkommen fühlt.

»Nein, heute leider nicht, Mum. Hat Pen doch heute Morgen beim Frühstück schon gesagt. Morgen ist dieses wichtige Basketball-Spiel in Bristol. Da fahren Pen und Shive gerade hin«, murmele ich, streife mir die Chucks von den Füßen und ziehe mir eins der Sofakissen vor den Bauch.

Um mir gleich darauf mal wieder richtig ausführlich Sorgen darüber zu machen, ob meine Mutter lieber Pen als mich zur Tochter hätte.

Ich könnte es ja sogar verstehen, wenn sie zu der Art von Müttern gehörte, denen es wichtig ist, welche Chancen ihre Tochter auf dem Heiratsmarkt hat. Und zwar aus folgenden Gründen:

1.) Pen ist mindestens so groß wie Shive. Was bedeutet, dass sie sich nur auf die Zehenspitzen stellen muss, um in den Basketball-Korb spucken zu können. Also, von meiner Perspektive aus auf jeden Fall. Und gleichzeitig bringt sie es auch noch fertig, dabei auszusehen, als käme sie gerade aus der Styling-Lounge einer Topmodel-Show.
2.) Sie hat – auch ganz im Gegensatz zu mir – die athletische Figur einer Leistungssportlerin. Was bedeutet, dass sie die Art von Klamotten anziehen kann, bei denen ich nicht einmal weiß, wo oben und unten ist. Oder ob es eigentlich total überteuerte Putzlappen sind.
3.) Pen hat die *bad-hair-day*-freien blonden Haare eines Shampoo-Models, mit denen sie locker die Hauptrolle in *Rapunzel – Neu verföhnt* besetzen könnte.

Und deswegen nennt sie jeder außer Shive, meiner Familie und mir meistens *Barbie*, bewundert sie für ihre göttinnengleiche Erscheinung und will sich mit ihr schmücken.

Wir bewundern sie natürlich auch. Aber hauptsächlich für ihre inneren Werte.

Meiner Mutter sind meine Chancen auf dem Heiratsmarkt allerdings ziemlich egal. Sie hält grundsätzlich nichts davon, sich ein Leben lang und vor allem zu früh »aneinanderzuketten«. Was meiner Meinung nach hauptsächlich damit zusammenhängt, dass sie mit neunzehn, im zweiten Jahr ihres Journalismus-Studiums, meinen Vater heiratete, der ihr Josh, Pheebs und mich einbrockte, bevor er sie mit einem riesigen Wäscheberg und Steuerschulden bis zur IS-Raumstation sitzen ließ (O-Ton meiner Mutter).

Ich finde ja auch, dass ich mir keine Gedanken ums Heiraten machen sollte. Noch nicht jedenfalls. Weil ich verdammt noch mal erst fünfzehndreiviertel bin. Aber ich mache es eben trotzdem. Kann natürlich daran liegen, dass ich in den letzten Monaten sehr viele Jane-Austen-Romane verschlungen habe. Nachdem Pen mich belabert hatte, dass die zum Allgemeinwissen gehören würden. Jedenfalls ist es so, dass es in Jane Austens Romanen immer sehr viel um den Heiratsmarkt geht. Und es war zum Verzweifeln: In wen auch immer die jeweilige Protagonistin verliebt war und wen immer sie auch heiraten wollte, es war immer Shive.

Ich beobachte Josh, wie er frische Petersilie hackt. Schnell wie ein Fernsehkoch. Dem Duft nach gibt es wieder sein neustes Spezialrezept: veganes Bœuf Bourguignon. Abgewandelt aus unser beider Lieblingskochbuch, das Josh seit drei Wochen studiert, als wäre es eines seiner examensrelevanten Bücher über van Gogh.

Mein Bruder teilt nämlich meine Leidenschaft für unseren Herd.

Aber der ist auch ein Prachtstück. Also, der Herd. Älter als unser WG-Mitbewohner Sanders und vollkommen verkrustet. Aber dafür heizt er vor sich hin, dass es eine wahre Freude ist. Und deswegen wird er auch nicht ausgetauscht. Nicht, solange Josh und ich hier wohnen.

Mein Bruder ist natürlich *auch* schwer in Ordnung. Solange ich meine Herdzeiten im Küchenplan nicht überziehe jedenfalls.

»Machst du dir darüber eigentlich nie Sorgen, Em?«, fragt Josh betont beiläufig.

»Über was genau soll ich mir denn Sorgen machen, Bruderherz?«, frage ich und kraule Murphy, der sich gerade schnurrend auf dem Kissen auf meinem Bauch niedergelassen hat.

»Na, darüber, dass Shive und Pen so viel Zeit miteinander verbringen. Ohne dich. Hast du dir darüber noch nie Gedanken gemacht, Sis? Allein schon das Basketball-Training zweimal die Woche, die ellenlangen Busfahrten zu den Spielen, die ständigen Übernachtungen in irgendwelchen Turnhallen ... Jede Menge Möglichkeiten, um ... du weißt schon ... ich meine, die beiden passen rein äußerlich ja schon perfekt zusammen. Bei meinen Freunden heißen sie ja nicht ohne Grund nur *Barbie und Ken*«, sagt Josh und löscht sein Gebrutzel mit etwas Zischendem ab.

Ich tippe auf eine von Sanders' heiligen Bordeaux-Flaschen.

Aber zurück zum Thema: Darüber habe ich mir eigentlich noch nie Sorgen gemacht. Bis gerade eben jedenfalls.

Pen und Shive verbringen wirklich sehr viel Zeit miteinander. Und das auch sehr oft ohne mich. Andererseits verbringe ich auch sehr viel Zeit mit Pen – ohne Shive. Fast unsere gesamte Schlafenszeit zum Beispiel.

Und wenn ich mit Shives Großmutter Amba an ihrer Turbo-Nähmaschine neue Outfits schneidere, ist da meistens auch Shive dabei, ohne – nein, Moment mal, finde den Fehler – meistens *mit* Pen. Wie konnte ich dieses elementare Detail der Gleichung so lange übersehen?

»Ich glaube, da muss ich mir keine Sorgen machen«, sage ich halb zu mir, halb zu meinem Bruder. »Ich habe das Gefühl, Shive fühlt sich verpflichtet, sich in jemanden aus einer Familie mit indischen Wurzeln zu verlieben. Vielleicht hat er das aber auch schon ... oder will das selbst auch ... oder ... wie auch immer ... also, heiraten wird er auf jeden Fall eine Frau, die ... wegen Großmutter Amba. Ich weiß es doch auch nicht ... es ist kompliziert ... Jedenfalls sind ich und Pen da raus. Glaube ich jedenfalls ...«

Plötzlich wird mir ein bisschen kalt. Und das, obwohl Murphy dafür gesorgt hat, dass ich das Kissen etwas zur Seite schiebe, und er sich jetzt schnurrend direkt auf meinem Schoß ausgebreitet hat.

»Also echt, irgendwas habe ich bei eurer Erziehung falsch gemacht«, sagt meine Mutter von ihrem Computerplatz aus, ohne sich umzudrehen. »Meine fünfzehnjährige Tochter spricht die ganze Zeit vom Heiraten, als ob es nichts Wichtigeres auf diesem Planeten gäbe, backt Cupcakes und bindet sich die Kochschürzen ihrer Großmutter um. Und mein Sohn denkt, Paare müssten »rein äußerlich« gut zusammenpassen. So wie Penelope und Shiva. Also, was ist das denn bitte für ein Weltbild?« Während sie spricht, tippt meine Mutter weiter wie wild auf ihre Tastatur ein. Und dafür bewundere ich sie schon sehr. Dass sie gleichzeitig reden und tippen kann. Mit allen zehn Fingern. Das muss man erst mal hinbekommen.

»So habe ich das doch gar nicht gemeint, Mum«, sagt Josh und wirft meiner Mutter einen wütenden Blick zu. Dann zerstampft er den frischen Rosmarin im Mörser. »Natürlich müssen Paare rein äußerlich *nicht* zusammenpassen. Jeder darf mit jedem zusammen sein. Aber bei Barbie und Ken ist es so auffallend, dass sie ...«

»Und außerdem«, unterbricht ihn meine Mutter, »warum sollte es eigentlich ein Problem für Em sein, wenn sich ihre beiden besten Freunde ineinander verlieben?«

Joshs hört auf mit dem Mörsern, sieht mich an, schüttelt den Kopf und lächelt mir dann zu.

Ich kraule weiter Murphys flauschigen Nacken, verdrehe die Augen und versuche zurückzulächeln.

Meine Mutter tippt immer noch wie wild vor sich hin. Der Staubsauger-Roboter muss wahnsinnig interessant sein. »Dass ihr beide so fixiert seid auf konventionelle Paarbeziehungen ...

Aber wahrscheinlich ist das *auch* wieder meine Schuld. Am Ende hat es nämlich *immer* die Mutter verbockt. *Darüber* sind sich Nelle und Sanders übrigens einig. Und auch darüber, dass ihr beiden mit euren Heiratsfantasien den frühen Verlust einer Vaterfigur kompensiert. Nelle und Sanders müssen es wissen. Die haben schließlich beide mal Psychologie studiert.« Meine Mutter hämmert mittlerweile so dermaßen fest in die Computer-Tasten, dass ich mir schon Sorgen um das Ü und das X mache. Die wackeln seit ein paar Wochen nämlich bedenklich.

»Könntet du, Sanders und Nelle bitte *endlich* damit aufhören, bei euren Wein-Gelagen unser Verhalten zu analysieren? Wenigstens so lange, bis ein Zimmer im Studentenwohnheim frei wird und ich mir diesen Schwachsinn nicht mehr anhören muss?«, fragt Josh, während er den Kartoffelbrei mit dem Schneebesen verdrischt.

»Außerdem hatten wir doch immer schon Sanders, Mum«, komme ich meinem Bruderherz zu Hilfe. »Er war immer eine klasse Vater-Figur für uns. Und Nelle taugt auch ganz gut als Tanten-Imitat. Und Murphy. Murphy haben wir auch. Und der eignet sich für alle möglichen Rollen.« Ich küsse unser schnurrendes Lieblings-Familienmitglied auf die Stirn und ziehe den Physik-Ordner aus meiner Schultasche.

Mrs Malloney hat schließlich aufgabentechnisch schon wieder mächtig einen draufgelegt.

»Sanders und Vaterfigur – dass ich nicht lache«, murmelt Mum. »Sanders mag vielleicht sonntags gute Rosinen-Scones backen. Und zugegeben: UNO spielen kann er auch ganz passabel. Aber das wars dann auch schon mit seinem Talent zum Vatersein.« Sie kramt ihre Kreditkarte aus dem Portemonnaie. Jetzt macht sie Ernst mit der langfristigen Entstaubung unseres WG-Hauses.

Dann sind nur noch die Rührgeräusche von Joshs Kochlöffel

im Bräter, das Kamin-Geknacke und Murphys tiefes Schnurren auf meinem Bauch zu hören. Doch in Wirklichkeit wabern mal wieder all die ungesagten Sätze zwischen uns herum wie Wespen-Schwärme.

Und genau das ist wahrscheinlich der Grund, warum wir alle so froh sind, wenn Pen bei uns ist. Die unsagbaren Dinge werden endlich beim Namen genannt. Sogar wenn es sich um richtig brenzlige Themen handelt. Pen findet immer einen Weg, diesen Dingen eine witzige Wendung zu geben.

Und weil sich dann alle im lila Haus besser benehmen. Sogar Murphy scheint weniger oft auf den Flurteppich zu pinkeln, wenn Pen bei uns übernachtet.

Außerdem hat meine Mutter in Pen jemanden, der genauso leidenschaftlich wie sie für etwas brennt. Und zwar dafür, über die Missstände unserer Welt zu schreiben.

Meine Mutter schreibt für eine Online-Zeitung, bei der sie so viel verdient, dass wir nie mehr wochenlang ausschließlich Baked Beans mit Toast essen müssen.

Während Murphy beschließt, seine Liegestellung zu wechseln und mir dabei seinen Hintern zuzustrecken, frage ich mich, warum man sich in meiner Familie nicht einfach mal ganz normal unterhalten kann. Ruhig, gesittet und konstruktiv zum Beispiel. Ohne dass man sich anzickt oder gegenseitig analysiert oder dem anderen seine Sorgen einpflanzt.

Zum Beispiel die Sorge, dass Shive und Pen in diesem Moment in einem Bus nach Bristol sitzen. Wahrscheinlich nebeneinander. Wie immer eben. Knie und Arme aneinandergepresst. Zunächst aus reinem Platzmangel natürlich.

Aber wie ich Pen kenne, die sich in ihrem Körper so wohlfühlt, als wäre es genau der richtige für sie, hat sie sicher längst ihre Beine über die von Shive gestreckt. Und in dieser Yoga-Pose futtern die beiden Salz-und-Essig-Chips aus einer Familienpackung, bis sie high sind. Wenn man das Ganze so betrachtet, fehlt wirklich nicht viel und …

»Wer hat eigentlich Pheebs vom Tanz-Training abgeholt?«, ruft Sanders von der offenen Eingangstür her und zieht seine Kapitänskappe ab. »Die Einhorn-Stiefel sind jedenfalls nicht da.«

Ich blicke zu meiner Mutter, die Josh ansieht, der wahrscheinlich mich anschaut. Ich kann es nur vermuten, denn ich starre mittlerweile wieder zur Tür.

Erst jetzt entdecke ich Nelle, die in ihrer vollen Blümchen-Regenmantel-Montur hinter Sanders steht und sich das Wasser von den Ärmeln streift.

»Wer war denn heute dran mit Pheebs-Abholen?«, fragt Josh.

»Ich finde ja sowieso, dass es Pheebs überhaupt nicht guttut, wenn wir sie mit ihren zehn Jahren immer noch von überall abholen, als wäre sie fünf«, sagt meine Mutter. »Pheebs kann schon viel besser auf sich aufpassen als ihr alle zusammen.«

»Das mag ja sein«, murmelt Sanders in seinen Bart und schüttelt dabei so schwungvoll den Kopf, dass es ein paar Regentropfen sogar bis zu meiner Nase schaffen. »Aber das sollte man ihr wenigstens vorher sagen und sie nicht im Regen auf einen von uns warten lassen.«

Meine Mutter steht seufzend von ihrem Stuhl auf.

»Bleib sitzen, Liz«, murmelt Sanders und setzt sich seine Kapitänskappe wieder auf. »Du hast schon genug um die Ohren mit deinem Abgabetermin. Wir holen sie.«

Er dreht sich wieder um und nickt Nelle zu.

Und Nelle nickt zurück.

»Wartet«, rufe ich, springe auf und setze den jaulenden Murphy auf den Sessel. »Ich komme mit. Ich brauche sowieso gerade dringend frische Luft.«

Während ich in meine Gummistiefel schlüpfe, schaue ich auf

mein Handy. Eben kam nämlich mit unpassend viel Plingpling eine neue Nachricht rein.

Und obwohl meine Stimmung ohnehin schon im Keller ist, geht es offensichtlich immer noch ein Stockwerk tiefer.

Pen hat mir nämlich ein Bild geschickt – von sich und Shive im Basketballer-Bus. Pens Beine sind über die von Shive geschlungen. Ihre Köpfe lehnen so dicht aneinander, dass kein einziger Salz-und-Essig-Chip mehr dazwischenpassen würde.

Mit zwei ihrer vier Hände bilden sie gemeinsam ein großes Herz. Und das halten sie fett in die Kamera.

3

Zu leben ist so verblüffend,
dass für alles andere nur wenig Zeit bleibt
Emily Dickinson

Wenn ich Ambas Nähzimmer im Haus von Shives Familie betrete, fühle ich mich immer direkt wie in einem Palast aus dem Märchen. Von einer Sekunde auf die nächste. Und das, obwohl das Zimmer höchstens 15 Quadratmeter groß ist. Aber es fühlt sich größer an. Vielleicht, weil an allen Wänden Wandbehänge mit kleinen Spiegelchen und goldenen Borten angebracht sind oder weil es einfach so viele Sitzmöglichkeiten gibt.

Und dann fühle ich mich auch immer direkt wie in einem Bollywood-Film.

Obwohl Shive immer die Augen verdreht, wenn ich – oder irgendjemand sonst – mit so einem blöden Klischee um die Ecke komme.

Und das kann man ja auch verstehen.

Aber ich liebe Bollywood-Filme nun mal. Und es gibt keinen Ort, an dem ich mich wohler fühle als in Ambas Nähzimmer.

Das restliche Haus der Lals sieht komplett anders aus und die Einrichtung ist eher »Büro trifft auf *Schöner Wohnen der Zukunft*«.

Das ist nicht meine Beschreibung, sondern die von Shive.

Von dem fehlt heute leider in der Portobello Road Nr. 77 jede Spur, da er ja mit Pen beim Basketball-Turnier in Bristol ist. Und wahrscheinlich versenkt er dort gerade wieder den Basketball mit einem seiner extra-spektakulären *Dunks* im Korb, während alle ihn dafür feiern und die Cheerleader mit ihren Pompons wedeln.

Während ich den heimeligen Wohnungsduft aus Curry, Masala Chai, gebackenen Papadams und Putzmittel mit Rosenduft inhaliere, versuche ich, den Knoten in den Schnürsenkeln meines linken Chucks zu öffnen. Irgendwie hat sich der über die letzten Wochen zu einem festen Klumpen zusammengezurrt, wie ich ihn sonst nur morgens von meinem Hinterkopf kenne, wenn ich mal wieder bescheuert genug war, mit nassen Locken ins Bett zu gehen.

Ich muss meine Lieblingsschuhe heute nämlich noch mal flicken. Zum ungefähr 135. Mal. Weil die einfach so perfekt eingelaufen sind.

Während Großmutter Amba mir geduldig zusieht und dabei einen ihrer geliebten *Wrigley's Spearmints* kaut, bereue ich zutiefst, nicht zu den Cheerleadern der *London Lions* zu gehören. Dann wäre ich nämlich wenigstens mitgefahren. Nicht dass sie mich je gefragt hätten. Im Gegenteil.

Pens Ansage im Sportunterricht letztens, dass ich mit meiner 1-Meter-54-Körpergröße doch der ideale *Flyer* wäre, wurde von Trish Thomson, selbst Gründungsmitglied der *London Lions Cheerleader*, mit der Bemerkung abgeschmettert: »Aber da denken ja alle, die aus der sechsten Klasse dürften bei uns neuerdings *auch* mitmachen!«

Als Trish bemerkte, dass alle anderen Mädchen sie mit offenem Mund anstarrten, schob sie leise nach: »Okay, meine Cousine Iris aus Leicester ist sechzehn und auch nicht größer als Em.

Aber wir haben doch schon einen Flyer.« Das übliche »Ich-hab-es-nicht-so-gemeint-wie-ich-es-gesagt-habe«-Geschwafel eben.

Warum man nicht gleich die Klappe hält, wenn man es eigentlich nicht so meint, was man gerade für alle deutlich hörbar sagt, geht mir ja nicht in den Kopf.

»Meinst du nicht, es ist jetzt mal Zeit für ein paar neue Schuhe?«, fragt Großmutter Amba schließlich, während sie lächelnd und kauend den Kopf in Zeitlupe hin- und herwiegt. »Ich meine, die gibt es doch immer noch in den Läden, deine geliebten *Jacks.*«

Ich lächele vor mich hin. Wenn Großmutter Amba *Jacks* – mit sehr langem Ä – statt *Chucks* sagt und mir dabei zuzwinkert, als wäre das unser geheimes Gang-Codewort, kitzelt mich das immer in der Magengegend.

Ich halte mich am Fernseher fest und bücke mich, um eine Sticknadel aus Ambas Nähkissen zu ziehen, das auf dem Boden liegt.

Die Tatsache, dass ich mich dabei festhalten muss, beweist es mal wieder: Ich bin akrobatisch ungefähr so begabt wie die *Queen-Victoria-Statue* im *Kensington Garden*. Und genau *deswegen* bin ich auch kein Flyer bei den *London Lions Cheerleadern*. Aber wenn, dann könnte ich während der ganzen Rumhopserei wenigstens sehen, was sich zwischen Shive und Pen bei dem Basketball-Turnier gerade wirklich abspielt. Also, außerhalb meines Kopfkinos.

Ob die beiden sich nur schwitzend den Ball zupassen oder ob ihre Herzen wie wild drauflosdribbeln, sobald ihre Blicke sich treffen.

Genau genommen könnte ich das mit ihren Herzen nicht sehen. Aber fühlen. Fühlen könnte ich es durchaus.

»Wo hast du nur wieder deine Gedanken, mein Herzchen? Nur beim Mond oder schon bei den Sternen? Setz dich doch aufs

Sofa. Wenn dus nicht schaffst, kümmere ich mich gleich um deinen Knoten. Ich hole nur noch unseren Chai und die Papadams«, sagt Großmutter Amba und verschwindet runter in Richtung Küche. »Ich habe heute Morgen doch extra dein Lieblings-Chutney gekocht! Das mit grünem Koriander«, ruft sie mir noch zu. »Nähen macht doch hungrig!«

Ich setze mich an Ambas Nähmaschine gegenüber ihrem kleinen Fernseher, streiche über unseren halb fertigen Tagebuch-Quilt, der dort liegt, und beschließe, dass ich mich um meine Chucks auch noch später kümmern kann. Und dann denke ich, dass mich Nähen gar nicht hungrig macht. Dass Essen ausnahmsweise mal das Letzte ist, woran ich denke, während ich Zeit mit Shives Großmutter verbringe. Weil ich mich immer so wohlfühle beim Zusammenfügen dieser einsamen Stoffquadrate. Und satt von Ambas Fürsorge, die mich umhüllt wie eine warme Decke aus Pusteblumen-Flaum.

Seit wann Amba und ich an unserem Tagebuch-Quilt nähen und dabei Stoffe aus allen Phasen meines Lebens zusammenfügen, kann ich nicht genau sagen. Wahrscheinlich haben wir damit begonnen, als ich anfing, sehr viel Zeit bei den Lals zu verbringen. Also vor ungefähr siebeneinhalb Jahren.

Nachdem Mum and Dad über Nacht den Stoff zerschnitten haben, der meine Familie bis dahin zusammengehalten hatte. Ich nenne das immer »die Nacht der große Schere«.

Dabei hatte Mum sich eigentlich schon einige Zeit *vor* dieser Nacht von Dad getrennt. Bevor Dad mit einem einzigen Koffer mit regenbogenfarbenem Koffergurt und zwei großen Pappkartons von *Tesco* auszog.

Und ein paar Jahre später tauchte dann Amanda Buckley auf.

Ich nenne sie eigentlich nur *Amanda*.

Meine Mutter nicht. Meine Mutter hat erst vor ein paar Wochen einen neuen Lieblingsnamen für sie erfunden: die »IQminus-150-Tussi«. Davor hatte meine *Mum* schon alle möglichen Namen für sie: »sein Blondchen«, »sein Midlife-Crisis-Pflästerchen« oder »diese großbusige Frust-Kompensation«.

Ich habe Amanda und Dad in den sieben Jahren ihrer Beziehung nur ungefähr drei Mal getroffen. Aber ich muss sagen – sie ist weder noch: weder besonders blond noch großbusig.

Außerdem ist sie mir gegenüber immer total nett und aufmerksam und hat sich sogar schon nach unserem ersten Zusammentreffen in *Harrods Tea Salon* gemerkt, dass ich Earl Grey nur mit *geschlagener* Sahne und auf keinen Fall mit flüssiger trinke.

Das hat meine Mutter bis heute noch nicht geschafft.

Und außerdem hat Amanda Buckley einen Biochemie-Doktortitel aus Oxford. Nur damit das mit dem IQ auch gleich geklärt ist.

»Gibst du mir bitte mal eure alte Tischdecke, *Kleines*?«, fragt Amba, während die gesamte Bollywood-Hochzeitsgesellschaft im Mini-Fernseher spontan eine absolut perfekte Tanzeinlage hinlegt.

Ich starre wie hypnotisiert auf den Bildschirm und unterbreche meinen Nähflow an Ambas Turbo-Nähmaschine für einen Moment. Irgendwie macht mich diese fröhliche Szene im Fernsehen ein bisschen traurig.

Unsere Lila-Haus-WG ist sogar schon überfordert, wenn Pheebs uns nur einen einzigen Hip-Hop-Move ihrer Tanzgruppe beibringen will.

An einen gemeinsamen Tanz bei einer Hochzeit, zusammen mit Mum, Dad, Amanda, Josh, Pheebs, Nelle, Sanders und meiner Wenigkeit, ist gar nicht zu denken.

Ich reiche Amba unsere alte Blumen-Tischdecke, an der Mum, Dad und ich früher sonntags Muffins mit salziger Butter und Granny Smith's selbst gemachter Spezial-Orangenmarmelade gefrühstückt haben.

Während sie unser altes Familien-Tischtuch über ihre Zuschneidematte drapiert und danach mit dem Cutter am Patchwork-Lineal entlangfährt, mustere ich die Filmbraut namens Aarany im Mini-Fernseher etwas genauer.

Sie sieht aus wie ein Super-Model und schmettert mittlerweile ein Gesang-Solo, als würde sie das beruflich machen.

Aarany ist genauso groß wie Ram (der Bräutigam dieser Folge), ihre Taille ist so schmal, dass sie wahrscheinlich einen von Ambas Armreifen als Gürtel tragen könnte, und ihre Haare sind so glatt, dass ... ach, lassen wir das.

Fest steht: Meine Wenigkeit könnte bei keiner Bollywood-Hochzeit mittanzen. Weder in Ambas Mini-Fernseher noch im echten Leben.

»Warum so traurig, *Kleines?* Die große Liebe findet jeden irgendwann. Man muss nur die Augen offen halten«, flüstert Amba, schiebt sich einen neuen Streifen *Wrigley's Spearmint* in den Mund und reicht mir ein perfekt zugeschnittenes 13-x-13-Zentimeter-Quadrat aus unserem alten Frühstücks-Tischtuch.

»Ach, Amba, wenn du wüsstest ...«, rutscht es mir heraus. Das »Meine große Liebe kenne ich schon seit elf Jahren« kann ich mir gerade noch verkneifen.

Ich halte das neue Stoffquadrat neben das Quadrat aus dem *Ems-erster-Schultag-Kleid* und muss trotz aller Tragik lächeln. Diese beiden Stoffstücke könnten unterschiedlicher nicht sein: Das eine hat grün-braune handgestickte Blüten in der Größe von Gänseblümchen; das andere ist einfach nur blau-weiß gestreift. Ein perfektes Paar für unseren Tagebuch-Quilt, würde ich sagen!

Während die Nähmaschinen-Nadel wieder mit diesem beruhigenden Surren über die Stoffkanten rattert, wünsche ich mir, das Leben wäre genauso gradlinig und einfach wie meine Naht, die diese beiden einsamen Stofffetzen gerade zu einem werden lässt.

Aber so ist es nicht. Das Leben ist ein Kreuz-und-quer-Stich mit losen Faden-Enden auf Stoffen von unübersichtlichen Ausmaßen. Mit Webfehlern, verknotetem Garn und fiesen Lochmustern, wenn man am wenigsten damit rechnet. *Mein* Leben zumindest.

»Ihr beiden könnt es einfach nicht lassen, oder? Würde ich eure Ohren mit meinem Otoskop aus dem Krankenhaus ausleuchten, würde ich da sicher nichts als Bollywood-Schmalz finden!«

Als ich mich zur Tür von Ambas Nähzimmer drehe, entdecke ich Shives älteste Schwester Sunyata, die wieder einmal vollkommen perfekt aussieht. Und das, obwohl sie abgetragene Shorts, ihren löchrigen Hoodie und Shives alte Badeschlappen trägt. Alles in Schwarz-Weiß. Nur ihre Zehennägel sind grau lackiert. Mittlerweile hat Sunyata die Arme in die Hüften gestemmt, starrt mit offenem Mund auf den Bildschirm und hört nicht mehr auf, ihren Kopf zu schütteln.

»Wusste ich es doch, mein Schatz!«, ruft Großmutter Amba, eilt zu Sunyata und kneift ihr in die Wangen. »Du liebst sie noch immer, diese romantischen Filme. So wie früher als kleines Mädchen. Nicht genug konntest du davon bekommen. Und, glaube mir, mein Kind: Eines Tages wird dein Prinz kommen und dich fragen, und wir werden für sieben Tage ein Hochzeitsfest feiern, von dem die Lals noch lange ...«

»Großmutter Amba, wann siehst du es endlich ein? Ich brauche keinen Prinzen, um glücklich zu sein! Außerdem arbeite ich seit über drei Jahren als Ärztin. Falls du dir Sorgen machst, ich würde unverheiratet nicht über die Runden kommen. Und überhaupt: Was ist eigentlich mit Bruce? Zählt der bei dir etwa nicht?«, sagt Sunyata, beugt sich zu Amba hinunter und gibt ihr einen Kuss auf die Stirn.

»Ach, Bruce, pfff«, murmelt Amba und macht sich wieder

daran, den Stofffetzen meiner Lieblings-Bettwäsche aus der Grundschulzeit zu bügeln. Die mit den winzigen $E=mc^2$-Formeln und den neonpinken lachenden Wolken.

»Weißt du, Gran, das ist nicht fair. Bruce vergöttert dich. Dich und deine Geschichten, dein riesiges Herz und dein berühmtes *Chicken Tikka Masala*«, sagt Sunyata und wird dabei mit jedem Wort leiser.

»Aber wann wird er dich fragen, dein Bruce? Wann? Wenn du eine alte Frau bist wie ich?«, fragt Amba und drückt dabei so fest auf das Bügeleisen, dass ich mir ernsthaft Sorgen um meine Formeln samt Lachwolken mache.

»Gib uns ein bisschen Zeit, ja? Bruce und mir. Unserem Leben. Unserer Liebe. Außerdem, so leid es mir auch tut: Nicht jeder hat dieses rosarote Ziel, so schnell wie möglich zu heiraten, weißt du?«

Amba gibt nur einen Zischlaut von sich, der ihr Dampfbügeleisen übertönt, und winkt ab.

Die folgende Stille fühlt sich an wie ein raumgroßes Stück Tofu, das weder gewürzt oder mariniert noch angebraten wurde. Und das wir alle drei – warum auch immer – jetzt trotzdem aufessen müssen.

Bevor Sunyata schließlich unser Nähzimmer wieder verlässt, zwinkert sie mir zu und flüstert noch: »Lass dich ja nicht von *Großmutter* Amba auf ihre Seite ziehen, Em. Wir müssen doch zusammenhalten.«

* * *

Als fünf vernähte Stoffquadrate später die letzten Sitar-Töne des Film-Abspanns verklingen, zieht Amba ihren Kaugummi aus dem Mund, wickelt ihn sorgfältig in ein grünes *Wrigley's Spearmint*-Papierchen, nimmt einen äußerst geräuschvollen Schluck ihres Chai mit Schlagsahne und fragt mich: »Weißt du, was ich manchmal denke, Kleines?«

Ich schüttele den Kopf und verriegele die Naht mit einem dritten Durchgang. Immer schön vor und zurück und wieder vor. So wie Großmutter Amba es mir beigebracht hat.

»Ich glaube, ich weiß, zu wem du besonders gut passen würdest. Vielleicht hat der Pfeil Kamas dich ja auch schon direkt ins Herz getroffen und …«

»… und was, Amba? Und wer ist Kama?«, frage ich. Vor Schreck hat sich bei Ambas Worten gerade mein Herz so dermaßen zusammengezogen, als wäre es wirklich von einem Pfeil durchbohrt worden. Egal von wem.

»Na, Kama, der indische Liebesgott. Den müsstest du aber mittlerweile kennen, Em. Der Legende nach verbrannte Shiva ihn mit seinem dritten Auge, weil die junge Parvati Kama gebeten hatte, einen Liebespfeil auf Shiva abzuschießen. Während er meditierte. Das kam bei Shiva natürlich nicht so gut an. Und seither ist Kama unsichtbar und kümmert sich darum, dass die Menschen sich verlieben. So wie du und …« Amba stockt und starrt wieder ganz fasziniert auf den Bildschirm.

»Amba, bitte. Wovon redest du?« Mein Herz rast und mein Hände schwitzen. Bisher war ich der Meinung, dass ich mein Gefühlsleben ganz gut für mich behalten konnte.

»Na ja, Liebes, ich denke eben, du würdest besonders gut zu … Oooh, da ist er ja, schau doch!« Die letzten Worte quiekt Amba so dermaßen hoch, dass es in meinen Ohren schmerzt. Dabei wedelt sie mit ihrem linken Zeigefinger wie wild vor dem Bildschirm ihres Mini-Fernsehers herum. »*Das* ist der Mann der Stunde!«

Ich stehe auf und beuge mich über die Nähmaschine, um besser erkennen zu können, was Großmutter Amba da so aus der Fassung bringt, dass sie eben fast ihren Chai über unseren heiligen Tagebuch-Quilt verschüttet hätte.

Ich muss schlucken. »Du meinst also, ich würde am besten zu einem circa fünfundsechzig Jahre alten Mann mit silbernem Jackett und Elvis-Frisur passen?«, frage ich und verstehe jetzt überhaupt nichts mehr.

»Ach, wo denkst du hin!? Kennst du ihn denn nicht?«, fragt Amba und schwingt dabei ihre Hüften so geschmeidig hin und her wie vorhin noch Aarany im Nah-Tanz mit Ram.

Ich mustere diesen Mann mit den sorgfältig zurückgegelten Haaren und dem Sternschnuppen-Jackett noch mal genauer. Ich habe keine Ahnung, was Amba mir sagen will.

»Das, mein Schatz, das ist mein alter Freund Jadoo Chan! Der berühmte Hochzeits-Astrologe! Und weißt du was?«

Während ich noch überlege, wie ich Jadoo Chan darum bitten könnte, auch mal einen Blick auf meine Sterne zu werfen, fügt Amba mit breitem Lächeln hinzu: »Bald schon werden wir von Jadoo Chan persönlich erfahren, wer von meinen Enkeln als Erstes heiraten wird. Habe ihm vor ein paar Monaten schon mal alle Geburtstagsdaten zugeschickt. Die meiner Enkel und ihrer Partnerinnen und Partner. Und derer, die es vielleicht noch werden. Dein Freund Shiva ist natürlich noch *viel* zu jung fürs Heiraten. Aber wenn der berühmte Jadoo Chan schon mal Zeit für uns hat, soll er auch gleich nachschauen, wann einer der Pfeile Kamas auch sein Herz trifft.«

4

VÖLLIG UNNÜTZES WISSEN:

Die meisten Paare trennen sich montags

»Das können die doch mit uns nicht machen! Und bis wann müssen wir diese *lebenswichtige* Entscheidung treffen?«, fragt Shive und starrt panisch auf den Zettel, den Mrs Malloney am Ende der letzten Physikstunde ausgeteilt hat.

»Steht doch drauf, Shivkens. Heute in zwei Wochen ist Abgabetermin«, antwortet Pen und lässt sich mit so dermaßen viel Schwung auf ihren abgewetzten Bürostuhl fallen, dass sie direkt bis zu unserem Grübel-Sofa am Ende des Raumes rollt.

Aber da wir uns – wie fast jede Mittagspause – im Redaktions-Kabuff unserer Schülerzeitung *Universal News* befinden, braucht es dafür auch nicht sonderlich viel. Schließlich ist diese ehemalige Abstellkammer an der *Notting Hill Grammar School* nicht viel größer als die Sneakers-Schuhschachtel eines Basketballspielers. Und viel heller ist es hier drin leider auch nicht.

Das war leider der einzige Raum, der kurz nach der Gründung unserer Schülerzeitung vor fünf Jahren noch frei war. Und anstatt eines anständigen Fensters gibt es hier eben nur einen Lüftungsschacht, durch den sich ab und zu mal ein Sonnenstrahl verirrt.

Den größeren Raum links daneben hatte damals schon unsere Schulband *Rock Bottom* belegt, in dem Raum rechts von uns ist seit einer Ewigkeit die Tanzgruppe *Beat the Beats*.

Und die scheinen es beide so richtig ernst zu meinen. Die Teilnehmer dieser AGs können jedenfalls überhaupt kein Privatleben mehr haben. Sonst wären sie ja nicht *jede* Mittagspause hier, um irgendein neues Stück für irgendeine Schulveranstaltung zu proben. Und das leider sehr lautstark und sehr gleichzeitig.

»Ich bin aber noch nicht so weit, mich auf eine endgültige Fächer-Kombination festzulegen. Mit dieser Entscheidung könnte ich meine komplette Zukunft ruinieren. Wissen die überhaupt, was die uns hier antun?!«, ruft Shive und wuschelt sich mit seiner Hand so wild durch die Haare, dass sie anschließend in alle Richtungen abstehen und er aussieht, als wäre er gerade erst aufgestanden.

Nicht dass ich diesen Moment, wenn Shive morgens aus dem Bett steigt, jemals persönlich miterlebt hätte.

Aber vorgestellt habe ich ihn mir dafür umso öfter.

Und wenn man so was nur oft genug tut, kommt einem diese Vorstellung irgendwann direkt vor wie eine *echte* Erinnerung.

»Was ist denn mit dir, Em?«, fragt Pen, holt einen Bleistift aus ihrem Haar-Dutt und kritzelt Notizen auf den College-Block auf ihrem Schoß.

»Nichts ist mit mir, wieso?«, antworte ich, wische nicht vorhandenen Dreck von meinem linken Chuck und hoffe, dass ich nicht angefangen habe zu sabbern, während ich gerade Shive angestarrt habe. »Shive hat da nur einen Pickel im Gesicht, deswegen habe ich …«

»Echt jetzt? Wo?«, fragt Shive und tastet seine Nase ab. »Das müssen wir feiern. Ich hatte noch nie einen Pickel!«

»Ooch, mit meinen zusammen könnte das eine ganz nette

Pickel-Party werden!«, sage ich und frage mich, was ich hier eigentlich für einen Quatsch labere.

Aber eines steht fest: Shive ist mit Abstand der uneitelste Mensch, den ich kenne. Und er würde sich *wirklich* über seinen allerersten Pickel freuen. Einfach, weil er sich grundsätzlich über alles und jeden freut.

»Ich wollte nicht wissen, warum du Löcher in die Luft starrst, Em, sondern welche A-Level-Kurse du für nächstes Jahr zu wählen gedenkst. Was bist du denn heute eigentlich für eine Schnarchnase?«, fragt Pen, boxt mir leicht gegen die Schulter und verdreht lächelnd die Augen. »Du wählst doch sicher Physik und Mathe, oder?«

Ich seufze und ärgere mich über mich selbst. Meine Verpeiltheit in Sachen Liebe kennt keine Grenzen. Und wenn ich nicht aufpasse, sprenge ich damit noch unser eingeschworenes Dreier-Team. Und das nur, weil ich meine Gefühle nicht in den Griff bekomme. Und meine Blicke genauso wenig.

Pen sieht mich mit hochgezogenen Augenbrauen an und tippelt mit ihrem Bleistift ungeduldig auf ihrem Block herum.

»Alle A-Level-Kurse, die *ihr* wählt«, will ich ihr natürlich antworten.

Weil das bisher immer so lief, wenn wir uns für irgendetwas entscheiden mussten. Und weil ich auch nichts dagegen hätte, wenn alles genauso weiterlaufen würde wie in den letzten Jahren. Weil ich mir weder vorstellen *kann* noch *will*, jemals auf einem anderen Platz zu sitzen als zwischen Shive und Pen. Schließlich saßen wir noch nie getrennt in irgendeinem Klassenzimmer herum. Außer in Sport.

Aber da läuft man meistens auch mehr, als dass man sitzt.

Ich muss die beiden irgendwie überreden, dass wir die gleiche Fächerkombination wählen. Alles andere überlebe ich nicht. Aber das würde leider bedeuten, dass ich die Fächer *Recht* (wegen

Shive) und *Englische Literatur* (wegen Pen) belegen müsste. Zumindest Englisch wäre für mich kein Problem, weil ich gerne Bücher lese. Aber für Shive schon.

Ihn zum Lesen von Büchern zu überreden, in denen keine Paragrafen oder lateinische Pflanzennamen vorkommen, ist schwer. Wenn nicht sogar unmöglich.

Letztens meinte er erst, dass er keine Geschichten lesen will, die vor Hunderten von Jahren geschrieben wurden. Und in denen es meistens sowieso nur um Krieg oder irgendwelche komplizierten Liebesbeziehungen geht, die irgendjemand irgendwann mal aus lauter Langweile zusammengesponnen hat. Dafür hätte er zu viel zu tun. Mit seinem echten Leben, das alles andere als langweilig wäre.

Ist ja in Ordnung, wenn er das denkt.

Aber zwei Jahre lang Paragrafen auswendig zu lernen überlebe *ich* wiederum nicht.

Erst jetzt bemerke ich, dass Pen und Shive mich beide anstarren. Und zwar mit offenem Mund.

Wahrscheinlich, weil ich gerade mindestens zwei Minuten brauche, um eine relativ einfache Frage zu beantworten, und sie von mir dieses Schnarchnasentum einfach nicht gewohnt sind.

»Können wir denn keine Fächerkombination finden, mit der wir *alle* leben können?«, frage ich und drehe mich zurück zu meinem Computer-Bildschirm, um weiter die Rechtschreibfehler in Pens neustem Artikel über die Notwendigkeit von nicht-binären Toiletten an unserer Schule zu korrigieren. Das beruhigt die Nerven ungemein.

»Na ja, wenn du dir *acht* A-Level-Kurse aufladen willst, Em. Dann wurde das schon gehen«, antwortet Pen und zieht lautstark den Rest ihres grünen Smoothies durch den Strohhalm. »Wir können ja *alle* Jura, Biologie, Hindi, Politik, Englische Literatur, Journalismus, Mathe *und* Physik wählen. Dann können wir zwar in der Schule die ganze Zeit weiter nebeneinandersitzen, brechen aber irgendwann wegen akutem Lernstress zusammen. Das wärs natürlich wert. Keine Frage. Und vielleicht schicken die uns anschließend alle gemeinsam in irgendeine Erholungskur. Am besten auf eine Südsee-Insel mit Meerblick. Aber – puuuh, Leute – acht Kurse auf einmal ... das hat sicher noch keiner gemacht, oder?!«

»*Neun* Kurse«, sage ich und freue mich, dass ich noch ein fehlendes Komma entdeckt habe. Das gibt mir immer direkt das Gefühl, dass ich in unserer Zeitungsredaktion auch gebraucht werde.

»Was ist denn dein dritter A-Level-Kurs, Shortbread? Dazu hast du noch gar nichts gesagt«, sagt Shive, während er vor dem Mini-Spiegel mit der Sternchen-Lichterketten-Beleuchtung sein Gesicht weiter nach seinem allerersten Pickel absucht.

»Kein Mathe. Kein Physik. Sondern Textiles Werken, Kochen und Ernährungswissenschaften. Backen gibt es ja leider nicht als Fach«, antworte ich. »Oder dachtet ihr, das mit meinem Näh-Café in Notting Hill wäre nur Träumerei?«

»Würden deine Eltern das denn erlauben, dass du Mathe und Physik weglässt? Bei den allermeisten Universitäten kannst du dann kein Physik mehr studieren! Das weißt du schon, oder?«, fragt Shive, während er sich zwischen Pens und meinem Bürostuhl durchquetscht und anschließend mit einem Sprung aus dem Stand direkt in den Schneidersitz auf unser Grübel-Sofa hüpft.

Dieses abgewetzte Ding vom Sperrmüll haben wir kurz nach unserem Einzug in unser Zeitungskabuff so getauft. Nachdem wir es erst zwei Kilometer durch den Regen geschleppt hatten und dann sehr schnell bemerkten, dass uns immer die besten Ideen für unsere Artikel kamen, wenn einer von uns auf dem Sofa saß, lag oder vor sich hin döste. Aber mittlerweile sollte das olle Ding wohl eher Krümel-Sofa heißen. Weil immer mindestens einer von uns darauf sein Mittagessen vertilgt – wie Shive gerade.

Heute auf dem Menüplan: Rosmarin-Scones mit Tomaten-Frischkäse und Schokoladen-Zitronen-Kuchen aus der Papier-Tüte. Gebacken, beschmiert und eingepackt von mir höchstpersönlich. Und die Krümel von fünf Mittagspausen die Woche mal ungefähr 40 Schulwochen mal 5 Schuljahre sorgen für jede Menge Dreck.

»Na ja, dass ich weder Mathe noch Physik belege, weiß meine Mutter ja noch gar nicht. Ist sie aber auch selbst schuld. Schließlich hält sie sich aus meinen Schulsachen komplett raus, seitdem ich meine Schultasche selbst tragen kann. Aber sie wird natürlich ausflippen, wenn sie davon erfährt. Darauf verwette ich Großmutter Ambas Nähmaschine. Schließlich erzählt sie schon seit Jahren ihrer Clique, dass ich als fünfte Frau überhaupt den Nobelpreis in Physik holen werde. Aber wisst ihr was? Dabei hat sie sich schwer verkalkuliert. Den kann sie sich schön selber holen. Es ist schließlich *mein* Leben!«, sage ich und nehme mir auch einen von meinen Scones aus der XXL-Familien-Lunchbox.

Mein allerneustes Back-Ergebnis finde ich zurzeit nämlich viel spannender als die Frage, für was irgendein unbestimmtes X einer ganz bestimmten Art von Gleichung steht. Oder welches Teilchen sich gerade von welchem anderen Teilchen angezogen fühlt.

»Wohooo! Genau so ist es, Schwester!«, ruft Pen, ballt ihre Hand zur Faust und hebt sie in die Höhe. »Du musst deinen eigenen Weg gehen! So und nicht anders geht das!«

»Aber warum hörst du dann auf deine Eltern und nimmst *Business* als Kurs, obwohl du Journalistin werden willst, seit du deinen Namen selbst schreiben kannst, Pen?«, fragt Shive, streift die Brösel von seinem Hoodie und streckt sich in voller Länge auf dem Sofa aus.

Er hat ja keine Ahnung, wie gerne ich mich da gerade dazulegen würde. Ich nehme meine Finger von der Tastatur und kralle mich an den Armlehnen meines Stuhl fest. Weil ich Angst habe, dass ich das gleich aus Versehen wirklich mache.

Kein Scherz. Hormone in den Blutbahnen und Schmetterlinge im Bauch sind eine ernst zu nehmende Sache.

»Na ja, ich denke, eine Frau von heute sollte sich ihre Optionen offenhalten. Und deswegen muss ich mich auch noch überhaupt nicht entscheiden, ob ich Journalistin werde oder irgendwann die Firma meiner Familie übernehme«, sagt Pen, steht von ihrem Stuhl auf und lässt sich in voller Länge auf Shive fallen. Mit dem Gesicht nach oben zum Glück. »Schließlich haben wir lange genug dafür kämpfen müssen, das überhaupt zu können! Und du willst uns da doch sicher auch nichts anderes raten, oder, Shive?«

Und als würde Shive nicht sowieso schon wiehern vor Lachen und »Pen, geh sofort runter von mir« in Dauerschleife rufen, kitzelt sie ihn auch noch überall dort, wo sie aus der Position hinkommt.

Offensichtlicher könnte der Unterschied zwischen Pen und mir gerade wirklich nicht sein: Während Pen sich voller Leichtigkeit einfach auf Shive fallen lässt, als wären wir noch unschuldige fünf, korrigiere ich zwanghaft schwerwiegende Rechtschreibfehler, als wäre ich eine gelangweilte Sekretärin im Ruhestand, und schaue den beiden nur zu, anstatt einfach mitzuspielen.

In mir zieht sich alles zusammen, und ich weiß, wenn ich nicht bald etwas unternehme, sieht meine Zukunft folgendermaßen aus: Entweder ich besuche in wenigen Jahren Shives Hochzeit mit einer perfekten Frau, die Großmutter Amba für ihn ausgesucht hat und die dieser Astrologe mit Elvis-Frisur aus dem Fernsehen und die Sterne noch mal gründlich durchleuchten.

Oder ich werde irgendwann als Trauzeugin dabei zusehen, wie Shive und Pen sich ewige Liebe schwören.

5

VÖLLIG UNNÜTZES WISSEN:
Wenn Pinguine sich lieben, schenken sie einander einen Kieselstein

Auf dem Weg von unserem Zeitungskabuff zur Cafeteria geht mir die ganze Zeit dieser Spruch durch den Kopf. Dieser Spruch, dass aller guten Dinge drei sind. Ich habe darüber noch nie weiter nachgedacht und weiß natürlich auch nicht, ob der Spruch überhaupt stimmt oder ob man das einfach nur so sagt, weil man es von seinen Eltern gehört hat. Und die von ihren Eltern und immer so weiter bis zurück in die Steinzeit.

Aber zwei Beweise aus meinem Leben, die *dafür*sprechen, habe ich schon: Unser Dreiergespann aus Pen, Shive und mir ist und bleibt unschlagbar und hat bisher noch jede Krise überstanden. Weil wir zusammen nämlich so unschlagbar sind wie drei Mühlesteine in einer Reihe.

Und meine Geschwister Pheebs und Josh liebe ich auch *so* sehr, dass ich mich in der nächsten Reinkarnation glatt wieder zu dritt mit ihnen in einer Familie zusammenwürfeln lassen würde.

In einer weniger komplizierten Familie vielleicht und auch an einem etwas wärmeren Ort, näher am Strand. Aber trotzdem.

Und genau deswegen habe ich beschlossen, es heute noch mal

zu versuchen und Shive ein drittes Mal so unauffällig wie möglich zu einem Date einzuladen. Heute ist das Glück bestimmt auf meiner Seite. Schließlich verliefen Versuch eins und zwei so peinlich, dass es dieses Mal einfach klappen *muss*.

Shepherd's Pie und Torte stehen schon im Kühlschrank bereit.

Und noch eine gute Nachricht: Shive erinnert sich an diese beiden ersten Male mit großer Wahrscheinlichkeit gar nicht mehr. Weil sie so unauffällig waren, dass er nicht kapiert hat, um was es eigentlich ging. Das war ja das Problem.

»Und da sollen wir jetzt unsere Kurswünsche für die A-Levels eintragen?«, fragt Pen. »So, dass es alle an der Schule sehen? Echt jetzt? Ich dachte, es geht hier darum, dass wir unsere Entscheidung in Ruhe für uns selbst treffen. Und nicht wieder jeder das macht, was alle *anderen* cool finden. Wenn diese Liste hier aushängt, wissen ja wieder alle alles von allen. Und alle zerreißen sich die Mäuler. So wie immer eben.« Sie starrt auf die ewig lange Liste, die an dem Schwarzen Brett vor dem Eingang der Cafeteria hängt.

Diese Liste reicht vom Boden bis zum oberen Rand des Schwarzen Bretts, ist alphabetisch geordnet und umfasst mehr als achtzig A-Level-Kurse.

Wenn ich mich für das Eintragen nicht auf einen Hocker stelle oder Shive und Pen um Hilfe bitte, kann ich doch nur Physik und Mathe wählen. Weil ich sogar auf Zehenspitzen und mit ausgestrecktem Arm nicht über die Fächer mit M hinauskomme.

»Seit wann machst ausgerechnet *du* dir denn einen Kopf, was alle anderen von dir denken?«, fragt Shive und gibt Rob High Five.

Rob spielt mit Pen und Shive im selben Basketball-Team und hat sich gerade fett grinsend zu uns dazugestellt.

»Genau! Die denken doch sowieso alle, dass du mit Abstand

die coolste Lady unserer Schule bist, Pen«, sagt Rob und grinst Pen noch fetter an als eben schon. Man könnte meinen, das wäre eigentlich gar nicht möglich. Von den Gesichtsmuskeln her.

Shive räuspert sich daraufhin auffallend laut und sieht Rob mit hochgezogenen Augenbrauen an.

»Ach, sorry, Em. Ich habe dich gerade gar nicht gesehen. Du bist natürlich *auch* eine supercoole Mamacita. Keine Frage. Aber Pen sehe ich eben ständig beim Basketball-Training, und allein dass sie es mit uns Vollpfosten aushält und *Dunks* hinlegt, als wäre sie ein Typ, macht sie eben zur Mamacita aller Mamacitas weltweit. Gehst du nun eigentlich am Freitag mit mir ins Kino, Pen? Es läuft *Ballerstory 3*. Ich habe uns schon die Tickets und einen von diesen Luxus-Doppelsitzen reserviert«, rattert Rob runter, ohne Luft zu holen.

Und ich frage mich, ob ich Rob jemals so viele Sätze auf einmal habe sagen hören. Eigentlich eher nicht.

»Rob, du weißt schon, dass du gerade eben wieder mal mindestens drei No-Gos hingelegt hast, oder?«, fragt Pen und lässt den Stift ein Weilchen über der A-Level-Spalte *Business* kreisen. Dann murmelt sie »Scheiß drauf« und trägt ihren Namen doch bei *Englische Literatur* ein.

»Was hab ich denn jetzt wieder gesagt?«, fragt Rob, bekommt richtig rote Ohren und sieht uns alle nacheinander an.

Shive nickt. Pen nickt. Und ich nicke auch.

»Ich habe doch extra dieses Buch gelesen, das du mir gegeben hast, Pen. Das über die *Geschichte der Weiber*, sagt Rob jetzt und kratzt sich an der Stirn. »Ehrlich.«

»*Die Geschichte der Weiblichkeit* heißt das, Rob. *Weib-lich-keit*, mit *drei* Silben, nicht mit *zwei*. Wann geht dir das nur endlich in den Schädel?!«, fragt Pen, nimmt Rob in den Schwitzkasten und reibt mit den Knöcheln ihrer rechten Hand über seinen Lockenkopf, bis er vor Lachen fast explodiert.

»Und wenn du ohne Spickzettel die wichtigsten Grundregeln vortragen kannst, wie man *mit* und *über* Frauen spricht, dann können wir auch noch mal übers Kino reden«, sagt sie und stellt mit einem einzigen Blick klar, dass das Freitagabend-Kino-Thema für sie erst mal erledigt ist.

»Jetzt hast du deinen Namen aber nur bei *Englische Literatur* eingetragen«, sagt Shive zu Pen und holt seinen heiligen perlmutt- und goldfarbenen Füller aus seiner Jackentasche, den er von seinen Eltern zum fünfzehnten Geburtstag bekommen hat und nur zu besonderen Anlässen verwendet.

»Das ist doch perfekt«, sage ich und krame meinen lila Glitzerstift aus dem Rucksack. »Für heute trägt sich jeder von uns schon mal in *einen* A-Level-Kurs von drei oder vier ein. Und zwar in den, den wir auf jeden Fall zusammen nehmen können. Und das ist ja dann wohl Englische Literatur. Shive, wir machen es einfach so: Wir überreden Mrs O'Loughlin, mit uns *Die Wurzeln des Lebens* zu lesen. Da geht es ganz viel um Bäume. Ich meine, wir müssen alle mal Kompromisse eingehen. Schließlich werden wir mit Sicherheit auch nicht das ganze Jahr über Emily Dickinson lesen, wie Pen und ich es gerne hätten. Aber scheiß drauf: Hauptsache, wir drei Dumpfnasen sitzen nebeneinander. Und ich in der Mitte. Und bis zur Deadline finden wir dann sicher noch ein paar Kompromisse für uns.«

»Was ein Plan, Shortbread«, sagt Shive kopfschüttelnd, atmet tief durch und starrt eine ganz lange Weile auf die Liste.

»Ach, was solls. Einen Versuch ist es wert. Was macht man nicht alles für seine Lieblingsmenschen«, sagt er schließlich, zwinkert mir zu und trägt sich ein.

Einfach so. Zack-bumm.

Und dann fragt er mich: »Soll ich?«

Ich nicke.

Er umfasst mit beiden Händen meine Hüften und hebt mich

hoch. Und dabei fühle ich mich den Sternen gleich ein Stückchen näher.

Während mein Körper durch diese kurze Berührung einen Smoothie aus Gefühlen und Hormonen ausschüttet, trage ich meinen Namen auch in die Liste ein. Unter E, so wie die anderen zwei.

Nachdem Shive mich wieder auf dem Boden abgesetzt hat und wir vier in die Cafeteria schlendern, streifen sich Shives und meine Hände für einen winzigen Augenblick. Ich bekomme Gänsehaut am ganzen Körper. Und trotzdem kann ich es nicht fassen, wie natürlich es sich gerade anfühlt, seinen kleinen Finger mit meinem zu umschließen und beim Gehen vor und zurück schaukeln zu lassen. So, wie wir das auf dem Nachhauseweg vom Kindergarten immer schon gemacht haben, nachdem wir mit Amba zusammen Pen vor ihrer Villa abgesetzt hatten.

Vielleicht muss ich Shive gar nicht ein drittes Mal um ein Date bitten. Sondern es ergibt sich alles ganz einfach von selbst. So, wie das eben sein soll bei Verliebten.

»Echt jetzt? Ihr zwei seid ein Paar?«, fragt Rob, der gerade mit Pen zusammen vor dem Heißgetränke-Automaten steht und auf unsere Hände starrt, als würde er ein Ufo sehen.

Pen schnappt sich ihren Pappbecher mit heißer Schokolade aus der Automaten-Öffnung und fixiert ebenfalls unsere Hände. Wir lassen beide schlagartig los.

Und dabei hätte ich doch so gerne endlich mal seine *ganze* Hand gehalten.

»Ach, wo denkst du hin, Rob?«, fragt Pen und wirft ein weiteres Pfundstück in den Automatenschlitz, um sich wie immer zusätzlich einen Kaffee zu holen, den sie dann später in einem der Riesenbecher aus der Cafeteria mit der heißen Schokolade zu einem Spezial-Mokka zusammenrührt. »Shive und Em haben da so ein Bruder-Schwester-Ding am Laufen. Und sind zusätzlich auch noch allerbeste Freunde. Das muss für dieses Leben reichen. Weißt du, Rob, muss ja nicht jeder so fixiert auf diese *Girl-meets-boy*-Kino-Doppelsitz-Kiste sein wie du. Liebe hat viele Gesichter. Und Händchen halten die übrigens schon seit dem Kindergarten. Das gibt ihnen Sicherheit in den Stürmen ihres elenden Teenager-Daseins und bedeutet rein gar nichts.«

Und als ob diese besondere Verbindung zwischen Shive und mir eine komplette Nebensache wäre, laufen Rob, Shive und Pen wie auf Knopfdruck nebeneinander weiter in die Richtung unserer Cafeteria-Sofaecke und reden schon wieder über ihr nächstes Basketballspiel am kommenden Wochenende in Bath.

Und ich trabe hinterher, als wäre ich ihr Maskottchen. Dabei fühle ich mich wieder genauso wie beim Date-mit-Shive-Anbahnungsversuch Nummer eins an unserem Motto-Tag vor ein paar Monaten.

Damals sollten sich alle an unserer Schule als eine inspirierende Person aus der Geschichte verkleiden. Pen erschien als Ruth Bader Ginsburg und Shive als Mahatma Gandhi. Und ich beneidete meine Freunde nicht nur um ihre ausgezeichnete Wahl – sondern auch darum, dass sie sich frühzeitig um ihre Kostüme gekümmert hatten. Im Gegensatz zu mir.

Ich hatte eigentlich als Emily Dickinson zur Party gehen wollen, Pens und meiner Lieblingsdichterin.

Aber leider hatte Nelle ihr altes schwarzes Kleid mit dem gehäkelten Kragen bei der letzten Aufräumaktion weggeschmissen. Und in der halben Stunde, die ich damals noch zum Verkleiden hatte, musste ich auf Joshs Fehlbestellung vom letzten Halloween zurückgreifen. Da hat er für sich und seine damalige Freundin ein Shrek-und-Fiona-Kostüm bestellt, aber ein Kermit-und-Miss-Piggy-Kostüm bekommen. Ich entschied mich für Kermit, weil mir Miss Piggy dann doch etwas zu pink war. Und Pheebs kam noch auf die glorreiche Idee, meine Fuhre selbst gebackener Cookies in einen kleinen Eimer zu füllen und zu behaupten, den hätte ich vom Krümelmonster geklaut.

Als Shive und ich am späten Abend auf der Party irgendwann eng umschlungen in voller Montur tanzten und ich feststellte, dass man tatsächlich auch Gänsehaut direkt über dem Bauchnabel haben kann, dachte ich, das wäre der perfekte Moment, mit ihm über meine Gefühle zu sprechen.

Schließlich war mein Gesicht komplett von meiner Froschmaske verdeckt, und Shive würde es nicht sehen, falls ich bei der Aktion rot anlief.

Aber genau diese Maske zusammen mit der sehr lauten Heavy-Metal-Musik von *Rock Bottom* führte dazu, dass Shive meinen geflüsterten Satz »Ich habe schon lange sehr starke Gefühle für dich« falsch verstand. Nämlich so: Ich hätte schon lange sehr starke *Geschwüre*. Also, im Magen.

Und das wiederum führte dazu, dass Shive den Rest des Abends auf mich einredete, dass ich mit Sicherheit wegen meiner Back-Sucht viel zu viel Zucker und Gluten zu mir nehmen würde und unbedingt anfangen müsste, mehr Gemüse zu essen. Und irgendwie hatte ich dann nicht mehr den Mut, das Missverständnis aufzuklären.

»Perfekt! Das ist doch die Lösung für *Universal News*! Genial!«, ruft Shive plötzlich und hält einen dieser kunterbunten Mini-Flyer in die Höhe, die seit heute Morgen auf allen Cafeteria-Tischen verteilt liegen.

Erst jetzt merke ich, dass die anderen alle drei schon auf unserem Ecksofa abhängen und ich die Einzige bin, die noch mitten in der gut gefüllten Cafeteria steht.

Und da heute der Tag der Tage ist und ich endlich die Magie des dritten Versuchs nutzen muss, quetsche ich mich direkt zwischen Shive und Pen. Auch wenn ich dabei Gefahr laufe, mich gleich nicht mehr nur wie das Maskottchen des Basketball-Teams, sondern auch noch wie ein Hering in der Dose zu fühlen.

»Ich wusste gar nicht, dass *Universal News* ein Problem hat«, sage ich und reiße Shive den Flyer aus der Hand.

»*Seid ihr unter achtzehn? Habt ihr einen Blog? Oder eine Schülerzeitung? Möchtet ihr was bewegen in eurer Community? Dann bewerbt euch jetzt bei der ›Youth for Change Challenge‹ und gewinnt ein dreiwöchiges Praktikum bei der Le Monde in Paris*«, lese ich vor und weiß nicht so wirklich, auf was Shive genau hinauswill.

»Na ja, wenn wir bald vielleicht auf unterschiedliche Schulen gehen, dann können wir wenigstens drei Wochen zusammen nach Paris reisen. Und vielleicht finden wir ja einen Weg, unsere Schülerzeitung weiterzuführen. Über den Blog, den ich gerade für *Universal News* einrichte. Theoretisch müssten wir uns dafür gar nicht sehen und würden trotzdem für dieselbe Plattform schreiben. Wäre das nicht super? Außerdem habe ich auch schon geniale Ideen, was wir in unserer Notting-Hill-Community auf die Beine stellen könnten und …«

»Hey, hey, hey … warte mal, einen Moment«, unterbreche ich Shive und versuche, meine Gedanken auf die Reihe zu bekommen. »Was laberst du denn da bitte schön von verschiedenen Schulen? Wir machen nächstes Schuljahr unsere *A-Levels* und fangen noch nicht an zu studieren. Das weißt du aber schon, oder, Shive?«

Und während ich noch darauf warte, dass Rob und Pen damit anfangen, sich über Shives abgrundtiefe Unwissenheit lustig zu machen, starren jetzt alle drei *mich* an.

»Nee jetzt, Em, oder?«, murmelt Pen schließlich nach einer kleinen Ewigkeit der Stille. »Du willst uns nicht erzählen, dass du nichts davon wusstest, dass wir im nächsten Jahr wahrscheinlich die Schule wechseln müssen, wenn wir alle unsere Wunschkurse belegen wollen, oder? Du Kochen *und* Textiles Werken, Shive Jura *und* Biologie und ich Journalismus *und* Business. Unser Jahrgang ist nicht groß genug für so viele Kurse, darum kooperieren wir dieses Jahr mit zwei anderen Schulen. Stand doch in der vorletzten E-Mail von Mrs Malloney. Langsam glaube ich auch, dass du wieder mehr Gemüse essen und ab und zu mal von dem Häkelplaneten runterkommen musst, auf dem du seit ein paar Monaten unterwegs bist. Wenigstens immer wieder mal kurz für die richtig wichtigen Dinge.«

Und während ich diesen Schock erst mal still vor mich hin verdauen muss, denke ich, dass ich auf jeden Fall auf Kochen und Textiles Werken verzichten würde, um mit Shive und Pen auf derselben Schule bleiben zu können. Und dann frage ich mich, wann endlich diese Gebrauchsanweisung für mein Leben nachgeliefert wird.

Alle anderen scheinen ihre ja schon bekommen und sogar durchgelesen zu haben.

Und als nun alle drei lautstark darüber diskutieren, welche Projekte wir in den nächsten Wochen auf die Beine stellen könnten, um unserer Community in Notting Hill zu helfen und gleichzeitig dieses verdammte Praktikum zu gewinnen, frage ich mich stattdessen, wie ich denn bitte schön anderen Leuten helfen soll, wo ich doch nicht mal mich selbst auf die Reihe bekomme.

Aber anstatt genau das zu sagen, kann ich plötzlich nur noch Shives und Pens Körper links und rechts neben meinem spüren und an Dating-Versuch Nummer zwei vor ein paar Wochen denken.

Über den hatte ich tagelang gebrütet und ihn akribisch vorbereitet. Und trotzdem ging auch der vollkommen schief. Dieses Mal so: Ich schrieb auf ein rosa Zettelchen den Klassiker von Anbändel-Frage schlechthin. Einfach, weil mir keine treffendere Formulierung für mein Anliegen einfiel und es gleichzeitig auch irgendwie ein bisschen ironisch retro war. Also genau mein

Ding. Nach ungefähr 17 Schriftproben stand dort: »Willst du mit mir gehen? Bitte Zutreffendes ankreuzen.« Und obwohl neben den üblichen Antwortmöglichkeiten »Ja«, »Nein«, »Vielleicht« auch noch die genial einfallsreichen Rubriken »Sonstiges« und »Ich brauch noch Zeit« aufgelistet waren, ging das Ganze wieder nach hinten los. Vielmehr erst nach links und dann eine Stuhlreihe nach hinten.

Weil Shive das zusammengefaltete Zettelchen, das ich ihm im Chemie-Unterricht zusteckte, direkt und ohne es überhaupt zu lesen, nach links an Sara weitergab. Wahrscheinlich, weil Shive und ich uns sonst *nie* Zettelchen schreiben. Und er wohl dachte, der wäre für jemand anderen bestimmt.

Sara gab ihn dann gleich weiter an Jason, der in Chemie immer direkt eine Reihe hinter ihr sitzt.

Und Jason muss Antwort Nummer eins, also »Ja«, angekreuzt haben. Weil Jason und Sara am Wochenende darauf nämlich plötzlich ein Paar waren.

Jedenfalls wird mir jetzt plötzlich so irre heiß zwischen Pen und Shive und von der ganzen Denkerei, dass ich es einfach nicht mehr aushalte. Schließlich wird es Zeit, dass ich auch mal wieder mitspiele.

Also springe ich auf, stelle mich direkt vor Shive und höre mich um einiges lauter sagen, als es für meinen Versuch Nummer drei eigentlich geplant war: »Shive, ich lade dich heute Abend zu mir ins lila Haus ein und werde dich nach Strich und Faden bekochen. Mit Vorspeise, Hauptgericht *und* Nachtisch.«

Und als das alles raus ist, kann ich zum ersten Mal seit Langem mal wieder so richtig tief durchatmen. Eigentlich erwarte ich nach dieser mutigen Aktion, dass mindestens die Street-Band unserer Schule mit Posaunen, Steel Drums und Feuerspuckern durch die Eingänge der Cafeteria hereintanzt und mich zu meiner Heldinnentat beglückwünscht.

Aber so, wie Shive, Pen, Rob und alle anderen Besucher der Cafeteria mich gerade anstarren, wird das wohl eher nichts.

Und ich komme mir vor, als hätte ich mich gerade vor allen nackt ausgezogen.

6

Dass sie alles ist, ist alles, was wir von der Liebe wissen
Emily Dickinson

»Und was esst *ihr* so?«, fragt Rob grinsend und zieht unsere größte, aber leider auch hässlichste Auflaufform mit meinem vegetarischen Shepherd's Pie zu sich rüber. Anschließend nimmt er den Servierlöffel und macht sich damit über meinen dampfenden Hauptgang her. Und zwar so, als wäre der Servierlöffel sein *Besteck*.

»Hey, jetzt benimm dich doch mal endlich, Mate«, sagt Shive, setzt sich auf den Barhocker neben Rob und gibt ihm einen Klaps auf den Hinterkopf. »Em hat dafür mindestens zwei Stunden in der Küche gestanden und der Auflauf muss heute Abend noch für uns alle sechs reichen! Du hast ja vorhin schon fast alleine alle Mini-Pizzen, Tomaten-Mozzarella-Spieße und Melonen-Cheddar-Schiffchen aufgegessen. Du bist heute Abend nicht der *einzige* Gast im lila Haus, verstanden?« Shive schiebt die Auflaufform wieder über die Küchen-Esstheke zurück zu mir und sieht mich dabei an, als hätte *er* was ausgefressen. Dabei kann er ja nichts für Robs Manieren.

Ich gebe mir alle Mühe zurückzulächeln, scheitere aber kläglich und wische mir stattdessen meine mit Soße verschmierten Hände an meiner – vorgestern erst fertig genähten – roten Schürze mit den gelben Pünktchen ab. Dann öffne ich den Kühlschrank und durchforste ihn nach Zutaten für einen spontanen Hauptgang Nummer 2.

Denn Hauptgang Nummer 1 allein wird uns heute Abend niemals alle satt machen. Neben den drei Jungs gibt es ja schließlich auch noch Pheebs, Pen und mich. Und Pheebs und Pen haben eben schon verkündet, dass sie vor Hunger einen ganzen Tofu-Truthahn verdrücken könnten.

Das glaube ich ihnen auch aufs Wort. Schließlich hopsen die beiden seit mindestens einer Stunde schon zur Musik von Dads zurückgelassenen Schallplatten vom Flohmarkt in unserem Wohnzimmer herum und verbrennen mehr Kalorien, als sie mit einem von Sanders' legendären Geburtstags-Dinnern wieder reinholen könnten. Und das will was heißen.

Aber außer ein paar Radieschen mit gelblichem Kraut dran, einer seit Tagen abgelaufenen Flasche Milch und einem Glas Orangen-Zimt-Marmelade vom letzten Weihnachten hat unser Kühlschrank leider nichts mehr zu bieten. Was natürlich nicht verwunderlich ist. Schließlich bin *ich* mittwochs mit Einkaufen dran. Und das hätte ich auch wie immer brav gemacht. Hätte mich die Tatsache, dass sich vorhin in der Cafeteria auch noch Pen und Rob zu Shives und meinem romantischen Dinner eingeladen fühlten, nicht so dermaßen durcheinandergebracht, dass ich auf dem Nachhauseweg an Tesco *vorbei*gelaufen bin, anstatt *rein*zugehen, um unsere Lila-Haus-Vorräte aufzustocken.

Und jetzt ist unser Kühlschrank immer noch so leer wie heute Morgen nach dem Frühstück.

Wie Pen und Rob meine Dinner-Einladung für Shive so missverstehen konnten, ist mir immer noch schleierhaft.

Aber um das richtigzustellen, fehlten mir einfach die Nerven.

»Na, Sis, *so* hattest du dir deinen romantischen Abend aber nicht vorgestellt, oder?«, flüstert Josh mir zu. Und dann rettet er mich und stellt unseren riesigen gusseisernen Bräter aus der Speisekammer auf die Herdplatte. Voll mit Bœuf Bourguignon.

Ich schüttele den Kopf und versuche, den Kloß in meinem Hals runterzuschlucken. Was mir natürlich nicht gelingt.

Josh dreht den Knopf unserer größten Herdplatte hinten links auf die höchste Stufe, und dann stehen wir beide schweigend nebeneinander, starren auf den angerosteten Deckel des Bräters und warten auf die blubbernden Kochgeräusche.

Und als die endlich aus den kleinen Löchern des Bräter-Deckels dringen, flüstert Josh mir noch zu: »Aber weißte was? Man hat im Leben nicht nur *drei* Chancen, sich seinen Traum zu erfüllen. Wir sind ja schließlich in keinem dieser bekloppten Märchen. Chancen gibt es wie Sand am Meer, Sis! Und Träume können sich verändern. Auch für die *Allerkleinsten* unter uns.«

Ich verdrehe die Augen und frage mich, ob der ganze rosarote Optimismus, der eigentlich für uns alle drei Geschwister hätte reichen sollen, sich bei Josh angesammelt hat. Und wenn ja, warum.

Aber dann hebt Josh schon den Deckel unseres Bräters an und die volle Ladung aus Knoblauch, Rosmarin und karamellisierten Zwiebeln von Joshs veganem Bœuf Bourguignon strömt mir entgegen.

Und ich fühle mich direkt, als würde ein kleiner Tupfen vom Rosarot meines großen Bruder auf mich überschwappen.

* * *

»Bist du eigentlich auch in irgendwen so dermaßen verliebt, dass du ein ganzes romantisches Dinner für zwei kochen würdest, Rob?«, fragt Pheebs, als wir alle an unserem riesigen Tisch im Wohnzimmer sitzen und gerade die letzten Reste unseres Bœuf Bourguignon mit Shepherd's Pie als Beilage von unseren Tellern kratzen.

Josh springt sofort auf, dreht die Musik lauter und fragt, ob er noch wem von der Zitronen-Limonade mit Thymian, Honig und gefrorenen Himbeeren nachschenken soll, die er vorhin schnell zusammengerührt hat.

Ich dagegen starre meine kleine Schwester nur fassungslos an. Mein Hintern ist über Pheebs Frage eben vor Schreck sogar auf meinem Korbsessel festgewachsen. Und mir schießt so viel Hitze und Blut auf einmal in den Kopf, dass ich farblich mit Sicherheit mit meiner roten Schürze mithalten kann. Nur ohne die gelben Pünktchen.

Und während Rob sich ganz offensichtlich auch erst mal von dem Schock dieser äußerst unpassenden Frage meiner unfassbar bescheuerten Schwester erholen muss und nach Worten ringt, werfen sich Shive und Pen lange Blicke zu.

Und diese Blicke sagen alles. Nämlich, dass meine zwei besten Freunde in ihrem Gehirn gerade ganz andere Pünktchen miteinander verbinden und ein Bild davon bekommen, was ich hier heute Abend *eigentlich* geplant hatte.

Zu allem Übel bleibt dann auch noch die alte Platte von Dad hängen. Und zwar an der Stelle, wo die Sängerin vor Liebeskummer einen sehr hauchigen Seufzer ausstößt. Aber in der abgehackten Wiederholung hört sich diese Seufzer-Kette leider nach etwas ganz anderem an.

»Was habt ihr denn plötzlich alle?«, fragt Pheebs in die Schockstarre am Tisch und das Gestöhne im übrigen Wohnzimmer hinein und sieht aus, als ob sie wirklich nicht wüsste, was sie gerade getan hat.

Aber das macht es natürlich auch nicht besser. Ich überlege

schon, auf welche Müllhalde ich ihren Orden mit der Aufschrift »Für die allerbeste Schwester der Welt« entsorgen soll, den ich ihr zum letzten Geburtstag gebastelt habe.

Wahrscheinlich aus dem verzweifelten Bedürfnis heraus, das Thema zu wechseln, fragt Rob uns, wann denn unsere Mum und unser Dad nach Hause kämen und ob wir öfter solche gemütlichen Dinner-Partys schmeißen würden.

Daraufhin klärt Josh ihn darüber auf, dass unser Dad schon seit vielen Jahren nicht mehr bei uns wohnt und wir seither mit unserer Mum, Sanders und Nelle in einer Familien-WG zusammenleben. Und dass die drei heute Abend mit ihrer Clique aus Studienzeiten Notting Hill unsicher machen. So wie jeden ersten Mittwoch im Monat. Dass aber Dinner-Partys bei uns keine Seltenheit wären. Sondern eher der Standard. Schließlich sind wir ja fast jeden Abend mindestens zu sechst.

Ich stehe auf und bewege mich so unauffällig wie möglich in Richtung Speisekammer. Vordergründig natürlich wegen der Zitronen-Baiser-Torte. Aber eigentlich, um der grenzenlosen Peinlichkeit dieser Situation zu entfliehen, mich eine Runde selbst zu bemitleiden und mich am besten bis zu meinem Lebensende zwischen den Vorratsregalen häuslich einzurichten.

In unserer Vier-Quadratmeter-Mini-Speisekammer, die nur von einer flackernden Glühbirne ohne Lampenschirm beleuchtet wird, ziehe ich meine Schürze aus und hänge sie mit einem Monster-Stöhner an den kleinen Nagel neben der Tür.

Anschließend setze ich mich auf einen der beiden umgedrehten Getränkekästen, die ich sonst immer als Hocker benutze, um an die Backformen oben auf dem Regal zu kommen, und starre ausgiebig vor mich hin.

Ich kann es einfach nicht fassen, wie ein einziger Abend so dermaßen schiefgehen kann. Genau genommen fing das Schlamassel ja heute Nachmittag schon an, als Shives und mein kleiner Finger sich für diesen einen winzigen Moment umhakten. Vielleicht aber auch schon zu einem viel früheren Zeitpunkt: auf der Motto-Party in der Schule, im Kindergarten oder in einer anderen Inkarnation. Wer weiß das schon? Ich jedenfalls nicht.

Der Kloß in meinem Hals ist mittlerweile zu einem mittelgroßen Zwergplaneten angewachsen, und ich wünschte, ich könnte wenigstens weinen, um mich danach vielleicht etwas leichter zu fühlen. Aber Tränen kommen mir leider seit »der Nacht der großen Schere« so gut wie nie.

»Darf ich?«, fragt Pen, steckt ihren Kopf in die Speisekammer und klopft dann leise gegen die Tür.

»Interessante Reihenfolge, Pen«, murmele ich und nicke. »Eigentlich klopft und fragt man ja *erst* und schaut *dann* durch die Tür. Aber das gilt natürlich nur für Spießer wie mich.«

»Das Leben ist kein Physikformel-Heft und es gibt weder ein Schnittmuster noch eine Häkelanleitung dafür«, antwortet Pen, stellt sich vor mich hin und grinst mich an. »Wann kapierst du das denn endlich? Du bist schon ein ziemlich schlimmer Nerd. Echt jetzt, Em.«

Ich grinse zurück und sage: »Und genau *deswegen* liebst du mich ja auch so, Pen.«

Aber anstatt darauf mit ihrem üblichen Satz »Ja, genau deswegen liebe ich dich so, du Freak«, zu antworten, sagt Pen gar nichts und scheint sich stattdessen nur noch für meine Zitronen-Baiser-Torte im Regal zu interessieren.

Ich bedaure mich ein Weilchen dafür, dass das Leben kein Physikformel-Heft ist. Das würde so vieles vereinfachen. Dann frage ich: »Seit wann schmierst du dir denn eigentlich Rouge ins Gesicht?« Dabei ziehe ich die quietschgelbe Torte mit den kleinen Eiweißwolken aus dem Regal.

So rote Backen wie gerade hat Pen nämlich sonst nie.

»Sag mal, gehts bei dir noch?«, fährt Pen mich so ungewöhnlich scharf an, dass ich fast die Tortenplatte fallen lasse. »Du weißt doch, wie ich zu Schminkkram und Tierversuchen stehe. Mir ist heute Abend einfach unfassbar heiß. Das ist alles.«

»Ist ja schon gut. Krieg dich mal wieder ein«, antworte ich und frage mich, was heute mit uns los ist. Irgendwie scheinen wir alle komplett durch den Wind zu sein. »Komm, wir gehen wieder raus zu den anderen. Heute ist so ein Tag, da kann uns nur noch mit einem Stück Spezialtorte geholfen werden.« Ich zwinkere Pen zu, atme tief durch und will mich samt Torte auf den Weg nach draußen machen.

Aber Pen hält mich am Ärmel fest und flüstert: »Warte mal, Em. Was war *das* denn eigentlich? Eben da draußen im Wohnzimmer? Gibt es da etwas, was du mir vielleicht erzählen willst?«

Pen sieht mich dabei mit einem so besorgten Blick an, dass ich mich am liebsten wieder auf die umgedrehte Getränkekiste setzen würde, um mich so richtig bei ihr auszuheulen. Aber wie gesagt, das ist alles nicht so einfach. Schon allein der Teil mit dem Heulen.

»Komm, Em, die da draußen können ganz gut ein paar Minuten auf sich selbst aufpassen. Und wir zwei probieren einfach deinen Nachtisch gleich hier. Sonst isst Rob den auch noch alleine auf. Ist doch auch viel lustiger hier, nur wir zwei.« Sie zwinkert mir zu und lächelt mich an. Aber so richtig fröhlich sieht ihr Lächeln nicht aus.

Ich denke an Shive und die peinliche Situation zwischen uns heute und beschließe, dass es vielleicht wirklich das Beste wäre, einfach hier drinnen mit meiner besten Freundin abzuhängen. Aber anstatt mich wieder auf meinen Getränkekasten zu setzen, sage ich: »Lass uns das Speisekammer-Picknick auf ein anderes Mal verschieben, Pen. Die anderen warten schon auf ihren Nachtisch.«

Und bevor Pen darauf antworten oder mich womöglich noch

weiter über den *eigentlichen* Anlass des heutigen Dinners ausfragen kann, schlüpfe ich samt Torte durch die Tür.

»Wo bleibt ihr denn so lange?«, fragt Rob von der Küchentheke aus. »Habt ihr beiden da drin etwa rumgeknutscht?«

Jetzt gebe ich einen XXL-Monster-Stöhner von mir und starre Rob mit dem fiesesten Blick an, der mir zu Verfügung steht. »Und wenn schon, Rob. Müssten wir dich da vorher um Erlaubnis fragen? Du bist echt das Vorbild aller Machos.«

»Nee, also, weißt du … also … so war das doch gar nicht gemeint«, stottert Rob herum. »Ihr Mädels dürft machen, was ihr wollt. Ist halt nur so, dass Shive gerade diese abgefahrene SMS von seiner Schwester Sunyata bekommen hat. Das müsst ihr sehen! Es geht darin um diesen verrückten Astrologen aus dem Fernsehen und irgendwie ums Verheiraten und … voll krass, Mann … ich sage nur: Bollywood pur!«

»Jetzt hör doch bitte mal auf, hier so dumm rumzulabern«, fährt Shive Rob an und boxt ihm mit der Hand gegen die Schulter. »Du machst mich noch wahnsinnig mit deinem Halbwissen. Sag mal, kapierst du denn eigentlich irgendwas?«

Rob zuckt bei Shives Worten richtig zusammen, hebt erst entschuldigend die Hand und legt sie sich dann vor den Mund. Vielleicht hilft das ja für eine Weile. Zu wünschen wäre es jedenfalls.

Josh hat mittlerweile seinen Arm um Shives Schultern gelegt und fragt: »Darf ich mal lesen, Bro?«

Shive nickt, gibt Josh sein Handy und sieht mich anschließend mit einem so seltsamen Blick an, dass mir direkt anders wird.

Ich stelle die Zitronen-Baiser-Torte auf die Küchentheke und beobachte Pheebs, wie sie in absoluter Rekordgeschwindigkeit unsere Dessert-Tellerchen, Kuchengabeln und Stoffservietten aus der Küchenvitrine holt und auf dem Wohnzimmertisch verteilt.

Dann sehe ich zu Josh.

Er starrt immer noch auf Shives Handy. Und so viel steht fest: Das, was er gerade in dieser SMS von Sunyata liest, muss eine ernst zu nehmende Sache sein. Jedenfalls wenn man danach geht, wie Josh seine Stirn runzelt und immer wieder zu Shive, zu mir und kurz darauf wieder auf Shives Handy schaut.

Ich würde Shive ja am liebsten in den Arm nehmen, ihm durch die Haar wuscheln und ihn fragen, ob wir beide einfach abhauen sollen, um heute Nacht mit unseren Schlafsäcken und Joshs Polar-Zelt im botanischen Garten zu übernachten. So wie er, ich und Pen es seit Monaten schon planen. Seit dem Tag, als Shive seinen eigenen Schlüssel für das große Eingangstor bekam, weil er dort schon so lange arbeitet.

Aber dann geht die Haustür auf und Mama, Sanders, Nelle und ihre gesamte Clique stehen mitten im Wohnzimmer.

Sie reden alle laut durcheinander und wirken ziemlich angeheitert. Wahrscheinlich, weil sie mal wieder in ihrer Wein-Bar um die Ecke »vorbeigeschaut haben«. So wie jeden ersten Mittwoch im Monat eben.

»Da sind wir wieder, ihr Lieben! Wir dachten, bei uns im lila Haus ist es doch am allerschönsten, um so einen Abend wie heute anständig ausklingen zu lassen«, verkündet Mum und hängt ihren Filzmantel an die Garderobe. »Und außerdem wollten wir mal sehen, ob von der Zitronen-Baiser-Torte noch was da ist. Wofür habe ich denn schließlich die perfekte Fünfzigerjahre-Hausfrau als Tochter?«

Mums Freundinnen sehen sich an, als könnten sie nicht fassen, was Mum da gerade von sich gegeben hat, und werfen ihre Mäntel über das Sofa.

Sanders und Nelle verdrehen nur die Augen, kommen zu mir in die Küche und geben mir jeweils einen Kuss auf die linke und rechte Backe. Gleichzeitig.

Und ich gehe noch mal in die Speisekammer, um mir meine Schürze wieder umzubinden. Wenn schon Fünfzigerjahre-Hausfrau, dann richtig. Mum kann mich mal.

Als ich wieder in die Küche komme, hat sie schon Dads Musik abgedreht und Pheebs hat die Zitronen-Baiser-Torte an alle Anwesenden verteilt.

Ich sehe mir eine Weile dieses Wir-tun-mal-alle-so-als-wäre-nichts-Szenario an. Aber Zitronen-Baiser-Torte ist für mich durch. Dafür überkommt mich plötzlich das ganz große Verlangen, alleine in die Nacht hinausrennen, um ganz Notting Hill zusammenschreien.

Weil mir gerade klar wird, dass mein Leben ein einziger Flickenteppich ist, bei dem jede Menge Stoffquadrate fehlen, nicht passen oder zu klein sind. Und bei dem die Nähte ständig wieder aufgehen. Ganz egal wie oft man drübernäht.

Aber dann fordert Pen Shive mit finsterem Blick auf, uns jetzt doch bitte mal *endlich* vorzulesen, was Sunyata ihm geschrieben hat. Weil wir alle ihm sonst nicht helfen könnten und er mittlerweile schon schlimmer aussehen würde als dieser erbärmliche Rest des versalzenen Shepherd's Pie in der Auflaufform vom Flohmarkt.

Und weil man nicht reden und gleichzeitig seinen Kiefer aufsperren kann, ist es bei uns im lila Haus so dermaßen still, dass man einen verdammten Zahnstocher auf den Boden fallen hören könnte. Aber da fällt keiner.

Dafür räuspert sich Shive jetzt ausgiebig, streicht sich die Haare aus dem Gesicht, sieht mich einen winzigen Moment lang an und liest anschließend mit heiserer Stimme vor: »Hey, Shive, der Astrologe Jadoo Shan hat für jemanden aus unserer Familie ein ziemlich perfektes Match gefunden. Und du wirst es nicht glauben, kleiner Bruder, aber fünfzig Prozent dieses Matchs bist du!«

Alle außer mir fangen direkt an, Shive mit Fragen zu löchern.

Aber davon werde wir auch nicht schlauer.

Denn wer die andere Hälfte dieses perfekten Matchs sein soll, stand wohl nicht in der Nachricht.

7

Ich bin niemand. Und wer bist du?
Emily Dickinson

Ich liege in meinem Bett. Komplett angezogen und mit der Decke über dem Kopf.

Ans Schlafen ist nicht zu denken. Ich versuche schon seit einer Weile, mit einer von Nelles Übungen den Schock über Sunyatas SMS wegzuatmen. Aber es funktioniert nicht. Im Gegenteil: Der Schock macht es sich gerade in meiner Magengegend gemütlich.

Als Shive und Mums Clique nach unserem misslungenen Dinner-Date nach Hause gegangen waren, haben Pen, Josh und ich noch die Spülmaschine eingeräumt, die Essensreste in den Kühlschrank gepackt und klar Schiff in unserer Küche gemacht.

Weil Sanders nämlich sonst beim Porridge-Machen morgen früh die Krise bekommt.

Rob hat die ganze Zeit über nur an unserer Küchentheke gesessen, uns beim Arbeiten zugeschaut und uns Abtrocken-Tipps zugerufen.

So als ob wir ein Team bei einer Spül-Olympiade wären.

Und er der verdammte Coach.

Mum hatte Pheebs direkt ins Bett gebracht und war wahrscheinlich wie jeden Abend ziemlich schnell neben ihr eingeschlafen. Kurz nach dem ersten Kapitel ihrer Gutenachtgeschichte, noch komplett mit Schuhen an und Lesebrille auf.

Mir war nach Sunyatas SMS an Shive so dermaßen schlecht geworden, dass ich beim Aufräumen nicht mal den Rest Zitronen-Baiser-Tarte aufessen konnte.

Im Gegensatz zu Rob, Josh und Pen, die keinen einzigen Krümel übrig ließen und mit Suppenlöffeln direkt aus der Tarte-Form aßen.

Als die drei dann auch noch anfingen, darüber zu diskutieren, welche Vor- und Nachteile eine Partneranalyse mithilfe eines wildfremden Astrologen mit sich bringt und ob einen das nicht »ganz schlimm einengen« würde, merkte ich plötzlich, wie erschöpft ich war. Ich schaffte es nur noch zu murmeln, dass wir alle davon ja wohl überhaupt keine Ahnung hätten. Weil wir ja schließlich nicht in Ambas Familie aufgewachsen sind und uns überhaupt nicht mit ihrer Kultur und ihren Gepflogenheiten auskennen. Und wenn wir schon darüber sprechen müssten, ja wohl lieber *mit* Amba und Shive anstatt *über* sie.

Rob raunte daraufhin in seine Bier-Limo, dass ich ja wohl so ein typischer Weltverbesserer-Nerd wäre. Und dass ich damit nicht nur durch sein Dating-Raster fiele, sondern auch durch das von allen andern Jungs, die er kennt.

Josh verpasste ihm wieder eins auf den Hinterkopf und fragte ihn, was denn sein gottverdammtes Problem wäre.

Pen sah augenrollend zu mir und diskutierte dann weiter mit Rob. Hauptsächlich darüber, wie er so ein engstirniges Arschloch geworden ist.

Ich beschloss daraufhin, ins Bett zu gehen.

Und seither liege ich hier und starre auf die Bettdecke. Von unten. Meine Augen haben sich mittlerweile an die Dunkelheit gewöhnt, der leichte Sauerstoffmangel macht mich angenehm döselig in der Birne und ich sehe das orange Licht meiner weihnachtlichen Zimmerbeleuchtung durch die dünnen Stellen meiner uralten Daunendecke schimmern.

Während ein Teil meines Gehirns darüber grübelt, wie viele Tage ich hier ausharren könnte, ohne dass es irgendjemandem groß auffallen würde, spult ein anderer Teil in Dauerschleife die Bilder des heutigen Abends ab.

Vor allem diese drei Schätzchen hier:

1.) Shives Gesichtsausdruck, *bevor* er Sunyatas SMS vorliest.
2.) Shives Gesichtsausdruck, *während* er Sunyatas SMS vorliest.
3.) Und natürlich Shives Gesichtsausdruck, *nachdem* er Sunyatas SMS vorgelesen hat.

Und in keinem der Bilder kann ich erkennen, was Shive dabei gefühlt hat. Nur seine heisere Stimme verriet, dass ihm die SMS nicht vollkommen am Allerwertesten vorbeiging.

Immerhin weiß ich, wie *ich* mich dabei gefühlt habe. Und zwar wie eine leicht aufgeschäumte Melange aus schon mal gegessenem Spinatgratin und ausgelatschter Sandalette an einem Soufflé aus halbgefrorener Verzweiflung. Und eines weiß ich: nämlich, dass ich Mum heute Abend sehr dankbar dafür bin, ein eigenes Zimmer in unserem kleinen überfüllten und mit Flohmarktfunden vollgestopften Häuschen zu haben und die nächsten Stunden niemanden mehr sehen zu müssen.

»Muss heute Nacht doch wieder hier pennen, Em«, höre ich Pens rauchige Stimme von der Tür her in mein geniales Versteck dringen. »Habe nämlich meinen Hausschlüssel zu Hause vergessen.«

Ich sage nichts und halte die Luft an. Solange ich mich nicht bewege, könnte es so aussehen, als hätte ich das Bett nicht gemacht, sondern die Decke wie sonst auch in einer Rollwurst liegen lassen.

»Em, mir kannst du nichts vormachen: Du bist da. Ich sehe zufällig deine löchrigen Ringelsocken mit deinen Zehen drin.«

»Nein, bin ich nicht«, antworte ich und schließe die Augen. »Bin abgetaucht.«

»Wohin genau, Em? In einen mafiösen Häkelzirkel mit Zugang zu illegalen Wollstoffen?«.

Pen schmeißt sich in voller Länge auf mich drauf.

Ich kreische los, weil ich damit nicht gerechnet habe. Besonders schwer ist sie ja nicht gerade. Aber an einigen Stellen äußerst kantig.

»Sehr witzig, Pen. Aber ich muss dich leider enttäuschen: Mein elendiges Teenager-Leben ist nicht annähernd so spannend, wie es von außen aussieht. Und leg dir gefälligst etwas mehr Fettgewebe zu, bevor du dich noch mal auf mich draufschmeißt.«

Pen rollt sich lachend von mir runter und widmet sich direkt ihrer Lieblingsbeschäftigung: dem Brezel-Hopsen. Wahrscheinlich weil sie ganz genau weiß, wie sehr sie mir damit auf die Nerven gehen kann.

Jedenfalls quietschen die Springfedern meiner Uralt-Matratze, auf der angeblich eine unserer Großtanten gestorben ist, gewaltig.

Josh behauptet das auf jeden Fall immer. Das mit der Großtante. Und er ist auch derjenige, der überzeugt davon ist, dass diese Großtante Eugenia Loretta F. Buckleby geheißen haben muss.

Ich ziehe mir die Bettdecke vom Kopf und schaue Pen eine ganze Weile dabei zu, wie sie in perfektem Yogi-Sitz neben mir auf und ab hüpft.

So als ob ihr Körper nicht der Schwerkraft unterliegen würde oder zumindest ein Perpetuum mobile wäre. Kein Scherz: Auf ihrer pickellosen Stirn zeigt sich weder ein Schweißtropfen noch eine Spur von Anspannung.

Ich starre an die Decke und hoffe, dass mich Pens Hopserei in einen komatösen Schlaf fallen lässt. Der würde mir nämlich eventuell dabei helfen, meine jämmerliche Existenz für ein paar Stunden zu vergessen.

Aber nicht mal das funktioniert heute Abend.

»Sag mal, ist das mit Shive und diesem Astro-Typen nicht der Hammer? Das hätte ich echt nicht erwartet«, keucht Pen hopsend.

»Ich auch nicht. Vor allem nicht so schnell. Ich meine, Shive hat ja schon einige Zeit darüber gesprochen. Aber ist er denn nicht viel zu jung, eine solch weitreichende Entscheidung zu treffen?«

Pen antwortet nicht und bleibt kurz auf der Matratze sitzen. Dann springt sie auf, zieht sich ihr Kleid über den Kopf, streift die Leggins ab und steht in ihrer Calvin-Klein-Unterwäsche vor mir. In ihrer ganzen Pracht, samt Wuscheldutt, Sixpack und meterlangen Beinen, die mir wahrscheinlich bis zum Nabel reichen. Müssten wir mal abmessen. Oder wenn ich es mir genau überlege: lieber nicht.

»Ach, wer glaubt denn an so ein Perfect Match«, sagt Pen. »Das ist doch völliger Quatsch!«

»Ich glaube ja auch eher an physikalische Formeln als daran, welche Sternenkonstellation jetzt gerade wo vorbeifliegt. Aber man weiß es ja nicht. Vielleicht ist ja doch was dran. Das Ganze macht mir schon Angst. Was, wenn Shive ...« Ich stocke. Und mir wird gerade klar, dass ich Pen noch nie davon erzählt habe. Davon, was ich für Shive empfinde. Warum, weiß ich auch nicht genau. Wahrscheinlich, weil ich irgendwie das Gefühl habe, dass Pen das nicht gefallen würde.

Ich in Shive.

In love.

Irgendwie inakzeptabel.

Ich schalte mit der kleinen pinken Fernbedienung die Sternenlichter an der Decke an.

Die haben Josh und Pheebs mir zum letzten Weihnachten geschenkt, und meistens haben sie eine höchst beruhigende Wirkung auf mich. Ich seufze und rolle mich in optimale Schlaf-Embryo-Stellung. Auch wenn ich befürchte, dass das heute nichts bringen wird.

»Ich glaube, man muss das nicht so ernst nehmen«, murmelt Pen und legt sich zu mir unter die Decke.

In genau spiegelverkehrter Embryo-Stellung. So als hätte Mrs Malloney mit ihrer Quietschekreide eine Symmetrieachse durch mein Bett gezogen. »Ich kann mir echt nicht vorstellen, dass Shive sich davon beeinflussen lässt. Ich meine, wir leben schließlich im 21. Jahrhundert und nicht im Mittelalter. Er ist gerade erst siebzehn und denkt so was von *nicht* ans Heiraten. Außerdem ist er viel zu intelligent, um …«

»Um was, Pen? Um einer tausendjährigen Lehre zu glauben, die sich darauf spezialisiert hat, welche Planetenkonstellationen besonders günstig für Partnerschaften sind? Oder an welchem Tag und zu welcher Uhrzeit die Hochzeitszeremonie stattfinden soll? Ich finde das schon irgendwie faszinierend.« Ich drehe mich auf die andere Seite und quetsche mein Kopfkissen in idealer Napfkuchen-Form unter meinen Nacken. »Ich meine: Was hat unsere Kultur denn in Sachen Partnervermittlung zu bieten? Außer Computer-Algorithmen zu Schuhgrößen und Serien-Binge-Verhalten oder eingestaubte Kontaktanzeigen?«

»Ist ja gut, Em«, flüstert Pen und zieht die Bettdecke über meine Schulter. »Ich wusste gar nicht, dass dir die Sache mit Sunyatas SMS *so* nahe geht. Aber du musst dir da wirklich keine

Sorgen machen: Uns drei Chaoten bringt so schnell nichts auseinander. Auch kein Perfect Match. Außerdem hatte Shive schon immer seinen ganz eigenen Kopf und heiratet in den nächsten zehn Jahren mit Sicherheit kein Mädchen, über das Amba und ein Fernseh-Astrologe sagen, dass die Sterne besonders günstig für sie stehen. Und denk daran: Wir drei sind unkaputtbar. *Forever!*«

Ich spüre Pens Hand auf meiner Schulter. So wie fast jede Nacht seit Jahren, kurz vor dem Einschlafen.

Als ich zu den leuchtenden Plastiksternen an der Decke sehe, flehe ich in Gedanken um Schlaf. Doch statt zu schlafen, kann ich immer wieder nur das eine denken: nämlich dass in jedem einzelnen Moment irgendwo in unserem Universum ein Stern als Supernova explodiert.

Und dass *forever* ein verdammt zerbrechliches Wort ist.

8

MÜHLE-REGELN FÜR ANFÄNGER:
Ziel des Spiels ist es, so viele Mühlen wie möglich zu schließen und dadurch dem Gegenspieler Steine vom Brett zu nehmen

»Dieser Typ nervt so was von«, schnauzt Pen, als wir am Morgen nach dem Nicht-Date-Dinner auf dem Weg zur Schule über den Flohmarkt in der Portobello Road schlendern. »Echt jetzt. Wir müssen Rob dringend mal eine Lektion erteilen. Ich weiß nur noch nicht, wie.«

Pen und ich haben heute endlich mal wieder Zeit, haufenweise Kleiderständer, alte Nachttischchen, Ballen alter Stoffe, Spitzendeckchen und Geschirr-Sets mit Blüten-Dekor zu durchforsten, da für uns die Schule erst um halb zwölf anfängt.

Weil unsere Stufenlehrer irgendeine Konferenz abhalten. Mit *uns* als Thema.

Solche Konferenzen sind anscheinend dermaßen deprimierende Angelegenheiten, dass im Lehrerzimmer immer meterlange Blechkuchen und ein ganzer Tanker mit Kaffee bereitstehen. Für die Nerven. Und fürs Wachbleiben. Je nachdem.

Sagt Pen jedenfalls. Und Pen weiß das. Weil sie nämlich mal ziemlich lange Schulsprecherin war und deswegen quasi gezwungen wurde, regelmäßig bei diesen Kaffee-und-Kuchen-Schlachten mitzumachen. Ihrem Sixpack hat das aber nicht geschadet. Es wurde in dieser Zeit sogar noch straffer.

Das soll mal einer verstehen.

»Rob steht halt auf dich. Das weißt du doch. Deswegen wollte er dir eben auch das Vintage-Kleid für 2 Pfund 99 kaufen, bevor er sich endlich vom Acker gemacht hat«, sage ich und bleibe vor einem Tisch mit einem Spielzeug-Einkaufsladen im Miniatur-Format stehen. Genauso einer, wie ich ihn mir früher immer gewünscht habe.

Uralt, aus Holz, mit Verkaufstheke und riesiger Vitrine, samt kleinen Keramik-Schublädchen, auf denen in Miniaturbuchstaben *Zucker, Salz, Vanille, Mehl* und *Sonstiges* steht. Ich bringe vor Entzückung kein Wort heraus.

»Ich fasse es nicht!«, ruft Pen und betrachtet ausgiebig eine beige Fliegenklatsche aus Plastik vom selben Stand. »Jetzt nimmst du ihn auch noch in Schutz, diesen elendigen Macho. Nachdem er dich immer behandelt, als wärst du unsichtbar. An deinem Selbstwertthema müssen wir echt noch arbeiten. Kommt wahrscheinlich von deiner Entwicklungsstörung. Aber das bekommen wir schon noch hin. Ich überlege schon, ob ich extra wegen dir nächstes Schuljahr Psychologie belegen soll.«

»Welche Entwicklungsstörung denn, bitte schön? Rob ignoriere ich nur, weil er Joshs ältester Freund ist und ich mich schon lange daran gewöhnt habe, dass er Schwachsinn von sich gibt … das darf man nicht ernst nehmen. Und was soll das heißen, du überlegst, wegen mir Psychologie zu belegen, also hör mal …«, sage ich, während ich nach einem Preisschild für den Einkaufsladen suche.

Dafür würde ich mein gesamtes gespartes Taschengeld von 12 Pfund 83 Cent auf den Kopf hauen.

»Na ja, dein Dad hat euch ja *alle* im Stich gelassen. Nicht nur deine Mum. Und wahrscheinlich hast du diesen heftigen Vater-Verlust damit kompensiert, dass du die ganze Schuld auf dich genommen hast. Und zack-bumm, hast du dir eine Entwicklungsstörung eingefangen und müsstest eigentlich den Rest deines Lebens bei irgendwelchen Psychologen auf dem Sofa rumliegen. Vielleicht sogar so häufig, dass es einfacher wäre, gleich bei einer Psychologin deiner Wahl einzuziehen. Aber mach dir mal keine Sorgen, Em. Das bleibt dir alles erspart. Du hast ja mich. Deine 24-Stunden-Notfall-Betreuung.« Pen winkt den Mann mit dem Schnauzbart zu uns her, der an einer sehr alten Nähmaschine mit Fußantrieb herumschraubt.

»Also, ganz ehrlich, Pen. Was verzapfst du eigentlich für einen Blödsinn? So ein großer Problemfall bin ich jetzt auch wieder nicht. Ich strotze nicht gerade vor Selbstbewusstsein wie du, aber das ist als Teenager normal. Weil sich die Synapsen im Gehirn nämlich neu sortieren und man mit Hormonen überschwemmt wird. Das kann einen schon mal verunsichern. Sagen Sanders und Nelle jedenfalls. Und Mrs Malloney übrigens auch. Und außerdem: Warum sprechen wir eigentlich die ganze Zeit über *mich*? Es ging doch gerade um dich und Rob, und dein Problem mit ihm und ...«

»Ich hab kein Problem. Rob hat ein Problem. Und deswegen kaufe ich jetzt auch dieses gute Stück hier, um mich endlich darum zu kümmern«, unterbricht mich Pen und hält dem Mann mit dem Schnauzbart eine Pfundnote hin.

»Willst du ihm etwa mit dieser Fliegenklatsche eins überziehen, wenn er was Bescheuertes von sich gibt? Dann hast du aber viel zu tun«, sage ich lachend und betrachte die alte Nähmaschine aus der Nähe. Die mit Perlmutt eingelegten Ornamente schimmern in der Sonne. Und sie scheint noch voll funktionstüchtig zu sein. Müsste ich mich entscheiden, würde ich die

Nähmaschine sogar dem Kaufladen vorziehen. Aber ich muss mich ja nicht entscheiden. Weil meine Ersparnisse ganz sicher für *weder noch* reichen.

»Die Fliegenklatsche ist Deko und unverkäuflich, mein Schätzchen«, brummt der Typ mit Schnauzer und zieht seine Kappe tiefer, die aus genau dem gleichen Stoff besteht wie seine Weste, sein Jackett und seine Hose. »Ist ein Unikat.«

»Das ist jetzt nicht wirklich Ihr Ernst, oder?«, sagt Pen und betrachtet ungläubig die Fliegenklatsche von allen Seiten. »Sieht jetzt nicht aus wie eine Sonderanfertigung aus dem 19. Jahrhundert. Eher wie Massenware aus dem Discounter.«

»Hier bestimme immer noch ich, was ein Unikat ist und was nicht, Schätzchen«, brummt der Verkäufer und zieht an seiner Pfeife, dass es nur so qualmt.

Pen zieht einen Zehner aus dem Geldbeutel und hält ihm den Schein unter die Nase.

Er schüttelt den Kopf.

Als Pen eine Zwanzig-Pfund-Note aus ihrem Geldbeutel zückt, halte ich sie am Ärmel fest. »Pen, was machst du denn da? Spinnst du? Wir haben wahrscheinlich zehn dieser billigen Dinger im Keller rumliegen. Weil wir die schon seit Jahren nicht mehr benutzen …«

»31 Pfund 17! Für die Fliegenklatsche und die alte Nähmaschine obendrauf. Das ist mein letztes Angebot, Sherlock Holmes«, ruft Pen, als sie ihr Kleingeld durchgezählt hat. Ihre Augen fixieren den Verkäufer. Und die Muskeln um ihre Mundwinkel herum sind so angespannt, als würde sie gerade den alles gewinnenden *Dunk* beim regionalen Basketball-Finale einkorben.

Allein vom Zuschauen bekomme ich schon Nackenschmerzen. Weil ich Pens Anspannung spüre und weiß, dass es für sie hier aus irgendeinem mir unerfindlichen Grund um mehr geht als um diese verdammt hässliche Fliegenklatsche in Kotzbeige.

»Lass mal gut sein, Schätzchen. An beidem hängen Familien-Erinnerungen. Und ich verkaufe nicht an jeden. Weißt du, mein Liebes, mit Geld kriegt man eben nicht alles«, sagt der Verkäufer, lächelt Pen mitleidig an und wendet sich dem Tisch mit den alten Nähmaschinen zu.

Obwohl dort immer noch keine Kundschaft steht.

Pens Gesicht läuft rot an.

Ich sehe, dass sie nach Worten ringt, aber außer ein paar unterdrückten Grunzgeräuschen bringt sie nichts hervor.

Dafür sammeln sich Tränen in ihren Augen.

Ich umgreife Pens Oberarm und ziehe sie sanft in Richtung U-Bahn-Station. Bevor dieser Morgen noch komplett aus dem Ruder läuft.

* *

»Er hat *Schätzchen* zu mir gesagt. Hast du das denn nicht gehört? Und *Liebes*. Ich hasse es, wenn Typen das tun. Und verkaufen wollte er mir auch nur deshalb nichts, weil er damit seine Macht demonstrieren kann«, sagt Pen, während wir über den Schulhof in Richtung Haupteingang laufen.

Die ganze U-Bahn-Fahrt über haben Pen und ich nur schweigend aus dem Fenster gestarrt und den U-Bahn-Stationen beim Vorbeifliegen zugesehen.

Pen wirkte die ganze Zeit superernst. Bis sich unsere Blicke im Spiegelbild des Fensters trafen und wir lachen mussten.

»Was soll das überhaupt heißen: *mein* Schätzchen? Ich bin weder sein Schätzchen noch besonders lieb. Als ob *lieb* die Eigenschaft des Jahrhunderts wäre. Das sollte man sich als Frau mal andersherum herausnehmen.«

»Aber was wolltest du denn mit dieser hässlichen Fliegenklatsche, Pen? Die bekommst du doch in jedem Pfund-Shop im Zehnerpack.«

Die Kieselsteine knirschen unter unseren Chucks. Ich sehe auf meine Handy-Uhr. Gleich strömen die Schüler der Unterstufe aus allen Türen, weil die zweite Pause anfängt.

»Hab ich mich in der U-Bahn auch gefragt. Manchmal weiß ich einfach nicht, wohin mit meiner ganzen Wut. Dann ist es so, als wäre mein Brustkorb viel zu eng für das alles. Und ich komme mir so ausgeliefert vor. Diesen ganzen scheiß Ungerechtigkeiten und ... allem einfach. Und dann will ich was tun ... irgendetwas ... außerdem hat mich dieser Typ von dem Stand irgendwie an meinen Vater erinnert, und da ...« Ihre Stimme wird leiser und geht schließlich im Gegröle der auf den Pausenhof drängenden Schüler unter. Pen sieht gerade so dermaßen traurig aus, dass sich mein Herz zusammenzieht.

Ich frage mich ernsthaft, ob sie nicht auch irgendeine Entwicklungsstörung mit sich herumträgt, von der ich keine Ahnung habe. Und ob wir uns nicht gleich eine Doppelcouch bei irgendeiner Psychologin mieten sollten.

»... und deswegen wolltest du einfach mal mit einer Plastik-Fliegenklatsche um dich schlagen. Oder dir Rob vorknöpfen. Guter Plan, Pen. Damit veränderst du ganz sicher die Welt. Du solltest aufpassen, dass ihm so viel Aufmerksamkeit am Ende nicht noch gefällt!« Ich grinse sie an.

Pen hält mir die schwere Holztür auf und zieht eine Augenbraue hoch: »Oh no, du hast so was von recht, Em. Ich sollte das Ganze vergessen, sonst weicht mir dieser schmierige Typ vielleicht überhaupt nicht mehr von der Seite.«

Wir prusten los. Und während wir die ausgetretenen Steinstufen runterrennen, denke ich, dass Pen und ich uns vielleicht doch ähnlicher sind, als ich immer dachte. Tief innen drin.

Weil mein Brustkorb nämlich auch viel zu eng ist für all die Gefühle, die aufbrodeln, wenn ich zum Beispiel an Shive, sein Karamellschmelz-Lächeln und diese verdammte Sache mit seinem perfekten Match denke.

* * *

»Ihr zwei lasst euch aber Zeit heute! Wo wart ihr denn den ganzen Morgen? Habt ihr es noch nicht gehört?«, fragt Shive, als wir in unserem Zeitungskabuff ankommen.

Seine Haare stehen wieder in alle Richtungen ab und er hat dunkle Ringe unter den Augen. Er scheint definitiv eine harte Nacht hinter sich zu haben.

Was gehört?, frage ich mich. Dass Amba und Jadoo Shan die perfekte Frau für ihn gefunden haben und dass das mit Sicherheit nicht *ich* bin?

Ich lasse mich auf unser Grübel-Sofa fallen und starre auf die Holzkiste vor mir, die seit Jahren als unser Sofatisch dient. Und als Stauraum für abgelaufene Notfall-Süßigkeiten. Und als Mühlebrett. Weil wir die Linien des Brettspiels vor ein paar Jahren mit einem Taschenmesser in den Deckel geritzt haben.

Keine Ahnung, wie lange wir das nicht mehr zu dritt gespielt haben. Mühle war eigentlich immer unser Lieblingsspiel.

In der Grundschule.

In der Unterstufe.

In der gesamten Mittelstufe.

Immer eben.

»Was sollen wir gehört haben, Shive? Dass du in ein paar Jahren mit ganz viel Tamtam die Frau deines Lebens heiraten wirst? Eine Frau, von der die Sterne sagen, dass sie zu dir passt? Oder dass du uns fragen willst, ob wir dann Brautjungfern sein wollen?«, fragt Pen und schaltet ihren Computer ein.

Shive und ich starren Pen entsetzt an.

»Dürfen wir dann eigentlich mit auf dem Elefanten sitzen, wenn du als Bräutigam deiner Braut entgegenreitest? Oder müssen wir hinterherlaufen?«

Shive verdreht die Augen und fährt sich laut stöhnend durch die Haare. »Echt, Pen, was soll das denn jetzt? Das hätte ich von dir echt nicht erwartet, mit solchen Klischees um dich zu werfen. Das ist ja wohl das Allerletzte! Gerade du, die du sonst immer dafür kämpfst, dass niemand ausgegrenzt wird, sondern so akzeptiert wird, wie er ist. Und ich bin echt enttäuscht, du als angehende Journalistin solltest wissen, wie wichtig Recherche ist. Denn so, wie du gerade redest, zeigst du nur, dass du keine Ahnung hast, was ein Perfect Match überhaupt ist.« Er starrt auf seinen Bildschirm und verschanzt sein Gesicht hinter dem dicken Wollschal, den er mindestens dreimal um seinen Hals gebunden hat. So erinnert er mich ein bisschen an eine Schildkröte, der die Welt momentan zu feindselig ist.

Kann ich nachvollziehen.

Sein linker Fuß tippelt auf dem Boden und die Ader an seiner rechten Schläfe pocht.

Shive kocht vor Wut. Was ich auch vollkommen verstehen kann.

Keine Ahnung, was mit Pen heute los ist. Solche Rundumschläge sind eigentlich echt nicht ihre Art.

»Ach, Shivkens, jetzt hab dich doch nicht so. Ich will dich nicht ausgrenzen. Nur ausfragen. Du weißt doch, wie sehr ich dich liebe. Du bist mein aller-allerbester Freund. Und wir sollten doch keine Geheimnisse voreinander haben«, sagt Pen lachend, während sie sich hinter Shives Bürostuhl stellt, ihn von hinten in den Schwitzkasten nimmt und ihm schließlich eine dicken Knutscher auf seinen Scheitel verpasst. »Wir sind doch nur neidisch und neugierig, wer die Glückliche ist. Kennen wir dein Perfect Match vielleicht?«

Shive befreit sich aus Pens Armen und stöhnt. »Ich will nicht darüber reden, Pen. Würdest du sowieso nicht verstehen«, murmelt er und fängt wie wild an zu tippen.

Ich will schon sagen, dass ich lieber nicht hören würde, wer die Glückliche ist. Aber stattdessen hole ich das Säckchen mit den Mühlesteinen aus unserer Sofakiste, schütte sie auf dem Spielbrett aus und sortiere die Steine nach Farben in zwei Haufen.

»Das kannst du uns doch nicht antun, Shive. Wir platzen gleich vor Neugier. Was sagt eigentlich deine Schwester Sunyata zu deiner Verkupplung? Die hat es ja nicht so mit dem Heiraten.«

Shive sagt kein Wort und haut dafür umso fester in die Tasten.

»Shive will nicht darüber reden. Hat er doch gerade schon gesagt«, murmele ich und hoffe inständig, dass das erst mal auch so bleibt. Je weniger wir darüber sprechen, desto größer die Wahrscheinlichkeit, dass wir diese Sache alle vergessen. Vor allem Shive.

Und wenn wir es vergessen, wird es vielleicht auch nicht wahr. Anfängerwissen Quantenphysik.

»Und von welchen Neuigkeiten wolltest du uns dann erzählen, Shivkens?«, versucht es Pen noch mal. Etwas leiser diesmal. »Du hast ja heller gestrahlt als ein LED-Birnchen.«

Shive starrt nur weiter auf seinen Bildschirm.

Die anschließende Stille ist schwer auszuhalten und fühlt sich an wie zu fest geratener Eierstich in einer sehr abgestandenen Suppe.

Heute bin ich ausnahmsweise sogar richtig froh, dass die Tanzgruppe nebenan probt und die Bässe durch die Wand dröhnen.

Während Pen und Shive im Internet und in ihren Emails abtauchen, drehe ich mich zur großen To-do-Pinnwand unserer Schülerzeitung, die an der Wand hinter dem Sofa hängt.

Wir liegen gut im Zeitplan: Die nächste Ausgabe kommt erst ein paar Tage vor Weihnachten raus. Alle wichtigen Artikel sind schon verteilt:

1.) *Es wird Zeit: für nicht-binäre Schultoiletten* – Pen
2.) *Aussterbende Baumarten und was wir dagegen tun können* – Shive
3.) *Winterball – das kälteste Highlight des Jahres* – Susan, Klasse 10
4.) *Chaos-Klassenfahrt der 11. Klassen nach Paris. Und warum Mrs Brown und Ayleen immer noch dort sind.* – Ayleen, Klasse 11
Und:
5.) .... – Em

Ich schlucke. Das ist so was von typisch ich.

Ja, ich wollte endlich auch mal einen eigenen Artikel schreiben.

Und nicht nur wie sonst in den Artikeln von Shive, Pen und all den anderen Reportern Rechtschreibfehler und Satzstellung korrigieren.

Und aufpassen, dass alle unsern Zeitplan einhalten.

Und am Ende alle Artikel und Bilder so für unseren Online-Auftritt formatieren, dass es einigermaßen so aussieht, als wären wir eine richtige Zeitung.

Ja, das wollte ich tatsächlich. Aber leider habe ich immer noch keine Ahnung, über was ich schreiben könnte.

»Meintest du die Mail von Mrs Malloney über diesen *Le Monde*-Wettbewerb, Shive? Von den Flyern in der Cafeteria? Hört sich echt ziemlich interessant an«, sagt Pen, ohne vom Bildschirm aufzusehen.

»Jepp«, antwortet Shive und starrt weiter auf seinen Bildschirm.

Ich atme auf. Wie es aussieht, gibt es doch noch Hoffnung für uns.

»Spielen wir erst mal eine Runde Mühle? So wie in alten Zeiten? Und dabei erzählt ihr mir, was Mrs Malloney in ihrer Mail geschrieben hat?«, frage ich und habe plötzlich großes Mitgefühl mit Pheebs.

Genau so muss es sich anfühlen, wenn sie zu Hause mal wieder einen von uns zu einer Runde UNO überreden will.

Shive und Pen zucken beide nur mit den Schultern. Absolut synchron und ohne jedes Anzeichen von Begeisterung.

Aber zu meiner Überraschung sitzen wir kurz darauf trotzdem um unseren alten Mühle-Tisch. Pen und Shive einander gegenüber. Ich dazwischen.

Pen schnappt sich die schwarzen Steine und schiebt Shive die weißen zu.

Shive lächelt Pen kurz an, setzt dann aber wieder sein Pokerface auf.

Er setzt den ersten Stein. Pen den zweiten. Und ich schaue, dass alles auch seine Richtigkeit hat.

* * *

»Also, was steht drin in Mrs Malloneys Mail? Hab schon ewig nicht mehr in mein Postfach gesehen«, sage ich, während die beiden wie immer ihre Steine fein säuberlich zu Türmchen aufstapeln.

»Mrs Malloney denkt, wir sollten bei diesem Wettbewerb mitmachen. Sie denkt, dass wir gute Chancen hätten mit *Universal News*. Die Konkurrenz wäre zwar groß, da sich Redakteure von Online-Schülerzeitungen aus ganz Großbritannien bewerben können. Aber sie traut uns das zu«, sagt Shive und setzt seinen zweiten Stein.

Pen setzt ihren.

»Man kann sich anscheinend einzeln oder zusammen als

Team bewerben. Aufgabe: Man muss ein Projekt in die Wege leiten, das irgendwie dem Stadtteil zugutekommt und positive Veränderungen bewirkt. Und darüber soll man dann in seiner Zeitung schreiben. That's it.«

Die beiden setzen jeweils zwei weitere Steine, schneller, als man schauen kann.

»Deswegen ja auch der Name: *Youth for Change*«, sagt Pen und beobachtet Shive mit verschmitztem Lächeln.

Ich ahne, was sie vorhat.

»Einziges Problem«, redet Shive weiter, »die Abgabefrist für die erste Bewerbungsrunde ist noch vor Weihnachten. Aber keine Sorge: Ich hab mir schon was überlegt. Wir könnten eine Baumpflanzaktion aussterbender Baumarten ins Leben rufen und darüber berichten«, sagt Shive und sieht uns erwartungsvoll an.

So erwartungsvoll wie damals in der ersten Klasse, als er uns vorschlug, unsere Teppichböden im Kinderzimmer einzuweichen, um darauf Kressesamen auszustreuen.

»Habe schon mit Sam vom botanischen Garten telefoniert. Ihre Unterstützung haben wir.«

»Aha«, sagt Pen und verschränkt die Arme vor der Brust. »An sich ja eine gute Sache. Aber erstens, Shivkens: Machst du das nicht schon die ganze Zeit über? Aussterbende Bäume irgendwohin pflanzen? Und zweitens: Wie genau willst du da die Community mit einbeziehen?«

»Zweitens: Dazu fällt uns sicher was Gutes ein, wenn ihr zwei Blitzbirnen mitüberlegt. Und erstens: Glaubst du wirklich, dass unsere Generation es noch schaffen kann, genug aussterbende Baumarten zu pflanzen? Egal wohin? Echt jetzt?«

»Da hast du natürlich recht«, antwortet Pen und lässt den Steinchenturm durch ihre Finger gleiten. »Aber es gibt auch noch andere Baustellen auf unserem Planeten. Wir könnten zum Beispiel eine Basketballmannschaft zusammenstellen und trainieren. Im Jugendzentrum um die Ecke. Wir hängen einfach eine riesige Regenbogen-Flagge an den Zaun, mit der Aufschrift ›Hier sind WIRKLICH ALLE ab 13 eingeladen‹. Was meint ihr?«

Shive und ich nicken.

Ist natürlich auch keine schlechte Idee. Und wie schnell Pen sich das jetzt wieder ausgedacht hat, beeindruckt mich schwer.

Die beiden sehen mich an.

»Was?«, frage ich. »Soll ich jetzt entscheiden, welche Idee die bessere ist? Ihr könnt mich mal. Da bin ich raus. Das schnickschnackschnucken wir gefälligst aus. Wie immer.«

»Vielleicht hast du ja auch eine Idee?«, fragt Shive und lächelt mich so dermaßen süß an, dass mir ganz flummrig wird im Magen. »Bist ja schließlich auch Redakteurin und nicht nur *Mädchen für alles*, oder?«

Ich räuspere mich und würde wahnsinnig gerne.

Was sagen.

Und ihn küssen auch.

Aber ich wüsste jetzt nicht, wie man mit Knobelaufgaben, Backrezepten und Schnittmustern die Welt verändern könnte.

Und wie er reagieren würde, wenn ich ohne Vorwarnung meine Lippen auf seine lege, weiß ich auch nicht.

Außerdem bin ich doch die, die zuhört und sich ihren Teil denkt.

Nicht die, die was zu sagen hat.

Und auch noch darüber schreibt.

Und deswegen sage ich: »Was kann man dabei denn überhaupt gewinnen? Shive, du bist übrigens dran mit dem nächsten Zug.«

Pen antwortet, dass sie sich langsam Sorgen um mich macht. Weil wir das schon tausendmal besprochen hätten, was es da zu gewinnen gibt. Dieses Praktikum bei der *Le Monde* eben. Und dann sagt sie, dass sie schon lange mal wieder nach Paris wollte. Und dass sie diesen Sommer sowieso nur in der Firma ihres Vaters im Büro mithelfen muss, falls wir nicht gewinnen.

Und Shiva meint, dass das auch für ihn eine Riesenchance wäre. Weil man ihn dann vielleicht endlich mal ernst nehmen würde mit seinen Baumpflanzaktionen.

Und ich merke, dass es für mich eigentlich auch nur Vorteile hätte. Zum Beispiel müsste ich nicht schon wieder mit Pheebs als Begleitperson auf ihr langweiliges Sommer-Camp für Tanzwütige.

Letztendlich wird uns klar, dass wir den Sommer mehr oder weniger nur überleben, wenn wir bei diesem Wettbewerb mitmachen.

Pen grinst plötzlich fett, weil Shive endlich seinen Stein gesetzt hat. Sie beißt sich auf die Unterlippe und setzt ihren.

Und ich lächele in mich hinein. Weil Pen es wieder geschafft hat.

Shive stöhnt und haut sich auf die Stirn. Weil er jetzt auch sieht, dass Pen eine Zwickmühle gelegt hat. »Was soll ich sagen: Du bist einfach die Beste, Pen! Die Queen of Queens!«

Pen bekommt ganz rote Backen und strahlt so sehr, dass ich mich frage, ob ich mir langsam wirklich Sorgen machen sollte.

Was, wenn Pen Shives Perfect Match ist?

Würde natürlich auch erklären, dass Shive erst mal nicht darüber sprechen will.

Mein Mund wird ganz trocken und ich bekomme kalte Finger. Wenn Pen und Shive ein Paar würden, müsste ich die Schule wechseln, oder die Stadt, oder am besten gleich den ganzen Kontinent. Weil mein Herz das nicht aushalten würde, ihnen auch noch beim Knutschen zuschauen zu müssen.

Aber ich komme nicht dazu, noch lange darüber nachzugrübeln. Weil Pen plötzlich aufs Sofa springt und darauf herumhopst, als hätten wir wirklich schon das Praktikum bei der *Le Monde* gewonnen. Und dabei ruft sie mit ihrer Basketballer-Motivationscoach-Stimme: »Eins müsst ihr mir unbedingt versprechen: Wir drei sind und bleiben so unzertrennbar wie eine perfekte Dreier-Mühle. Nichts kann uns auseinanderbringen! Nicht einmal dieses verdammt perfekte Match!«

9

VÖLLIG UNNÜTZES WISSEN:
Menschen haben 50 Prozent ihrer DNA mit Bananen gemeinsam

Mittwochmorgen bin ich die Erste in der Aula zu unserer wöchentlichen Schulversammlung. Das kam bisher noch nie vor. In meiner ganzen Schulzeit nicht. Aber ich überlege mir gerade ernsthaft, ob ich das ab jetzt nicht öfter machen soll.

Weil: Während unser Hausmeister und irgendein Elektro-Nerd aus der Zehnten das Mikrofon testen, dass es nur so quietscht, die Vorhänge sich zum 37. Mal selbst auf- und zuziehen und ein paar Lehrer sich darüber streiten, welcher Programmpunkt wann stattfinden soll, sitze ich hier auf dem idealsten aller Plätze (hinteres Drittel, direkt am Mittelgang mit optimalen Fluchtmöglichkeiten) und genieße diese gratis Comedy-Vorstellung. Denn dabei kommt es mir plötzlich so vor, als wäre ich nicht die Einzige in diesem Universum, deren Leben in einem kolossalen Chaoshaufen versinkt. Außerdem hat mir Nelle heute Morgen ausnahmsweise ihren Polyester-Leopardenmantel ausgeliehen. Und mit dem fühle ich mich sowieso unbesiegbar.

»Na, Em, bist du gut vorbereitet für deinen großen Auftritt heute?«

Neben mir steht Mrs Malloney in ihrer vollen Größe, samt frisch gefärbten Haaren und der filzigen Strickjacke, die sie so gut wie immer anhat und deren Taschen wahrscheinlich voller Kreidestückchen sind. Sie lächelt mich erwartungsvoll an.

»Ich … äh … also …«

»Du hast doch sicher die Mail gelesen, die ich an dich und die anderen zwei am Freitag noch geschickt habe, oder? Ich hab mich drauf verlassen, du gehörst schließlich zu der Art Schülerin, die so dermaßen organisiert sind, dass man sie vor sich selbst retten muss. Weil sie sonst mit Ende sechzehn schon anfangen, die Playlist für ihre Beerdigung zusammenzustellen.« Sie bekommt einen ihrer berühmten Lachanfälle, die regelmäßig durch die Schulflure scheppern.

Aber ich verstehe Mrs Malloneys Humor leider nicht immer.

»Das ist mal wieder einer Ihrer Versuche, mich auf den Arm zu nehmen, um mich ein bisschen lockerer zu machen, oder?«, frage ich und versuche ein bisschen mitzulachen. Sie soll nicht denken, ich wäre der humorloseste ihrer Nerds.

»Nein, nein, Em, ich nehme dich nicht auf den Arm. Das habe ich gerade erst irgendwo gelesen, dass sich 35 Prozent aller Jugendlichen unter achtzehn schon mal ausgiebig damit beschäftigt haben, wie sie beerdigt werden wollen. Ist ja auch eine Art, mit seiner Angst vor dem Tod umzugehen, oder?«

Sie sieht mich an, als erwarte sie darauf jetzt eine richtig kluge Antwort.

»Vermutlich schon«, murmele ich und schlucke. Über meine eigene Beerdigung habe ich wirklich noch nie nachgedacht. Und ich frage mich, ob Mrs Malloney sich das nicht komplett ausgedacht hat. Das mit den 35 Prozent. Und ob ich mir ernsthaft Sorgen um meine Lieblingslehrerin machen muss oder ob sie einfach der seltsamste Mensch ist, den ich kenne.

Und ich kenne sehr viele seltsame Menschen.

Mich eingeschlossen.

»Das meinte ich jetzt gar nicht, Mrs Malloney. Das mit den Beerdigungsfantasien. Aber seit wann verschicken Sie denn alle Infos per Mail? Früher haben Sie doch auch immer Zettel verteilt! Diese hellblauen, gelochten!«

»Man muss doch mit der Zeit gehen, Em. Und nach Shives letztem Referat über Papierknappheit und die Alternativen habe ich entschieden, nur noch per Mail zu kommunizieren. Da kannst du doch nichts dagegen haben, oder?«

»Natürlich nicht ...«, sage ich schnell. Aber irgendwie fehlen mir Mrs Malloneys hellblaue, vorgelochte Info-Zettel gerade sehr. Man konnte sie festhalten, anstarren und dann in den Ordner packen. Und manchmal waren sie sogar noch warm vom Kopierer. Irgendwie gaben mir diese bescheuerten Zettel immer das Gefühl, mein Leben eben doch im Griff zu haben. Ein ganz kleines bisschen jedenfalls.

»Wie auch immer. Jedenfalls hatte ich dir, Sara und Tom die Aufgabe geschickt, die ihr heute auf der Bühne lösen sollt. Wegen der Mathe-Olympiade in ein paar Monaten. Die ist so schwer, dass ich euch etwas Vorlauf geben wollte. Zu Hause kann euch damit wahrscheinlich sowieso niemand helfen.«

Mir wird plötzlich sehr kalt und ich wickele die von Nelle geliehene Leopardenjacke fester um mich. Ich hätte meine Mails am Wochenende doch endlich mal checken sollen.

»Muss im Spam untergegangen sein, diese Mail, Mrs Malloney ... können wir das Ganze nicht verschieben? Ich habe jetzt ja gar keine Ahnung, was da auf mich zukommt, und ...«

»Verschieben geht nicht. Ich muss spätestens Ende nächster Woche einreichen, wen ich von unserer Schule hinschicke. Aber bei dir mache ich mir am allerwenigsten Sorgen. Die Aufgabe knackst du doch mit links. Sogar wenn ich nachts in deinem Zimmer stehen und dich wecken würde! Hier, kannst sie dir ja noch kurz anschauen, bevor es losgeht ... ich habe sie extra noch mal ausgedruckt für euch drei.«

Sie drückt mir ein Blatt Papier in die Hand, auf dem eine Gleichung steht, die länger ist als die *Central Line* der *London Underground.*

Mrs Malloney lächelt mich mit ihrem Das-packst-du-schon-Lächeln an und macht sich dann auf zu den anderen Lehrern, die immer noch streiten.

Und ich kann nur denken, wie ungern ich Mrs Malloney nachts in meinem Zimmer stehen hätte. Und ich wünschte, sie hätte mir noch ein paar ihrer Witze erzählt, anstatt mir diese Monster-Gleichung in die Hand zu drücken.

Auch wenn ich ihre Witze eigentlich *nie* kapiere.

* *

»Seit wann sitzt du denn hier am Gang? Rück mal eins weiter in der Reihe«, sagt Pen.

Ich schüttle den Kopf. »Muss mich gerade auf die Aufgabe konzentrieren. Ist wichtig.«

»Seit wann sitzt du denn nicht mehr in der Mitte?«, fragt Shive, der auch gerade in die Aula gekommen ist.

Ich sehe ihn an und frage mich, wie Shive es immer schafft, so dermaßen von innen zu leuchten, dass man meinen könnte, heute wäre ein ganz besonderer Feiertag. Und das an einem stinknormalen Mittwochmorgen.

»Ist irgendwas? Habe ich wieder Zahnpasta an der Backe kleben?«, fragt Shive und rubbelt sich über beide Wangen.

»Ist nichts«, sage ich und ärgere mich, dass ich ihn gerade wieder mit offenem Mund angestarrt habe. »Muss mich gerade nur konzentrieren. Mrs Malloneys Rechenaufgabe ist diesmal echt krass.« Ich sehe mich kurz um. Vor lauter Grübelei über der

Monstergleichung habe ich gar nicht mitbekommen, dass die Aula inzwischen vor grölenden Schülern bebt.

»Nach dir«, sagt Pen jetzt zu Shive.

»Nein, nach dir«, sagt Shive zu Pen.

Und das geht dann noch eine ganze Weile so hin und her, bis ich rufe: »Jetzt setzt euch verdammt noch mal endlich hin und veranstaltet nicht so einen Zirkus! Seit wann seid ihr denn so übermäßig höflich zueinander? Und der Platz in der Mitte ist jetzt auch nicht sooo toll. Glaubt mir, ich verfüge da zufällig über ausreichend Erfahrung.«

Und als Shive dann endlich durchgerutscht ist und Pen neben mir sitzt, beginnt auch schon die Mittwochsversammlung.

Genauso wie immer. Und zwar:

1.) Unser Schulleiter Mr Watson versucht mithilfe von Schnalzgeräuschen ins Mikrofon die Meute zur Ruhe zu bringen. Bis Mrs Malloney kurz rumbrüllt.
2.) Die Bläserklasse spielt das Lied der Woche. Heute im Angebot: »Somewhere over the Rainbow« in einer brandneuen Interpretation: doppelt so langsam wie das Original, dafür aber versetzt mit neuen Tönen.
3.) Verkündung des Wochenmottos (*Sei authentisch*) durch unsere Schulsprecherin Fiona O'Flannagan. Mit anschließendem Blablabla darüber, was das denn bedeutet.
4.) Der Schulchor versucht es noch mal mit der Eigenkomposition unseres Musiklehrers Svenson, die nur aus gesungenen Vokalen und Konsonanten besteht. Letzte Woche mussten sie abbrechen, weil die Solistin ihre Noten vergessen hatte, darum heute zwei musikalische Einlagen.

Mir solls recht sein. Gibt mir mehr Zeit für meine verdammte Gleichung. Allerdings kann ich mich nun nicht mehr konzentrieren, weil Pen mit ihrer Chips-Tüte rumraschelt und quengelt, dass wir als gestresste Elftklässler ja wohl echt Wichtigeres zu tun hätten. Mal in Ruhe ausschlafen zum Beispiel.

»Hast du dir eigentlich schon mal Gedanken zu deiner eigenen Beerdigung gemacht, Pen? Ich meine, wie die genau ablaufen soll und so«, flüstere ich und kaue ein bisschen an meinem Kuli herum. Hilft manchmal beim Denken.

»Klar, mache ich ständig. Du etwa nicht?«, fragt Pen.

Ich schüttele den Kopf.

»Hilft ungemein, alles ein bisschen lockerer zu sehen. Das Leben und so. Und wenn ich mir vorstelle, wie mein Lieblingslied aus den Lautsprechern tönt, während alle auf meine Urne starren, dann kommen mir direkt die Tränen. Müsst ihr mal ausprobieren.«

»Welches Lied ist das denn, Pen?«, fragt Shive und schnappt sich Pens Chipstüte.

Pen zieht eine zweite aus ihrer Tasche.

»Na, dieses eine Lied mit den Geigen und dem Text über diese Frau, die nicht vermisst werden will, weil sie immer für alle da sein wird, egal was passiert, von der einen Sängerin mit den kleinen schwarzen Locken und dem Kopfhörer auf.«

»Geht das vielleicht noch ein bisschen genauer, Pen? Muss mir den Titel nämlich unbedingt gleich aufschreiben, dass ich das für deine Beerdigung auch nicht vergesse«, flüstert Shive und grinst.

»Wer sagt denn, dass ich vor dir sterbe, Shive? Und dass du überhaupt meine Beerdigung planen darfst?«, fragt Pen und hört für einen Moment mal auf, sich weiter Chips in den Mund zu schieben.

»Keiner. Ich hoffe auch schwer, dass ich vor dir sterbe, Pen. Weil ein Leben ohne dich wahnsinnig langweilig wäre. Etwas friedlicher und weniger chaotisch vielleicht. Aber eben auch sehr, sehr langweilig. Trotzdem werde ich mir deine Wünsche aufschreiben. Weil ich nämlich ungern bei der Beerdigung säße, die deine Eltern für dich organisieren. Dann würdest du im teuersten Sarg von ganz London liegen, obwohl du anscheinend verbrannt werden willst, wenn ich das richtig verstehe. Ich dagegen würde keine Kosten und Mühen scheuen, dieses herzergreifende Lied dieser braunlockigen Sängerin mit Kopfhörern ausfindig zu machen und bei deiner Beerdigung abzuspielen. Das bin ich dir schuldig, Pen.«

Während Shive sich über die letzten Chips aus Pens Tüte Nummer eins hermacht, starrt Pen ihn für ein Weilchen nur von der Seite an.

Schließlich schmeißt sie auch noch ihre zweite Chipstüte in seinen Schoß und legt den Kopf auf seiner Schulter ab. »Das ist übrigens meine Lieblingssorte, Shive. Und du darfst sie haben: Salz und Essig mit einer Prise Chili. Weil das eben wahrscheinlich das Romantischste war, was jemals ein Mensch zu mir gesagt hat«, flüstert Pen und schließt die Augen.

Und das mache ich auch. Weil ich nicht will, dass irgendjemand hier meine Panik bemerkt.

Vor allem Shive nicht.

Denn ich hätte es auch wahnsinnig gerne, dass Shive sich ausführliche Gedanken zu *meiner* Beerdigung macht.

»Pen meint *I Will Be There* von Katie Melua in der Version mit Orchester«, sage ich, ohne von meinem Rechenzettel aufzusehen. »Gern geschehen. Und kleine Frage am Rande: Ihr wisst schon, dass wir diese Woche noch wahnsinnig dringend wahnsinnig viel erledigen müssen, oder? Also, neben all euren Beerdigungsplänen.«

Ich atme durch.

Svensons Buchstabenkomposition hat es endlich zum Gesangssolo von Kim Lu aus der Neunten geschafft.

»Was denn zum Beispiel?«, fragt Pen, ohne die Augen zu öffnen. Und leider auch ohne endlich ihren Kopf von Shives Schulter zu nehmen.

»Na, unsere Outfits für den Ball basteln, kaufen oder leihen zum Beispiel. Uns endlich für unsere A-Level-Kurse einschreiben. Und die letzte Zeitungsausgabe vor Weihnachten fertig machen. Das reicht doch eigentlich schon, oder? Soll noch mal einer sagen, dass die Schulzeit durchgechillt werden kann.«

»Du gehst *doch* zum Ball? Echt jetzt, Em? Mit wem denn? Das hast du mir ja noch gar nicht erzählt«, ruft Pen und setzt sich auf. Sie versucht nicht mal mehr ansatzweise zu flüstern.

Ihre Nerven hätte ich gern.

Ich atme tief durch. Zumindest hat mein Romantik-Crasher-Plan funktioniert. »Mit 99,79-prozentiger Wahrscheinlichkeit nicht. Ich hasse Bälle, und das wisst ihr auch. Die restlichen Prozent sind noch neutral. Stehen quasi für die dunkle Materie in mir. Und für das Unvorhergesehene im Leben. Und das hat auch überhaupt nichts damit zu tun, dass ich darauf warte, dass mich irgendjemand fragt mitzukommen. Kein bisschen. Habe mich schließlich schon mit sieben alleine für einen Nähkurs angemeldet.«

Shive sieht zu mir rüber und setzt zum Sprechen an. Da bin ich mir hundertprozentig sicher. Tut es dann aber doch nicht.

Pen drückt mir einen fetten Knutscher auf die Backe und verkündet mit ihrer etwas gedämpften Opernstimme: »Bist und bleibst halt einfach doch eine Rebellin, Em.«

Um das Thema zu wechseln, mache ich mit unserer To-do-Liste weiter. »Na ja, und dann müssen wir auch noch dringend unseren Projektvorschlag für dieses Wettbewerbs-Dingsda schreiben. Ich will unbedingt, dass wir uns dieses Praktikum bei der *Le Monde* holen. Sonst muss ich mit Pheebs auf dieses bescheuerte Sommercamp, bei dem man drei Wochen lang nur ungetoasteten Toast mit Marmelade zu essen bekommt und sich um heimwehkranke Hip-Hop-Tänzer kümmern muss.«

»Stimmt, das müssen wir unbedingt schaffen. Paris ist der Hammer«, sagt Pen und zwinkert mir zu.

»Aber darum kümmere ich mich doch schon«, flüstert Shive und reißt die Essig-Salz-Chili-Chips-Tüte weiter auf.

»Nichts da, Shive. So weit kommts noch, dass das Patriarchat wieder vorschreibt, wie was zu laufen hat. Wir machen das demokratisch und stimmen ab, welche Idee die beste ist, verstanden?«, sagt Pen und boxt Shive in die Seite.

»Also jetzt bin ich plötzlich das Patriarchat, oder was? Ich hab diesen Scheiß nicht erfunden. Auch wenn ich im Stehen pinkeln kann«, sagt Shive plötzlich auch nicht mehr ganz so leise.

»Nein, hast du nicht. Aber du bist ein Nutznießer davon. Deswegen musst du dich doppelt anstrengen, das wieder auszugleichen, und ...«

Mrs Malloney wirft uns ziemlich böse Blicke zu.

Ich gebe ihren bösen Blick an Pen und Shive weiter.

Ich kann es mir heute schließlich nicht leisten, meine Mathelehrerin als Verbündete zu verlieren. »Hey, Leute, das können wir doch später besprechen«, flüstere ich und versuche, weiter an der Gleichung mit drei Unbekannten herumzutüfteln. Aber ich komme nicht wirklich weiter.

Mrs Malloney muss einen Fehler gemacht haben. Die ist nämlich meiner Meinung nach gar nicht lösbar.

»Müssen wir unseren Vorschlag nicht bis Weihnachten abgeben?«, fragt Pen. »Stand doch in der Mail, oder? Sonst ist es nämlich aus und vorbei mit der Chance, zusammen mal rauszukommen aus diesem Kaff und ...«

»Du findest, London ist ein Kaff?«, fragt Shive und faltet seine Hände über dem Kopf. »Das kann doch jetzt nicht dein Ernst sein.«

»Ist es aber. Ich war nämlich schon mal in Paris. Im Gegensatz zu dir, Dumpfnase. Du musstest dir ja letztes Jahr unbedingt eine halbe Tollkirsche reinziehen, bevor es auf Klassenfahrt ging. Und so was will Botaniker werden …«, sagt Pen und gibt einen abschätzigen Schnalzlaut von sich.

»Hallo? Da hatte jemand die Schildchen im botanischen Garten vertauscht. Und auf dem stand *Finnische Heidelbeere* drauf. Ich schwörs«, antwortet Shive.

Ich muss jetzt dringend was tun, sonst endet dieser Tag noch in einem Desaster, bevor er überhaupt angefangen hat.

Denn Mrs Malloney ist mittlerweile schon aufgestanden und starrt uns wütend an, die Arme in die Hüften gestemmt.

Ich kritzle auf das Blatt direkt unter die Gleichung:

Ems Superplan für ihre Dumpfnasenfreunde:

1.) Jeder schreibt seine verdammte Projektidee auf.
2.) Wir sehen uns alle Vorschläge an. Der beste gewinnt, und zwar auf demokratischem Weg.
3.) Bis dahin: Einfach mal die Klappe halten!

Anschließend halte ich den beiden das Blatt unter die Nase.

Dann rechne ich panisch weiter. Und hoffe, dass sich Shive und Pen wenigstens für die letzten paar Sekunden vor meinem großen Bühnenauftritt an Punkt Nummer drei halten.

Und während ich weiterrechne, halten die zwei auch wirklich die Klappe. Aber dafür spüre ich Shives Blick von der Seite und frage mich, was das jetzt wieder zu bedeuten hat.

»So schlimm war dein Auftritt jetzt auch wieder nicht, Em«, sagt Pen, als wir nach der Schule aus der U-Bahn-Station kommen. »Außerdem warst du doch die Erste, die überhaupt gemerkt hat, dass Mrs Malloneys Aufgabe gar nicht lösbar war. Mach dich mal locker.«

»Ich wäre garantiert um einiges lockerer, wenn mir die Welt nicht ständig raten würde, ich solle mich mal locker machen«, schnauze ich und lege einen Zahn zu. Mir ist kalt, ich habe einen Riesenhunger und vor dieser Art von Morgen kann man eigentlich nur wegrennen.

»Robs Kumpel Malvin ist ein maximales Arschloch. Da hilft nur verbale Gegenattacke. Und zwar ohne auch nur eine einzige Sekunde zu zögern.« Pen hat mich wieder eingeholt und hakt sich bei mir unter.

»Aber genau das ist doch das Problem, Pen. Ich hätte ihm wahnsinnig gerne ein paar kluge Worte an den Kopf gedonnert. So wie du es regelmäßig tust. Aber das Einzige, was mir in diesem Moment einfiel, war: Umpfendumps hoch 3. Du warst doch dabei«, sage ich und denke mit Schaudern an die Situation in der Versammlung heute Morgen.

»Ich habe nur gesehen, wie blass du geworden bist. Kann ja schließlich nicht in deinen Kopf schauen. Aber Umpfendumps hoch 3, echt jetzt? Sogar deine Schimpfwörter sind mathematische Formeln? Du bist einfach unfassbar«, Pen grinst mich fett an. Und dann lacht sie sich kaputt und hört damit überhaupt nicht mehr auf.

Und die ganze Zeit über fährt der Zwischenruf dieses Idioten Malvin von vorhin Achterbahn in meinem Kopf:

»Du siehst so sexy aus in deinem faken Leopardenmantel, wenn du an deinem Stift kaust, Em. Vielleicht solltest du *das* ja beruflich machen. Das mit der Mathematik wird ja dann wohl eher nichts. So lange, wie du hier schon rumrechnest«, hatte er gerufen, als ich mich gerade nach ein paar Minuten Rumgrübelei auf der Bühne von der Tafel zur Versammlung drehte.

Und dabei hatte ich genau in dem Moment Mrs Malloney sagen wollen, dass irgendwas an ihrer Aufgabe falsch sein muss.

Weil sie eben unlösbar war.

Aber anstatt genau das zu tun, lauschte ich nur der Stille, die sich in der Aula ausgebreitet hatte.

Und dieser Stimme in meinem Kopf, die laberte, dass es gut und gerne sein könnte, dass nicht nur diese Gleichung, sondern dieses fucking Rätsel namens »mein Leben« unlösbar ist.

Pen und Shive waren zu dem Zeitpunkt schon lange von ihren Stühlen aufgesprungen, hatten sich vor Marvin aufgebaut und flüsterten ihm irgendwas in die Ohren. Von beiden Seiten gleichzeitig, wohlgemerkt. Wahrscheinlich irgendwas von wegen, dass er mal schön seine Klappe halten soll oder dass er ein Arschloch mal 1000 in Klammern hoch einer Million ist. Vielleicht haben sie ihm ja auch Schläge angedroht.

Letzteres ist zwar unwahrscheinlich. Aber gewirkt hat ihr Auftritt trotzdem.

Weil Malvin sofort in seinem Stuhl in sich zusammensank und dann nur noch in Dauerschleife »Ist ja gut, Leute. Kommt nicht wieder vor. Versprochen«, murmelte.

Aber da war es trotzdem zu spät für alles.

Weil Marvins Sätze gefühlt schon so gut wie an den Aulawänden standen. Als Graffiti. Unsichtbar, aber trotzdem für jeden lesbar.

10

VÖLLIG UNNÜTZES WISSEN:
Man kann seinen eigenen Ellbogen nicht ablecken

Als Shive vorhin bei uns zu Hause anrief, blieb mir fast eines der Klößchen aus Sanders' Spezialsuppe im Hals stecken. Diese Suppe mit allem drin, was noch im Kühlschrank rumlag.

Nicht dass ich mich nicht gefreut hätte. Über den Anruf, meine ich.

Im Gegenteil. Ich war außer mir vor Freude. So sehr, dass ich mit einem Schlag dermaßen anfing zu schwitzen, dass mir der Hörer zwischen den Fingern wegflutschte und auf den Dielenboden knallte, bevor ich ihn endlich an mein Ohr halten konnte.

Murphy, der bis dahin auf dem Telefontischchen gedöst hatte, sah mich nur empört an und drehte mir seinen Hintern zu. Er hasst Lärmbelästigungen jeglicher Art und nimmt sie sehr persönlich.

Und während Josh nur lächelnd den Kopf schüttelte und an seinen Platz zurückging, starrten mich Mum, Pheebs, Sanders und Nelle vom Esstisch her an. So viel zur Privatsphäre in unserem Haus.

Ich drehte allen den Rücken zu. »Shive, seit wann rufst du

denn auf unserem Festnetz an? Ist was passiert?«, flüsterte ich und bemühte mich, so normal wie möglich zu sprechen. Ohne zu viel Gefühl. Ich spürte schließlich fünf Augenpaare und zehn Ohren im Rücken. Murphy noch nicht mit eingerechnet.

»Nicht direkt«, sagte Shive. »Außer, dass Großmutter Amba vielleicht für ein paar Tage ins Krankenhaus muss. Ihr Hausarzt will, dass ihr Herz mal ausgiebig durchgecheckt wird. Und: Dein Handy ist aus.«

Ich umfasste den Hörer fester. Dass Amba krank werden könnte, ist mir seltsamerweise noch nie in den Sinn gekommen. Obwohl sie weit über achtzig ist. Einfach, weil Amba für mich das pure Leben bedeutet.

»Wie schlimm ist es?«, fragte ich leise und fuhr mit dem Finger über den weißlich grauen Türrahmen, auf den wir alle immer Telefonnummern und Namen kritzeln.

»Ist wohl nur Routine, sagt der Arzt. Mum und Dad sind heute Morgen wieder nach Jaipur geflogen, um dort nach Ambas Haus zu sehen. Sie finden aber auch, dass es allerhöchste Zeit ist, dass sie mal von Spezialisten untersucht wird. Weil sie seit ein paar Wochen immer über Druck auf der Brust klagt. Aber Amba hält das Ganze für Geschäftemacherei des Krankenhauses. Weil sie anscheinend ihre Betten im Moment nicht vollkriegen.«

Ich lachte. Das hörte sich sehr nach Amba an.

»Und ... ja ... also«, Shive stockte am anderen Ende der Leitung.

Im Hintergrund hörte ich Autos vorbeifahren. Eins, zwei, drei, dann einen Laster, dann ganz große Huperei.

»Ich wollte dich eigentlich fragen, ob wir uns heute beim Flohmarkt an der Portobello Road treffen könnten. Ich bräuchte noch Inspiration und Stoff für meinen Auftritt beim Winterball und ich wollte dir auch noch was ...«

»In einer Stunde an der *Graffik Gallery*?«, fragte ich schnell und biss mir auf die Lippen.

Bevor er »sagen« sagen konnte.

Denn ich wollte verdammt noch mal nicht gesagt bekommen, wen er bald daten würde.

»Okay, bis gleich«, sagte Shive.

»Okay, bis gleich«, sagte ich, hörte noch zwei, drei weitere Autos vorbeifahren und legte dann auf.

»Alles okay?«, fragte Josh, als ich mich wieder zu den anderen an den Tisch setzte.

»Klar, warum nicht?!«, murmelte ich und rührte in meiner Suppe.

»Habt ihr endlich ein richtiges Date, du und Shive? Nur ihr zwei?«, fragte Pheebs und machte einen Kussmund.

»Ach, das wäre schön!«, sagte Nelle und grinste mich mit glasigen Augen an. »Jung müsste man noch mal sein.«

So alt bist du dann auch wieder nicht. Eher die Art, wie du dich anziehst, will ich schon sagen. Mache es dann aber doch nicht, weil ich nicht gemein sein will. Und außerdem: Erst letztens las ich von einem Liebespaar, das sich mit 94 und 98 im Altersheim kennengelernt hat. Beim Frühsport mit Rollatoren. Kein Scherz. Nur so viel dazu.

»Echt, du und Shive? Ich dachte, der geht mit Pen«, sagte Mum und tunkte ihr Stück Brot in die Suppe.

Sanders und Josh sahen sich an und verdrehten die Augen. Sie fanden es anscheinend nicht sonderlich passend, dass meine Liebesangelegenheiten vor allen beim Essen besprochen wurden. So wie ich.

Ich grunzte nur laut, ließ den Löffel in die Suppe fallen und brummte: »Kümmert euch doch bitte um euren eigenen Kram!«, stand auf, schnappte meine Schultasche und rannte die Treppe rauf. Wenn ich mich beeilte, konnte ich mich noch ein Stückchen weiter durch Mrs Malloneys Spezialaufgabe der Woche knobeln.

Weil die nämlich um einiges berechenbarer ist als Shives und meine Aussicht auf ein Happy End.

»Denk daran, du bist heute Abend dran, Pheebs zum Tanzunterricht zu bringen, Em!«, rief mir Mum noch hinterher.

Doch da war ich schon halb in meinem Zimmer. Und das Türknallen musste als Antwort reichen.

* * *

Jedenfalls stehe ich jetzt hier vor der *Graffik Gallery* am Portobello Market, betrachte das überdimensional große Mädchen auf der Hausfront, das in das Gemälde der Mona Lisa ein breites Grinsen malt, und halte mich an meiner Hot Chocolate mit extraviel Marshmallows fest.

Weil alles in mir drin gerade zu zerbröseln droht.

Shive und ich wollten uns um 15 Uhr treffen. Und jetzt ist es schon 17 Minuten und 30 Sekunden danach.

Shive, der pünktlichste Mensch, den ich kenne.

Schon zum Kindergarten rannte er immer, weil er der Erste im Morgenkreis sein wollte.

Während ich den letzten Schluck heiße Schokolade schlürfe und mir Sorgen wegen Amba mache, steht Shive plötzlich doch vor mir.

Vollkommen aus der Puste und ziemlich verschwitzt stammelt er, dass es ihm furchtbar leidtut, aber dass er vollkommen die Zeit vergessen hatte. Weil seine Eltern per Telefon vom Flughafen aus versucht hätten, Amba zu dem Check-up im Krankenhaus zu überreden. Als Amba sagte, dass der ganze Haushalt Lal im Chaos versinken würde, wenn sie auch nur einen Tag nicht da wäre, stellte Shive das Telefon auf Lautsprecher.

Und da hörte er, dass seine Mutter schon vollkommen fertig war und vor sich hin schluchzte.

Shive hat das Ganze jedenfalls ziemlich mitgenommen. Seine Haare stehen in alle Richtungen und das Hemd unter seiner Daunenjacke ist falsch zugeknöpft.

Ich würde ihm am liebsten über die Wange streicheln oder ihn kitzeln, bis er wenigstens etwas lächeln muss. Und ihm sagen, dass er sich keine Sorgen um Amba machen soll. Und um seine Mutter. Und dass bestimmt alles gut werden wird.

Aber das kann ich nicht.

Weil nicht immer alles gut wird. Das weiß ich aus Erfahrung.

Stattdessen hake ich mich bei ihm unter und verkünde: »Es hilft alles nichts, Shive. Das Leben kann ein Arschloch sein. Du brauchst jetzt dringend Stoff.«

Und dass ihn das dann doch zum Lachen bringt, lässt mein Herz Tango tanzen. Obwohl ich überhaupt nicht weiß, wie Tango geht.

* *

»Der wäre doch was für dich«, sage ich und streiche über den weißen Kunststoffsamt mit bunten Glitzerfäden.

Den Ballen hat uns die Verkäuferin mit dem größten Flohmarktstand eben extra aus ihrem Lieferwagen gehievt.

»Meinst du echt?«, fragt Shive und fährt so sanft über den Stoff, als würde er Murphy die Stirn streicheln. »Ein bisschen kitschig, oder? Findest du nicht?«

»Also, als sexy Schneeflocke, die beim Weihnachtsball auf den Klimawandel aufmerksam machen will, darfst du schon auffallen, oder? Und da kann ein bisschen Kitsch nicht schaden«, sage ich und plane schon, mir einen Bettüberwurf aus genau diesem Stoff zu nähen.

Falls Shives Kostüm daraus genäht werden sollte.

Wäre irgendwie romantisch.

»Hast ja recht, Shortbread. Aber irgendwie ist es doch heuchlerisch, wenn ich extra Stoff für mein Einmal-Kostüm kaufe und dann für den Klimaschutz werbe, oder? Vielleicht kann ich auch irgendein altes Laken recyceln.«

»Irgendwie schon«, sage ich und lächle der Verkäuferin entschuldigend zu. Mittlerweile hat sie bereits fünf Ballen mit weißen Stoffen angeschleppt. »Aber ich dachte, genau deswegen wolltest du dich mit mir hier treffen, um …«

Unsere Finger berühren sich, als wir unsere Hände von dem Stoffballen ziehen. Und mein Herz hat kurz einen Aussetzer. Weil das Unfassbarste überhaupt geschieht: Shive zieht seine Hand nicht weg, sondern umgreift drei meiner Finger mit seinen.

Mein Herz erinnert sich zum Glück gleich darauf wieder an seinen Pump-Job, aber dafür schießt mir das Blut direkt in den Kopf. Ich bin mir sicher, dass ich gerade aussehe wie einer dieser rot glasierten Äpfel am Stiel, an denen wir vorhin vorbeigelaufen sind.

Doch Shive scheint das nicht zu stören. Weil er mir nicht nur für eine Ewigkeit in die Augen sieht, sondern dabei auch noch etwas verkniffen lächelt und schließlich flüstert: »Ja, das wollte ich, Em. Aber nur, weil ich dich alleine treffen wollte und dir sagen wollte, dass …«

Mein Puls schießt direkt auf hundertachtzig. Shive atmet tief durch und schließt kurz die Augen.

»Was ist denn jetzt?«, fragt die Verkäuferin und stemmt ihre Hände in die Hüften. »Wollt ihr nun einen dieser Stoffe kaufen oder nicht? Ich habe ja nicht den ganzen Tag Zeit, eurem Geturtel zuzuhören. Ich sag euch, warum ihr hier auf dem Markt seid: Ihr wollt mir einen Ballen Stoff abkaufen. Wenn nicht, dann zieht weiter. Rumknutschen kostet nämlich extra.«

Wir erklären der Verkäuferin, dass wir es uns noch mal überlegen müssen. Das mit dem Stoffballen. Und vielleicht später noch mal kommen. Wenn wir uns klar geworden sind, was wir wirklich wollen.

»Das ist immer ein guter Plan. Sich zu überlegen, was man wirklich will. Übrigens auch so generell im Leben«, sagt die Verkäuferin augenrollend und beginnt, die Ballen wieder zurück in ihren Van zu schleppen.

Shive und ich stürzen uns schnell wieder in die Menschenmenge und lassen uns von ihr weitertragen. Unter der noch dunklen Weihnachtsbeleuchtung hindurch.

Shive erzählt mir währenddessen ohne Punkt und Komma, dass Amba ihm das Kostüm für den Winterball ja eigentlich nähen wollte und sie auch genügend weiße Laken zu Hause hat. Aber dass er sich große Sorgen um seine Großmutter macht.

Und sie doch immer so viel zu tun hat, aber mit Sicherheit trotzdem ein paar Nächte durchmachen würde, um ihm das Kostüm fertig zu nähen. Und dass er das nicht wolle.

Die ganze Zeit denke ich darüber nach, was Shive mir vorhin eigentlich sagen wollte. Und was passiert wäre, wenn die Verkäuferin uns nicht unterbrochen hätte.

Aber ihn zu fragen, traue ich mich nicht. Wer weiß, was dabei wieder rauskommt.

»Und was sagst du: Könntest du dir das vorstellen, Em?«, fragt Shive. »Wirklich nur, wenn es dir nicht allzu viel ausmacht.«

»Was meinst du?«, frage ich und ziehe meine Wollmütze tiefer in die Stirn. In den letzten Tagen ist es ziemlich kalt geworden.

»Ob du mir vielleicht helfen könntest, das Schneeflockenkostüm für den Winterball zu nähen«, antwortet Shive, reibt sich die Hände und versucht sie mit seinem Atem aufzuwärmen. »Dann kann sich Amba ein bisschen schonen.«

Ich schlucke und weiß nicht wirklich, was ich gerade fühle.

Freude, weil Shive mich um einen Gefallen bittet? Enttäuschung, weil es *das* ist, was er mir sagen wollte? Erleichterung, weil es *das* ist, was er mir sagen wollte?

»Also, nach Begeisterung sieht das jetzt ja nicht gerade aus«, sagt Shive. Seine Stimme bebt ein wenig und klingt fast schon ... unsicher.

»Nein, alles gut! Ich helfe dir gerne. Ist doch klar«, sage ich schnell. Bevor Shive wirklich noch denkt, ich wollte keine Zeit mit ihm verbringen. »Dafür hat man doch schließlich beste Freunde, oder?«

Shive sieht mich daraufhin an, als müsste er erst mal darüber nachdenken, was ich gesagt habe. Oder darüber, ob wir überhaupt noch beste Freunde sind.

»Das bleiben wir doch, Shive? Oder? Beste Freunde ... auch wenn ...« Ich wage nicht, den Satz zu beenden.

»Freunde, mhm ... ja, eigentlich schon, aber ...«, murmelt Shive und zieht mich in die Richtung des Süßigkeitenstands, von dem dieser unverschämt leckere Duft gebrannter Mandeln herzieht.

Doch nach Süßigkeiten ist mir gerade eigentlich nicht. Sanders' Suppe liegt mir noch schwer im Magen. Und was hatten »eigentlich« und »aber« in Shives letzter Murmelei zu suchen?

Ich versuche, mit ihm Schritt zu halten und gleichzeitig nicht über meinen meterlangen Schal zu stolpern, den Pheebs mir letztes Weihnachten geschenkt hat, nachdem Nelle ihr gezeigt hatte, wie man rechte Maschen strickt.

Shive kann es anscheinend nicht abwarten, sich mit Süßigkeiten vollzustopfen und damit das sich anbahnende Ende unserer Freundschaft zu feiern. Wahrscheinlich ist diese ganze Kostümnäherei auch nur als Abschluss-Ritual gedacht. So wie wir das Ende unserer Kindergartenzeit mit der gemeinsamen Behäkelung des einzigen mickrigen Baums im Innenhof feierten.

»Also: Welches soll es sein?«, sagt Shive und zeigt so strahlend auf die Leckereien, als gehöre ihm der gesamte Süßigkeitenstand.

Erst jetzt bemerke ich, wie viele Lebkuchenherzen mit Schriftzug aus Zuckerguss am Dach, an den Wänden und hinter dem Plexiglas liegen, hängen und vor sich hin baumeln.

Ich lese »Du bist mein Ein und Alles«, »Mein Herz gehört dir« und »Für meine Herzallerliebste« auf den Lebkuchenherzen und frage mich, was wir hier eigentlich machen.

Mein Magen krampft sich zusammen. Weil mir plötzlich dämmert, warum Shive mich hierhergeschleppt hat. Ich soll ihm helfen, für sein elendiges Perfect Match ein Lebkuchenherz auszusuchen.

»Und? Was meinst du?«, fragt Shive und sieht mich dabei so dermaßen erwartungsvoll an, dass man meinen könnte, wir wären im *Harrod's* und ich dürfte mir gerade einen Verlobungsring mit einem Diamanten aussuchen.

»Zwei XXL-Portionen Zuckerwatte, bitte«, rufe ich schließlich so laut, dass Shive erst ein bisschen zusammenzuckt, aber dem Verkäufer dann doch eine 5-Pfund-Note hinhält. Auch wenn er dabei so richtig enttäuscht aussieht. Aber das ist sein Problem. Nicht meins.

Für Beratung in Fragen Lebkuchenherz muss er sich jemand anderen suchen.

Als wir kurz darauf die riesigen klebrigen Wolken an Holzstäben durch den Weihnachts-Flohmarkt tragen, denke ich, dass ich Zuckerwatte zwar hasse, man darin aber vorzüglich abtauchen kann, wenn man es gerade bitter nötig hat.

Für ein Weilchen drängen wir uns nur stumm durch die Menge.

»Hast du Lust auf eine Runde?«, fragt Shive, als wir an dem weihnachtlich geschmückten Riesenrad vorbeilaufen. Dem mit den winzigen Kabinen für zwei.

»Das ist nur was für Verliebte«, sage ich. Die Worte kamen viel motziger heraus, als ich eigentlich wollte. Und jetzt hängen sie zwischen Shive und mir und den Zuckerwatte-Wolken.

Shive schluckt. Und jetzt sieht er sogar noch enttäuschter aus als eben am Lebkuchenherz-Stand.

»Aber wir können gerne eine Runde *damit* fahren. Wenn du dich traust!« Ich zeige auf die Autoscooter-Bahn, von der blecherne Musik zu uns herüberschallt. In der eine Stimme aus dem letzten Jahrtausend singt, dass Weihnachten »the most wonderful time of the year« wäre.

Da muss ich vehement widersprechen.

Dieses Weihnachten läuft jetzt schon Gefahr, im *Guinness-Buch* den ersten Platz als »mieseste Zeit des Jahres« zu belegen.

Und das will was heißen. Weihnachten bei Familie Bennett ist nämlich auch ohne akuten Herzschmerz nicht ganz ohne.

Kurze Zeit später sitzen Shive und ich trotzdem nebeneinander in einem pinken Scooter mit Leuchtherzchen. Alle anderen waren schon besetzt.

Ich sitze rechts, er links. Ich mit der linken Hand am Steuer, und in der rechten jongliere ich die Zuckerwatte, von der ich maximal ein Prozent gegessen habe.

Shive hält sich mit der linken Hand an dem Griff vor ihm fest.

»Hast du so ein Ding schon mal gefahren, Em?«, fragt Shive und lächelt mich etwas nervös an.

»Nein, habe ich nicht. Aber das macht nichts«, sage ich und trete volle Pulle aufs Gaspedal. Wenn schon, denn schon.

»Du musst so was wie ein Naturtalent sein, Shortbread«, ruft Shive lachend, während wir uns an den Rand der Fahrbahn retten, wo er mir dann nach insgesamt neunzehn Frontalzusammenstößen, sieben Seitenkollisionen und vier kompletten Scooter-Umdrehungen die Zuckerwatte aus Mütze und Haaren zupft. »Respekt. Hatte ich dir gar nicht zugetraut.«

»Was soll das denn bitte schön heißen? Hältst du mich etwa für eine Schlaftablette?« Ich boxe ihm mit dem Ellenbogen in die Seite.

»Du bist vieles, Shortbread, aber mit Sicherheit keine Schlaftablette«, sagt Shive und grinst mich mit seinem Karamellschmelz-Lächeln an.

Am liebsten würde ich fragen, was ich seiner Ansicht denn bitte schön alles bin. Da bin ich mir nämlich selbst nicht ganz so sicher.

Aber stattdessen nicke ich nur und schlecke die Zuckerwatte von meinen Lippen. Die hat uns der Fahrtwind gerade fett ins Gesicht geklatscht.

In Sachen Naturtalent muss ich Shive natürlich absolut recht geben. Ich hatte es geschafft, innerhalb einer Runde mit jedem einzelnen Scooter zusammenzurauschen. Mit dreien sogar jeweils doppelt. So richtig mit Karacho und alles zum Preis eines einzigen Chips zu zwei Pfund. Und wir haben noch zwei weitere Chips in der Tasche.

Doch Shive sieht plötzlich wahnsinnig ernst aus.

»Was, wenn eines Nachts eine Fee an deinem Bett auftauchen würde, Shortbread. Und du dürftest dir den idealen Typen an deine Seite wünschen. Was würdest du zu ihr sagen?«, fragt er.

Ich verschlucke mich fast an meiner eigenen Spucke. Weil ich mit dieser Frage gerade so gar nicht gerechnet habe. Ich war gerade eher am Planen, mit welcher Strategie ich es schaffen könnte, in der nächsten Runde jeden Scooter mindestens zweimal zu rammen.

»Keine Ahnung. Muss die Fee ausgerechnet nachts an meinem Bett auftauchen? Oder könnte sie das auch tagsüber tun? In der Schultoilette zum Beispiel. Oder im Physiklabor. Ich erzähle nachts nämlich häufig sehr abstruses Zeugs, das sagt Pen jedenfalls. Und vor einer Wunschfee ausgesprochen, könnte das schwerwiegende Folgen haben. Und überhaupt: Warum eigentlich eine Fee? Es könnte doch auch ein Feenrich sein. Was mich darauf bringt: Warum gehst du eigentlich davon aus, dass mein idealer Partner ein Mann ist?«

So. Jetzt hat Shive mal so richtig was zum Nachdenken.

»Ähm, ja ... also«, stammelt er und pfriemelt einen Fetzen Zuckerwatte von seiner Daunenjacke. »Da hast du natürlich recht ... aber ich dachte ...«

»Denken wird kolossal überbewertet«, sage ich und entdecke Rob und Josh, die in einen der Scooter steigen. Sie haben uns noch nicht gesehen. Und das soll auch bitte schön erst mal so bleiben.

»Dann noch mal anders«, sagt Shive. »Welche Eigenschaften müsste die Liebe deines Lebens mitbringen, um dein Herz zu erobern? Zähl einfach mal auf.«

»Echt jetzt?«

»Echt jetzt.«

Sie müsste haargenau so sein wie du, will ich eigentlich antworten. Mein Hirn scheint auch was von der Zuckerwatte abbekommen zu haben. Weil meine Gedanken plötzlich in einem riesigen Klumpen aneinanderkleben. Ausgerechnet jetzt, wo Shive mich so was fragt. Ich murmele: »Sich selbst nicht so ernst nehmen ... sich auch mal ganz dämlich verkleiden zum Beispiel ... als Miss Piggy oder Kermit oder von mir aus auch als Krümelmonster ...«

»Zählt ein Schneeflockenkostüm auch?«, fragt Shive und grinst mich an.

Das Blut schießt mir in den Kopf. Verplapperungsalarm Stufe drei. Ich muss aufpassen, was ich sage.

»Ähm, keine Ahnung ... Eher wenn man es gar nicht erwartet. Nicht als Auftritt oder so. Weil man dann zeigt, dass es einem egal ist, was die anderen alle denken ...« Ich brauche dringend einen Themawechsel. »Und Knobel-Aufgaben ... meine große Liebe müsste Knobel-Aufgaben so lieben wie ich. Oder mich wenigstens nicht auslachen, wenn ich ständig über einer brüte. Wenn ich das tue, dann bin ich nämlich nicht wirklich ansprechbar.«

»Aha. Also müssten deine Bewerber auch so Nerds sein wie du. Sonst ist man direkt raus, was?«, fragt Shive, während er die Innenseiten seiner linke Backe bekaut.

»Na ja, es gibt da noch viel mehr Punkte. Am besten, die Bewerber würden direkt meine Liste zu diesem Thema lesen ... die aus Pen und meinem Kritzelbuch ...«

»Was für eine Liste denn? Ich dachte, in euer Kritzelbuch schreibt ihr nur Gedichte längst verstorbener Dichterinnen«, sagt Shive und legt seinen Arm um meine Schulter.

Ich traue mich nicht, den Kopf in seinen Arm sinken zu lassen. Wer weiß, ob ich es danach überleben würde, jemals wieder darauf zu verzichten.

Stattdessen sehe ich ihm nur in die Augen.

»Nicht dein Ernst, Em. Du hast für deine potenzielle große Liebe eine Liste angelegt? Eine Art Bedienungsanleitung, oder was?«

Ich grinse ihn an. »Das ist mein absoluter Ernst.«

Shive schüttelt den Kopf und lacht dieses geniale laute Lachen, das sogar die Autoscooter-Version vom Weihnachtslied übertönt. Ich bekomme Gänsehaut am ganzen Körper.

»Du bist echt der nerdigste Nerd aller Zeiten, Shortbread. Das muss man dir lassen«, murmelt er schließlich. Dabei lächelt er in sich rein und setzt dazu an, mir eine Fluse Zuckerwatte über der Lippe wegzuwischen.

Macht es dann aber doch nicht.

Leider.

Einen Moment später habe ich dann sogar das Gefühl, dass Shive mir mit seiner linken Hand den Nacken kraulen will. Aber das bleibt leider auch nur ein Gefühl.

Trotzdem: Sein plötzliches Interesse an mir ist irgendwie auffällig. Und es verwirrt mich komplett.

»Gibst du mir noch ein Beispiel von deiner Liste?«, fragt er.

»Ist für meine große Liebe reserviert, vergessen?« Ich grinse ihn fett an.

Shive lächelt zurück, und ich schmelze so sehr dahin, dass ich ihm am liebsten auch noch Pens und meine *Liste der heißen Zonen* aus dem Kritzelbuch vortragen würde.

Wenn ich die auswendig könnte.

Plötzlich schmilzt der Klumpen in meinem Hirn und ich sehe die »Wunschliste an die große Liebe« vor mir. Punkt für Punkt. Wort für Wort.

Pen und ich haben tagelang in ihr gefeilt.

Und darauf steht zum Beispiel:

1.) Eine Schnitzeljagd durch Notting Hill organisieren.(So eine, wie sie mein Dad mal für Josh veranstaltet hat. Zu seinem siebten Kindergeburtstag. Mit präpariertem Stadtplan und Knobel-Aufgaben an verschiedenen Stationen. Bei der man nur weiterkommt, wenn man jede einzelne Aufgabe richtig gelöst hat.)
2.) Ein Spiel nur für mich basteln. (So eins wie das Memory von Josh, das er für seine erste Freundin mal gemacht hat, mit

den lustigsten Bildern von den beiden. Das zeigt, dass man sich wirklich Gedanken gemacht hat. Wenn man nur Blumen schenkt, dann zeigt man doch nur, dass man Blumen kaufen kann, oder?)

3.) Ein verdammtes Gedicht für mich schreiben. Mit Widmung. (Damit man auch so richtig was hat, was man irgendwann seinen Enkeln zeigen kann.)

Ich schlucke schwer und sage nur: »Weißt du, Shive, eigentlich wünsche ich mir einfach ein Happy End in Sachen Liebe. Hört sich vielleicht langweilig an. Ist aber so.«

»Dir ist aber schon klar, dass die Filme immer genau dann aufhören? Mit dem Happy End. Und zwar genau dann, wenn er ihr seine Liebe mit dem Megafon gesteht. Oder sie ganz überraschend auf der Hochzeit seines besten Freundes auftaucht und mit der Band ein Lied singt, das sie extra für ihn geschrieben hat. Oder …«

»Ich kenne das Muster«, unterbreche ich Shive, bevor das noch die unendliche Geschichte Teil 3 wird.

»Gut, und was passiert dann am nächsten Tag? Genau. Das sieht im Film wieder keiner. Der Tag danach, wo beide mit ungeputzten Zähnen und geschwollenen Augen aufwachen und keine Ahnung haben, über was sie sich am Frühstückstisch unterhalten sollen.«

»Du bist der Unromantiker des Jahrtausends, Shive!«, rufe ich und wuschele ihm durch die Haare. »Ich glaube, du hast dich zu lange mit staubigen Büchern voller lateinischer Pflanzennamen beschäftigt. Und außerdem: Ich spreche hier von mir und meinem Liebesleben. Bei mir wäre das natürlich anders!«

Shive ist plötzlich etwas bleich um die Nase, blinzelt heftig und wirkt insgesamt fast schon wieder … wie soll ich sagen … unsicher. Und das tut Shive eigentlich nie. Irgendwie nimmt dieses Gespräch immer wieder äußerst merkwürdige Wendungen. Und ich frage mich ernsthaft, wo das noch hinführen soll. »Komm, wir suchen uns wieder einen Autoscooter! Zwei Chips haben wir noch!«, sage ich, um die Laune zu heben, und ziehe ihn in den nächststehenden Wagen.

»Und jetzt fällt mir doch noch was ein von meiner Liste«, sage ich, als wir ausgerechnet in dem Wagen mit den pinken Herzchen sitzen. »Jemand soll mir mal ein Gedicht schreiben und es mir öffentlich vortragen. Und ganz wichtig: Meine große Liebe müsste kitschige Familienfeiern für Introvertierte genauso lieben wie ich!«

»Du findest doch Familienfeiern total anstrengend«, sagt Shive ungläubig.

»Genau deswegen wünsche ich mir ja auch jemanden, der mit mir extra für Introvertierte eine eigene stressfreie Form für diese Feiern erfindet. Sodass nicht die ganze Familie auf einem Haufen zusammensitzt und sich gegenseitig das Leben zur Hölle macht. Das fände ich mal so richtig romantisch.«

»Eure Familienfeiern sind so schlimm? Echt jetzt?«, fragt Shive und lehnt sich so weit zu mir rüber, dass mir wieder ganz schwummrig wird.

Ich schlucke und suche wieder nach Worten. »Na ja, nicht immer. Aber oft ist es einfach nur furchtbar. Letztes Weihnachten hatte Mum zum Beispiel plötzlich einen Versöhnungsanfall. Sie lud spontan Dad und Amanda zum Geschenke-Öffnen unterm Baum ein. Amanda kippte sich direkt literweise Eierpunsch rein und fiel schon nach einer halben Stunde in Pheebs selbst gebastelte Pappkrippe. Daraufhin bekam Pheebs natürlich einen Heulkrampf. Und der dauerte mehr oder weniger bis Silvester. Mum und Dad stritten, wer vor zwanzig Jahren den ollen Weihnachtsständer auf dem Flohmarkt gekauft hatte, und bewarfen sich irgendwann mit Ballen aus zerknülltem Geschenkpapier.

Und Sanders und Nelle versuchten die ganze Zeit, mit ihrem Psycho-Gelaber die Situation zu retten. Nelle hat sogar eine Mediations-CD abgespielt. Hat aber alles nur noch schlimmer gemacht. Solche Feiern meine ich. Und dabei liebe ich Weihnachten! Sehr sogar! Endlich mal ein Fest, bei dem man wild drauflosbacken und -kochen darf und keiner das seltsam findet. Oder altmodisch oder nerdig. In der Weihnachtszeit wird man von der Allgemeinheit ja direkt zur Heldin des Jahres gekürt, nur weil man weiß, wie man Mürbeteig-Ausstecher bäckt und Himbeermarmelade dazwischenklatscht.«

Shive sagt erst mal gar nichts mehr. Stattdessen sieht er mich so dermaßen süß an, dass mir ganz anders wird. Seine Grübchen scheinen mir zuzuflüstern, dass doch noch alles gut wird. Und schließlich dreht er sich sogar eine meiner abstehenden Locken um den Finger. Und ich fühle mich plötzlich so was von verstanden.

Aber dann trällert das Piepsignal für die nächste Runde und ich trete aufs Gaspedal.

Nach der nächsten rumpeligen Begegnung mit einem Glitzerdrachen-Autoscooter frage ich doch noch mal nach. »Warum interessiert dich das denn alles plötzlich so, Shive? Meine Listen und wie meine große Liebe sein soll?«, frage ich.

Mit seinen wehenden Haaren, dem falsch geknöpften Hemd und dem megadicken Schal sieht Shive gerade aus wie ein draufgängerischer Rennfahrer der Route Paris–Dakar. Nur dass noch eine dieser alten Schutzbrillen auf seinem Kopf fehlt und eigentlich ich am Steuer sitze.

Aus den Lautsprechern dröhnt »White Christmas«, und das Licht der bunten Glühbirnen blinkt mittlerweile aus allen Richtungen, sodass man das Gefühl hat, durch eine verdammte Discokugel zu fahren.

Ich erwarte einen lässigen Spruch von seiner Seite.

Oder einen Witz. Oder sonst irgendetwas, das typisch ist für Shive.

Aber auf jeden Fall nicht das – Shive mit zittrigen Lippen und Hundeblick, und den Worten: »Weil die Sterne anscheinend sagen, dass du mein perfektes Match bist, Shortbread. Darum.«

11

VÖLLIG UNNÜTZES WISSEN:
Eine Achterbahnfahrt kann helfen, einen Nierenstein loszuwerden

Ich glaube ja, jeder Mensch bekommt nur ein gewisses Pensum an magnetischer Anziehungskraft für Glück. Die einen mehr, die anderen eher weniger.

So wie ich zum Beispiel.

Und es kann zwar sein, dass man in einem Moment einen überdimensional großen Klumpen Glück anzieht, aber irgendwann wird das direkt wieder ausgeglichen. Sodass die Glücksverteilung insgesamt nicht durcheinanderkommt.

Die Theorie ist zwar von mir, aber ich halte sie trotzdem für absolut wasserdicht.

Und deswegen tauchen auch genau in dem Moment, als Shive mir die Neuigkeiten in Sachen Perfect Match offenbart, Rob und Josh auf der Bildfläche auf. Oder vielmehr neben uns in der windigen Autoscooter-Halle. Bevor ich das alles noch verdauen oder mit Shive bereden kann.

»Shive, Man. Ich hab dich doch gewarnt: Jetzt bist du echt geliefert. Em, deine Chica fürs Leben! Da bekommst du es langfristig doch im Rücken vom Küssen«, höre ich Robs Stimme von dem Scooter direkt neben uns rufen. Dabei grinst er wie üblich ziemlich dämlich, während mein Bruderherz Josh mit seinen Lippen ein stummes »Sorry« formt und mir einen bedauernden Blick zuwirft. So einen, in dem deutlich »Man kann sich seine Freunde eben nicht aussuchen« zu lesen ist.

»Aber dass du direkt den pinken Herzchen-Scooter mietest, das hätte ich dir echt nicht zugetraut, Shive. So als blutiger Anfänger!«

Dass Rob von mir als Perfect Match weiß, gibt mir echt den Rest. Jedenfalls kommen mir fast die ein Prozent Zuckerwatte wieder hoch. Am liebsten würde ich Rob den übrigen Wolkenzucker ins Gesicht drücken, aber stattdessen werfe ich Josh einen flehenden Blick zu. Einen, der eindeutig bedeutet *Bitte verschleppe diesen Typen so schnell wie möglich. Irgendwohin, nur weit weg von hier!*.

Ich weiß zwar nicht, wie, aber Josh liest daraus leider *Bring uns alle auf andere Gedanken, indem wir was ganz Tolles zusammen machen. Und zwar zu viert! Weil das mit Sicherheit furchtbar spaßig wird!*

Und Shive sagt zu Joshs Vorschlag, doch jetzt *zusammen* weiter über den Weihnachtsmarkt zu ziehen, sofort Ja. Wahrscheinlich, weil er wie ich gerade nicht wirklich denken kann vor lauter Peinlichkeit.

Und deswegen machen wir vier dann Folgendes:

1.) Jeweils eine große Pommes mit Mayo verdrücken: Check.
2.) Ein Glasierte-Äpfel-Wettessen veranstalten: Check.
3.) Uns in der Geisterbahn verirren, obwohl das eigentlich gar nicht möglich ist, weil sie dafür viel zu klein ist: Check.
4.) Den Doppel-Humphrey mit Überschlag fahren: Check.
5.) Sich vor allen über den Elefanten des Kinderkarussells übergeben: Check. Und Check. Und Check.

Punkt fünf betrifft allerdings nur meine Wenigkeit.

Keine Ahnung, warum ich das alles mitmache. Immerhin liefert mir das Malheur am Kinderkarussell die nötige Ausrede, um endlich nach Hause zu gehen.

Josh und Shive bestehen darauf, mich zu bringen, aber das will ich nicht. Ich habe keine Lust auf Fragen, Erklärungen oder irgendwelche anderen Peinlichkeiten.

Also verschwinde ich unauffällig in der Menge, während sich die drei Jungs noch jeweils eine Packung Popcorn mit Crunchy-Brownie-Überzug kaufen.

Zur Sicherheit stelle ich mein Handy auf stumm. Ich will nur noch meine Ruhe. Und das Wichtigste: Die können mich alle mal.

An der U-Bahn-Station *Westbourne Park* habe ich dann eine spontane Eingebung. Ich fahre zu Pen, anstatt das restliche Stück nach Hause zu latschen.

* * *

Der spontane Besuch bei Pen war die beste Entscheidung ever.

Denn anstatt mich von Mums Kommentaren nerven zu lassen, liege ich hier gerade in Pens Badewanne und bekomme das Rundum-Wellness-Paket-de-luxe.

»Das ist das Einzige, was wirklich hilft nach so einem Scheißtag«, sagt Pen und stellt eine Tasse mit heißer Schokolade und Sprühsahne neben den halb leeren Becher Kamillentee an den Badewannenrand. Zu der Schale mit den Apfelringen und den Essigchips. Und den fünf Teelichten mit Zimtduft. »Em, diesen Tag musst du dir unbedingt im Kalender markieren. Damit du dir im nächsten Jahr für genau das Datum etwas besonders Schönes vornehmen kannst, um den Scheißtag auszugleichen. Sonst wiederholt sich das immer wieder. Vertrau mir.«

»Na ja, genau genommen war der Tag ja nicht nur schlecht …« Ich schließe die Augen und versuche, mich zurück zu diesem Moment zu beamen, als Shive sagte, ich wäre sein Perfect Match. In meinem Bauch kribbelt es. Aber ich kann das Bild nicht lange halten. Weil Rob und Josh direkt wieder mit ihrem Autoscooter in meine Erinnerung fahren. Ich setze mich in der Wanne auf und reibe mir den Schaum aus den Augenwinkeln. »Aber sag mal, wann hast du denn diese Kalender-Theorie aufgestellt?« Ich ziehe einen Schluck heiße Schokolade durch die Sahne.

»Als mich meine Eltern mit zehn alleine auf dieses Mathe-Camp in den schottischen Highlands geschickt haben. Der erste Tag war ein 3. August und der schrecklichste Tag aller Zeiten. Ein Jahr später starb Steward an genau demselben Datum. Und das Jahr darauf brach ich mir den linken Daumen. Kein Scherz«, sagt Pen, setzt sich mit ihrer heißen Schokolade im Schneidersitz auf den Klodeckel und fängt an zu schlürfen.

»Aber glaubst du nicht, dass der schnuffigste aller Labradore sowieso an diesem Tag gestorben wäre? Er war schließlich mindestens 129. In Hundejahren. Vielleicht war es einfach seine Zeit, auch wenn du das Jahr davor nicht diese traumatische Mathe-Camp-Erfahrung durchgemacht hättest«, sage ich und nehme einen weiteren warm-kalten Schluck. Pens heiße Schokolade mit Billigsprühsahne ist zwar pappsüß, aber auch verdammt lecker. Ich hoffe, mein Magen macht mit.

»Kann sein. Werden wir alles niemals mit Sicherheit wissen. Trotzdem nehme ich mir seither für den 3. August immer was ganz besonders Schönes vor. Letztes Jahr habe ich zum Beispiel Shive und dich in unsere Ferienwohnung nach Brighton eingeladen. Erinnerst du dich nicht mehr?«

»Na klar tue ich das. Als ob ich den kolossalen Sonnenbrand, unser Sandburg-Smashen und das Melonenkern-Weitspucken jemals vergessen könnte, Pen. Der heutige Nachmittag hatte allerdings für einen Moment das Potenzial, der schönste Tag meines Lebens zu werden. Aber dann donnerte Rob in unseren Scooter rein und es ging sehr schnell sehr steil bergab.«

»Ist ja auch echt mies, die Sache«, sagt Pen und lehnt sich trotz Schneidersitz so weit nach vorne, dass ich sie eigentlich sofort beim Cirque de Soleil als Akrobatin vorschlagen müsste.

»Na ja, genau genommen geht es beim Autoscooter ja darum, mit Karacho ineinander reinzudonnern. Kann man Rob schlecht vorwerfen«, sage ich und sinke so weit in der Wanne nach unten, dass ich mit meiner Nasenluft das Wasser um mich herum zum Blubbern bringen kann.

»Das meine ich ja auch gar nicht. Sondern dass Shive den beiden von eurem Sternengedöns erzählt hat. Außerdem: Wer bitte schön glaubt denn wirklich daran, dass die Sterne wissen, in wen wir uns verlieben? Ist ja ganz lustig, aber wirklich daran glauben ... ich bitte dich! Und überhaupt: Wie kam es eigentlich, dass dieser Jadoo Shan dein Horoskop mit dem von Shivkens verglichen hat? Ich meine, das ist doch alles sehr, sehr seltsam. Ich frage mich, ob ...«

»Ich habe doch auch keine Ahnung, wie das zustande kam, Pen. Aber ich will gerade auch nicht mehr darüber sprechen«, flüstere ich und sinke noch tiefer ins Wasser. Dabei versuche ich, mit meinen zuckenden Ohren kleine Wellen zu erzeugen.

Die sollen bitte den ganzen Nachmittag mit Shive wegschwemmen. Weil mir vorhin in der U-Bahn eines klar geworden ist: Nämlich, dass er heute wahrscheinlich nur deshalb so ungewöhnlich interessiert an mir war, weil unsere Sterne so günstig stehen.

Und er jetzt wahrscheinlich mit mir zusammenkommen will, um die herzkranke Amba glücklich zu machen. Nicht, weil er irgendwelche besonders tiefen Gefühle für mich hat.

Und genau darüber will ich nicht länger nachdenken.

»Lieber gar nicht reden und dafür Fuß-Massage?«, fragt Pen und lächelt mich an.

Ich sehe zu ihr, wie sie auf dem Klodeckel sitzt. Ganz ungeschminkt, mit zusammengewurschtelten Haaren, in Trainingshose und diesem pinken Hoodie, den sie zu Hause fast immer anhat. Sie ist immer noch meine Pen. Aber irgendetwas ist heute anders an ihr. Und vielleicht liegt es ja auch nur an ihrem Riesen-Hoodie, den sie über ihre Knie gestülpt hat. Der scheint sie nämlich fast zu verschlucken. Und meine starke Pen sieht darin aus, als wäre sie aus Glas.

»Wenn eine Fuß-Massage in deinem Wellness-Paket inbegriffen ist, sage ich natürlich nicht Nein. Und wir können über alles sprechen, nur nicht über Shive und mich und die Sterne. Aber hör mal: Du bist doch die Bademeisterin hier in eurer edlen Villa. Also musst du auch das weitere Abendprogramm organisieren«, sage ich und bespritze sie mit ein paar Wassertropfen aus meiner Wanne.

Pen zieht eine Schnute und legt ihre Stirn in Falten.

»Fußmassage, Kritzelbuch, Emily Dickinson und die Liste der heißen Zonen?«, fragt sie nach einer Weile und grinst mich an.

»Was für eine exquisite Idee, Susan Gilbert!«, sage ich, setze mich auf und proste Pen alias Susan Gilbert mit der Shampooflasche zu. »Ihr Geschmack ist äußerst erlesen. Sie zur Freundin zu haben, ist eine wahre Beglückung, die mein Herz in Wallung bringt«, verkünde ich.

Susan Gilbert ist die beste Freundin unserer Lieblingsdichterin Emily Dickinson. Wir halten Emily für eine Seelenverwandte, seit wir ihre Gedichte in einem von Nelles Flohmarktfundbüchern entdeckten.

Da waren wir so ungefähr dreizehn Jahre alt.

Und als wir später erfuhren, dass Emily Dickinson vor mehr als hundertdreißig Jahren gestorben ist, heulten wir. Weil wir sie verpasst hatten und auch nicht mehr mit weiteren Gedichten von ihr rechnen konnten. Nur ab und zu finden wir noch ein unentdecktes im Labyrinth des Internets.

Wenn ich so geschwollen rede, dann bringt das Pen immer zum Lachen. Zu diesem unvergleichlichen Pen-Lachen: krachend, laut und von ganz tief innen drin.

Ich tauche komplett unter Wasser.

Bis sich ihr Lachen anhört wie Walgesang.

* *

»Bis man geliebt hat, hat man nicht gelebt«, flüstert Pen, als wir einige Zeit später auf ihrem Bett sitzen. Sie zumindest. Ich liege mitten in einem Meer von Kissen.

»Wir haben ausgemacht, dass wir nicht darüber reden, Pen. Über Shive und mich und heute Nachmittag«, sage ich und kicke ihr mit dem rechten Fuß gegen den Oberarm. Nicht ganz fest, aber ganz leicht auch nicht.

Der andere Fuß liegt in ihrem Schoß. Weil sie meine Zehennägel mit neongelbem Lack und kleinen Smiley-Aufklebern verschönert. Da das laut Pen gegen Teenager-Depressionen helfen soll. Solange man auf seine nackten Füße starrt jedenfalls.

»Das ist ein Emily-Dickinson-Zitat! Wer behauptet denn, dass es dabei um dich und Shive geht?« Pen sieht mich an, ohne zu lächeln.

Ihr kleiner Radiowecker in Kussmund-Form neben dem Bett scheint plötzlich lauter zu ticken als eben noch.

»Hast du dich etwa verliebt, Pen? Erzähl! Wer ist der Glückliche?«

Pen fängt an, auf ihrer Unterlippe herumzukauen, und streicht mit der Hand den Bettüberwurf glatt. Ihr linkes Augenlid fängt plötzlich an zu zucken.

Oh Mann, wahrscheinlich hat es sie so richtig erwischt.

»Sag schon. Ich erzähle dir auch immer alles, Pen«, drängele ich. Die Bilder in meinem Kopf spielen verrückt.

»Als ob. Einen Scheiß tust du. Dass du in Shiva verliebt bist, hast du mir auch erst vor zwei Stunden erzählt.«

»Aber ich *habe* es dir erzählt, Pen. Und darum geht es. Also, wer ist es?«

»Ist kompliziert«, flüstert Pen und sieht plötzlich ziemlich niedergeschlagen aus. Fast schon gräulich um die Augen. »Und eine Beziehung ist wahrscheinlich sowieso unmöglich. Jetzt erst recht, nach all dem Sternengelaber ...« Sie stockt.

Ich schlucke und setze mich auf. Mir wird plötzlich richtig schlecht. Weil die Angst wieder hochkocht. Dass Pen gerne mit Shive zusammen wäre. Und umgekehrt.

In meinem Kopf schwirren die Gesprächsfetzen, Bilder und Gedanken umher und schließlich bildet sich daraus folgende Formel:

Klammer auf: X = Pen weiß, dass ich in Shive verliebt bin. Plus Y = Shive weiß, dass unsere Sterne besonders gut stehen. Plus Z = Pen ist in Shive verliebt. Klammer zu.

Das Ganze multipliziert mit *U = Ich bin Pens beste Freundin.*

Ergebnis: *kolossaler Knoten in meinem Kopf, in meinem Herzen und meinem Magen.* Also: *hoch drei.*

Pen hat recht: Das ist wirklich kompliziert.

Komplizierter als kompliziert.

Ich lasse mich zurück in die Kissen fallen und schließe die Augen.

Pen blättert neben mir im Kritzelbuch.

»Ich halte mich ganz an Emily Dickinson und was sie in solchen Situationen rät«, murmelt sie. »*Nichts zu sagen ist manchmal am besten.* Festgehalten für die Ewigkeit von meiner Wenigkeit am 11. Dezember vor zwei Jahren. Direkt unter einem deiner Shortbread-Rezepte. Und ganz am Rand diese kryptische Notiz hier: *In der Mulde zwischen Knöchel und Achillessehne* Was soll das denn bedeuten?«

»Gehört zur Liste der heißen Zonen. Ist doch offensichtlich«, murmele ich und fange an, mit geschlossenen Augen zu blinzeln. Wusste gar nicht, dass das geht. Vielleicht schaffe ich es ja, mich so wegzubeamen. Nach Brighton oder an irgendeinen anderen Strand.

»Also, unser Kritzelbuch ist schon ziemlich chaotisch geworden, findest du nicht? Früher hatten wir alles schön nach Themen geordnet. Sag mal, Em, warum zuckst du so komisch mit den Augen? Und sprichst du aus Prinzip kein vernünftiges Wort mehr mit mir oder bist du gerade deiner Teenager-Depression erlegen?«

Ich sage nichts, denn ich bin meinem Gedankenkarussell erlegen. Wenn Pen Shive gesteht, dass sie ihn liebt, dann ist es ja wohl klar, für wen er sich entscheidet. Egal was die Sterne sagen. Und egal, was ich fühle. Mein Glückspensum für dieses Jahr ist sowieso schon aufgebraucht, seit Mrs Malloney mich für die Mathe-Olympiade nächstes Jahr in Edinburgh vorschlagen will.

Pens Handy piept und ich höre Tippen, dann Lachen, dann wieder Tippen. Wahrscheinlich schreiben sich Pen und Shive gerade schon. Ich setze mich ruckartig auf.

Es ist Zeit für mich zu gehen.

»Wo willst du denn hin? Es ist schon voll spät ...«, fragt Pen, legt ihr Handy mit dem Display nach unten aufs Bett und sieht mich mit großen Augen an.

»Nach Hause, wohin denn sonst?«, antworte ich, ziehe mir Pens viel zu großen Bademantel aus und schmeiße ihn über den Korbsessel neben dem Bett.

»Aber warum das denn? Du wolltest doch hier übernachten und ich habe noch gar nicht deinen anderen Fuß manikürt und ...«

»Ich habe genug für heute und außerdem schrieb Emily Dickinson: *Nichts zu sagen, sagt manchmal am meisten,* und nicht *ist manchmal das Beste.*

Pen sieht mich eine Weile an. Dann steht sie auf, hängt mir den Bademantel wieder um und schiebt mich ganz sanft zurück in Richtung Bett. Und dabei macht sie die ganze Zeit so bescheuerte Grimassen, dass ich innerlich kichern muss. Als meine Waden gegen die Bettkannte drücken, fängt sie auch noch an, mich zu kitzeln. Überall dort, wo es am schlimmsten ist: unter den Achseln, in den Kniekehlen, hinter meinen Ohrläppchen und am Bauchnabel. Und dann kann ich nicht mehr und pruste los.

Pen nutzt diesen Moment, lässt sich mit mir zusammen zurück auf ihr Bett fallen und begräbt mich unter ihrem Körper. Ich kreische, weil ich vor lauter Kitzelgefühlen gleich explodiere und Pen auch noch anfängt, besagte Mulde aller Mulden zu bearbeiten: die zwischen Knöchel und Achillessehne.

Gerade als ich denke, dass ich gleich sterbe vor Lachen, räuspert sich jemand ziemlich laut.

Und dieser Jemand kann unmöglich Pen sein, weil es dafür viel zu tief ist.

Wir drehen uns beide zur Zimmertür. Und dort steht Pens Vater mit Schnauzbart und Anzug und ziemlich ernstem Gesichtsausdruck.

Ich kann es wieder einmal nicht fassen, wie groß Mr Miller ist. Seine wenigen silbernen Haare streifen oben den Türrahmen. Und würde er seinen Bizeps ein bisschen aufpumpen, käme er mit Sicherheit nicht mal ins Zimmer rein.

»Penelope, was haben wir gesagt zum Thema Übernachtungsgäste?«, fragt er mit einer Stimme, die eher an ein Gespräch mit einem Bankangestellten erinnert als mit dem eigenen Vater.

»Aber Daddy, das ist doch nur Em«, antwortet Pen so leise, dass ich sie fast nicht verstehen kann. »Ich übernachte unter der Woche ja auch oft bei ihr und ...«

»Ja, und das muss sich auch ändern. Da haben wir doch drüber gesprochen.«

Ich merke, dass Pens ganzer Körper bebt.

»Du musst lernen, dich an Regeln zu halten, und ...«

»Aber heute ist Freitagabend und morgen keine Schule. Außerdem ist Em meine beste Freundin und gehört für mich zur Familie. Warum kapierst du das denn nicht?« Pens Stimme überschlägt sich, und ich habe das Gefühl, dass sie jeden Moment losweint.

»Darüber will ich jetzt nicht diskutieren, Penelope. Wenn eine Freundin bei dir übernachten will, besprichst du das vorher mit uns. Emily sollte jetzt nach Hause gehen. Es ist schon spät.«

Mr Miller lächelt uns beiden zwar noch zu, bevor er sich umdreht, die Tür erst hinter sich zuzieht und sie dann doch einen Spalt offen lässt. Aber das war eindeutig ein Und-darüber-diskutiere-ich-mit-euch-nicht-weiter-Lächeln.

Pen und ich bleiben noch ein Weilchen liegen. Pen immer noch auf mir drauf. Ohne eine Wort und ohne die kleinste Bewegung.

Als ich Pen schluchzen höre und ihre warmen Tränen meinen Hals runterlaufen, umschließe ich ihren Oberkörper fest mit meinen Armen und beginne, sie auf ihr Haar zu küssen. Ganz sacht und überall dort, wo ich hinkomme. Und dabei wiege ich sie hin und her und singe ihr das Schlaflied vor, das wir im Kindergarten für unsere Lieblingspuppen erfunden haben. In unserer ganz eigenen Sprache, wo der Mond *Montschi* heißt und Traum *Tariehm*, mit langem E.

Dabei fühle ich plötzlich so dermaßen mit Pen mit, dass mir auch fast die Tränen in die Augen schießen. Mit ihr und ihrem Leben, das alle immer für so perfekt und einfach halten.

Sogar ich, ihre beste Freundin, die es eigentlich besser wissen müsste.

Und während ich sie hin- und herwiege wie ein Kleinkind, das nicht einschlafen kann, überkommt mich ein solcher Schub an Liebe, dass ich plötzlich genau so mit Pen liegen bleiben möchte. Die ganze Nacht hindurch.

12

VÖLLIG UNNÜTZES WISSEN:
Ein Elefantenzahn kann bis zu 9 Pfund wiegen

»Das war die vorletzte Probe vor dem großen Weihnachtsauftritt!«, schreit Pheebs mir vom Esstisch entgegen. »Und ich habe sie verpasst!«

Bevor ich meine kleine Schwester fragen kann, warum sie ausgerechnet mich deswegen so anschreien muss, ist Pheebs schon hoch in ihr Zimmer gerannt. Großes Türenknallen inklusive.

Josh schaut mich von der Küchentheke her achselzuckend an, dreht sich zur Kaffeemaschine und beginnt, daran herumzuschrauben.

Mum starrt auf die Zeitung. Sie sieht nicht aus, als ob sie lesen würde, aber vielleicht kommt mir das auch nur so vor.

»Was hat Pheebs denn?«, frage ich und setze mich auf einen der Barhocker an der Küchentheke.

Mum und Josh werfen sich einen vielsagenden Blick zu, und darauf folgt diese Stille, bei der man zuhören kann, wie sich die Luftmoleküle gegenseitig anschubsen.

»Na ja, du warst gestern dran, Pheebs zur Hip-Hop-Weihnachts-Nutcracker-Probe zu bringen, und jetzt hat sie die letzte Anprobe der Kostüme verpasst. Deswegen ist sie sauer«, sagt

Josh schließlich und stellt das Milchkännchen unter den Aufschäumer. »Sanders ist mit ihr noch los. Aber da waren sie schon eine Stunde zu spät dran. Und dann blieb die U-Bahn auch noch liegen und sie haben es nicht mehr geschafft. Erst gegen zehn waren die beiden wieder zu Hause. Vollkommen durchgeweicht und so hungrig, dass sie sich die seit zwei Jahren abgelaufenen Fischstäbchen aus der Gefriertruhe in den Ofen geschoben haben. Sonst war ja nichts mehr im Kühlschrank. Und ...«

»... und den hätte Madame Em auch gestern auffüllen sollen, den Kühlschrank. War gestern schließlich ihr Einkaufstag, weil sie es letzten Mittwoch schon vergessen hat«, schiebt Mum hinterher. Immer noch ohne von ihrer Zeitung aufzusehen.

Ich hasse es, wenn Mum mich *Madame* nennt. Weil es sich so anhört, als wäre ich die verwöhnteste Göre des gesamten Vereinigten Königreiches.

Begleitet vom lauten Zischen des Milchschäumers schießen mir die Schuldgefühle wegen meiner Schusseligkeit bis in den Magen. Ich habe tatsächlich meine kleine Schwester Pheebs vergessen.

Das ist mir noch nie passiert.

»Konnte denn keiner von euch sie bringen? Ich springe ja auch ständig für euch ein«, flüstere ich und frage mich, ob ich das jemals wiedergutmachen kann.

Pheebs sind ihre Tanzaufführungen heilig.

»Konnten wir eben nicht. Weil keiner von uns zu Hause war. Mum war bei einer Redaktionssitzung, Nelle war in der Kleiderkammer und ich erst auf dem Weihnachtsmarkt und dann beim Basketballtraining. Sonst hätten wir das natürlich getan«, sagt Josh, während er den Kaffee in drei Tassen verteilt.

Ich schlucke und gehe den gestrigen Nachmittag noch mal durch: Irgendwann zwischen Autoscooter-Fahren, Mich-mit-Rob-Rumärgern, dem Karussell-Malheur und der Übernachtungsaktion bei Pen müssen meine Gehirnzellen geschrumpft sein. Oder wenigstens die, die für meinen inneren Terminkalender zuständig sind.

Ich schließe die Augen, raufe mir die Haare und stöhne. So richtig lang und so richtig laut. Aber das hilft leider nichts. Es fühlt sich an, als würde ein Elefantenzahn auf meiner Brust liegen.

Josh stellt mir eine Tasse Milchkaffee mit einem lachenden Smiley aus Schokopulver auf die Theke, eine zweite Tasse vor Mum auf den Esstisch. Aber die hat keinen Smiley abgekriegt, soweit ich das sehen kann.

»Pheebs kriegt sich schon wieder ein, Em. Tut sie ja immer«, flüstert Josh, wuschelt mir durch die Haare und lächelt mich aufmunternd an.

Ich versuche zurückzulächeln, aber meine Mundwinkel bleiben unten kleben.

»Pheebs kriegt sich mit Sicherheit bald wieder ein«, murmelt Mum, immer noch den Blick auf ihre Samstagszeitung gerichtet. »Die Frage ist ja wohl eher, wann Em das tut, oder?«

Ich verschlucke mich fast am Milchschaum und drehe mich auf dem Barstuhl zu ihr. »Was meinst du denn *damit*, Mum?«

Die Moleküle in der Luft tanzen mittlerweile Pogo.

»Genauso wie ich es sage, Em. Du bist gerade überall, nur nicht zu Hause, und schon gar nicht bei dir«, antwortet Mum schließlich und zieht ihre Lesebrille von der Nase. »Du vergisst deine Aufgaben hier im Haus, rufst nicht an, wenn du woanders übernachtest, und hast die ganze Zeit nur Shive und Pen und Wer-mit-wem im Kopf. Als ob das Leben nur aus rosaroten Herzchen bestehen würde.«

»Aber genau das wolltest du doch«, fauche ich. »Seit Monaten liegst du mir in den Ohren, ich solle weniger vernünftig sein, mal was wagen, mal verrückt sein, ein richtiger Teenager eben ... und kaum mache ich das mal, ist es auch wieder nicht recht.«

Mum wirft mir einen bitterbösen Blick zu. »Die wichtigste Probe deiner kleinen Schwester zu vergessen, nennst du also was wagen, Em, ja?«

Ich schlucke und suche nach Worten. Doch meine Gehirnwindungen frieren gerade ein. »Natürlich nicht. Aber Shive … der wollte sich mit mir treffen … und da …«

»Hast du alles um dich herum vergessen, verstehe.« Mum rührt mit ihrem Löffel wie wild in ihrem Milchkaffee und beobachtet den kleinen Strudel im Schaum.

Für einen Augenblick habe ich das Gefühl, dass sie mich wirklich versteht. Aber dann murmelt sie: »Das habe ich auch immer getan: mich komplett auf deinen Vater konzentriert und alles andere um mich herum vergessen. Vor allem, was ich eigentlich wollte vom Leben. Und jetzt habe ich den Salat. Wenn ich das schon höre: dass Shives Großmutter für ihn nach einem perfekten Match sucht. Mit siebzehn! Da kriege ich ja die Krise! Wahrscheinlich kann man von Glück reden, wenn bei diesen Weissagungen nicht noch dein Name fällt. Du musst aufpassen, dass du dich nicht zu sehr auf die Partnersuche konzentrierst, Em. In dem Punkt kommst du wohl leider ausnahmsweise nach mir. Herzlichen Glückwunsch! Ansonsten bist du ja ganz dein Vater.«

Dieser Spruch sticht direkt in mein Herz. Dass ich wie mein Vater sein soll und so gut wie gar nicht wie sie. Nur um das klarzustellen: Ich mag meinen Dad, und ich finde auch, dass er – abgesehen davon, dass er uns in der »Nacht der großen Schere« verließ – ein paar tolle Eigenschaften hat, wie zum Beispiel Humor, ein Gefühl für Zahlen und die Fähigkeit, aus Kastanien kleine fiese Monster mit beleuchteten Zylindern zu basteln.

Aber Mum meint das anders.

Sie meint das eindeutig als Beleidigung.

Ich springe auf und will Mum genau das sagen. Aber ich

bringe nichts heraus. Stattdessen schießen mir die Tränen in die Augen.

Josh und Mum starren mich an, als warteten sie auf meine Spezialität: einen meiner lockeren Sprüche mit einem Klatscher Zynismus. Ist ja sonst auch so, dass ich auf den Mund gefallen wäre.

Aber wie ich da in dem wahrscheinlich unaufgeräumtesten Küchen-Flur-Wohnzimmer von ganz London stehe und Murphy schnurrend um meine Beine streicht, stürmen nur die Bilder von gestern auf mich ein: Shives Lächeln, die Fetzen Zuckerwatte in seinen Haaren, sein Geständnis, dass ich sein perfektes Match sein soll, und dann die Umarmung mit Pen.

Meine Finger fangen an zu zittern, dann meine Lippen und schließlich auch noch mein linkes Augenlid. Und jetzt kocht Wut in mir hoch. »Du … du«, zische ich in Mums Richtung. Mehr kommt noch nicht raus, weil mittlerweile wahrscheinlich auch das Sprachzentrum in meinem Hirn kocht.

»Alles gut, Sis?«, fragt Josh, springt vom Sofa aus, stellt sich hinter mich, umarmt mich mit beiden Armen und hebt mich ein paar Zentimeter vom Boden hoch. So wie er es schon immer macht. Oder zumindest seit ich mich erinnern kann. »Vielleicht sollten wir beide zusammen eine Runde Zimtschnecken backen? Zur Beruhigung.«

Ich kreische so laut, dass Murphy mit einem Satz auf den Kaminsims springt, befreie mich aus Joshs Umarmung und lasse mich mit Wucht zurück auf den Boden fallen. Und weil das so schön gerumst hat, stampfe ich gleich noch mal auf. Einmal, zweimal, dreimal. Und als ob dieses Stampfen helfen würde, die Worte rauszuschleudern, schreie ich: »Nichts ist gut. Überhaupt nichts ist gut! Und ich will mich auch nicht beruhigen. Kapiert ihr das denn nicht? Ich war viel zu lange ruhig. Im Gegensatz zu dir, Mum! Und einmal funktioniere ich nicht wie eine verdammte Kalender-App und verschussele einen Termin und schon ist es ein Riesendrama! Ihr könnt mich alle mal! Und scheiß Zimtschnecken will ich auch nicht backen.« Ich halte inne und atme sehr laut, während mich drei Augenpaare entsetzt anstarren. »Und Mum, erzähle du mir bitte nichts von der Liebe. Davon hast du ja wohl am allerwenigsten eine Ahnung.«

»Das sind keine scheiß Zimtschnecken, sondern Zimtknoten, Schwesterherz«, sagt Josh, als er zwei Stunden später bei mir im Zimmer auf dem Bett hockt.

Wir sitzen uns ihm im Schneidersitz gegenüber und ein Teller voller warmer und ziemlich köstlich duftender Zimt-Irgendwas steht zwischen uns.

»'tschuldigung, Josh, aber mit dem Backen hast du es wirklich nicht so«, sage ich, grinse und schaue mir eines der Gebäck-Dinger ein bisschen genauer an. Wenn überhaupt, erinnert es mich an ein Knäuel aus sehr verfilzter Wolle, aus dem undefinierbare bräunliche Masse herausquillt.

»Nein, nein, du verstehst meine Kunstwerke vollkommen falsch, Em. Das war pure Absicht«, antwortet Josh und schiebt sich eins der Dinger komplett in den Mund, kaut maximal drei Mal und schluckt.

Wird Zeit, dass ich ihn endlich bei einem dieser nationalen Wettessen anmelde. Dort würde er wahrscheinlich auf dem Siegertreppchen landen.

»Die sollen unsere verknotete Familiensituation symbolisieren. Verstehst du, das ist Kunst, die sich am echten Leben orientiert. An unserem zum Beispiel.«

»Aha, wenn einem etwas misslungen ist, kann man es also einfach Kunst nennen«, sage ich und rieche an dem Teilchen.

Josh hat es mal wieder übertrieben mit dem Zimt. So wie immer, wenn man ihn aufs Gewürzregal loslässt. Aber ansonsten riecht es eigentlich ganz in Ordnung. Für einen Anfänger.

»Echt jetzt, du bist so eine Banausin. Und schon drehen sich wieder Generationen von Künstlern im Grab, dank deiner Ignoranz«, sagt Josh und schiebt sich noch einen Zimtknoten rein.

Ich breche meinen Zimtknoten in zwei Hälften. Einen lockeren Hefeteig hat er auch hinbekommen. Gar nicht schlecht.

»Aber Kunst ist ja vielschichtig und zeigt verschiedene Seiten der Dinge. In diesem Fall die andere Seite des Knotens, nämlich wie viel Glück wir haben.«

»Ach, haben wir das? Und wo treibt sich dieses Glück dann bitte schön herum?«, frage ich und schiebe mir eine Hand voller Krümel in den Mund.

»Immerhin haben wir eine Familie, auch wenn sie ein ziemlich verworrener Zimtknoten ist. Aber das Beste ist: Wenn man die Augen schließt, schmeckt man den Unterschied zwischen einem Zimtknoten und einer Zimtschnecke gar nicht. Versuchs mal.«

Ich schließe die Augen und füttere mich selbst mit einer weiteren Handvoll Zimtknoten-Fitzelchen.

Und während die süßen Fitzelchen auf meinem Gaumen zu einer warmen Masse zusammenschmelzen, muss ich Josh recht geben. Was den Geschmack angeht jedenfalls.

»Also rätst du mir, dass ich meinen Familienmitgliedern nur noch mit geschlossenen Augen gegenübertreten soll? Oder die Augen vor allen Problemen verschließe, die unsere Familie hat? Macht natürlich total Sinn. Dann darf ich dich ab jetzt aber den König der Verdrängung nennen, ja?«

»Darfst du. Und ja, genau, das ist der Plan. Was für eine Blitzbirne du doch bist«, antwortet Josh, zwinkert mir zu und boxt mir dabei gegen den Oberarm. »Aber jetzt mal im Ernst: Was lernen wir daraus? Es ist nicht immer alles so, wie es von außen erscheint. So wie bei meinen leckeren Zimtknoten hier … und vor allem nicht, wenn es um Mum geht.«

Ich stöhne und verdrehe die Augen. »Bist du dir sicher, dass du nicht professioneller Sprücheklopfer für Geschenkkarten werden willst, Josh? Dafür scheinst du echt Talent zu haben. Außerdem hast du ja leicht reden. Mum vergöttert dich. Du bist schließlich ihr Prinz, der Regenbögen pupst. Das musst du doch zugeben, oder? Wie oft am Tag sagt sie dir, dass du nach ihr kommst? Letzten Sonntag hat sie das allein beim Abendessen ganze drei Mal erwähnt. Kein Scherz. Ich habe zufällig auf der Serviette eine Strichliste gemacht. Und ich habe die Arschkarte gezogen in unserer Familie. Weil ich ja anscheinend Dad so ähnlich sein soll. Ausgerechnet der Person, die Mum aufs Blut hasst.«

»Das ist jetzt nicht dein Ernst mit der Strichliste, oder?« Josh zieht seine linke Augenbraue hoch und sieht mich ungläubig an.

Ich grinse nur.

»Du bist echt so ein schlimmer Nerd, Em. Was sollen wir mit dir nur machen?! Und ist es dir eigentlich schon mal in den Sinn gekommen, dass Mum Dad immer noch lieben könnte und …«

»… und sie deswegen kein einziges gutes Haar an mir lassen kann?«

»Genau das.«

»Das ist jetzt aber nicht dein Ernst, oder?«

»Das ist mein absoluter Ernst, Em. Sonst würde ich es ja nicht sagen.«

Während ich das erst mal sacken lassen muss, zieht er schon sein Handy aus der Hosentasche, streckt sich auf meinem Bett aus, schiebt die Füße unter meine Deko-Kissen und fängt an, wie wild draufloszuscrollen.

* * *

»Und was soll ich jetzt tun, Josh?«, frage ich drei Zimtknoten, fünf schräge Katzenvideos und eine Erzähl-Runde Was-in-meinem-Leben-gerade-noch-so-schiefläuft-vor-allem-mit-Shive-und-Pen später.

»Du könntest Mum vorschlagen, einen Tag nur mit ihr zu verbringen. Buchhandlung-bummeln gehen zum Beispiel und Scones essen gehen und reden und dann …«

»Ich meinte nicht die Sache mit Mum. *Die* Baustelle ist mir eine Nummer zu groß. Im Moment jedenfalls. Ich meinte, was ich machen soll wegen Pheebs. Und Shive. Und Pen.«

»Vielleicht solltest du einfach mal *nichts* machen, Em. Also, was dich und Shive und Pen angeht jedenfalls. Wenn überhaupt, solltest du dich vielleicht einfach mal locker machen. Das würde helfen«, sagt Josh und drapiert die letzten drei Zimtknoten fein säuberlich auf dem Stofffetzen, den er eben aus meiner Nähkiste gezogen hat.

»Super Tipp«, murmele ich, während ich rätsele, was Josh da gerade vorhat mit seiner Bastelei. »Und wie soll das bitte schön gehen, sich locker machen?«

»Da gibts jetzt keine direkte Betriebsanleitung dafür, Sis«, murmelt Josh und zieht einen Streifen geklöppelter Spitze aus meiner Bastelkiste. »Vielleicht versuchst du es mal mit Yoga oder Meditation. Aber da ist eher Nelle die Spezialistin.«

»Ich frage aber dich«, murmele ich und seufze. Wenn man Nelle auf Yoga oder Meditation anspricht, dann hört sie nicht mehr auf mit Erzählen. Und das, obwohl sie sonst eigentlich eher der Typ Wortkarg ist.

»Na ja, mir hilft es immer, mal so richtig dämlich zu Musik abzuzappeln. Ohne darüber nachzudenken, was andere über mich denken könnten. Und das bringt mich doch direkt auf was: Du gehst doch zum Winterball, oder? Das Highlight des Jahres! Die ultimative Challenge für so Nerds wie dich.«

»Ganz sicher nicht, Josh. Da werden Nerds wie ich von diesen tanzenden Flashmobs überrollt, die alle anderen einstudiert haben. Und bei der Wahl zu »King and Queen« darf dann ein Nerd dabei helfen, dass das Mikrofon funktioniert. Alle anderen dürfen dem durchlauchten Pärchen zuschauen, wie sie sich die Krönchen aufsetzen lassen.«

Josh lacht laut auf. So ganz falsch scheine ich mit meiner Beschreibung also nicht zu liegen.

»Außerdem wüsste ich nicht mal, was ich anziehen soll. Hab nur Jeans für Zehnjährige im Schrank, und mein Wonderwoman-Kostüm von Halloween. Alles nicht für einen Ball geeignet. Und um eine schicke Limo zu mieten, fehlt mir das nötige Kleingeld. Außerdem ...« Ich schlucke und streiche ein paar Zimtknoten-Brösel vom Bettüberwurf. »Shive hat mich noch nicht mal gefragt, ob ich mit ihm hingehe. Ist zu beschäftigt mit seiner Schneeflocken-Aktion. Und Pen geht mit den Basketballern hin. Die organisieren ja schließlich dieses Jahr den Ball. Wie ich mein Talent zu Katastrophen kenne, muss ich am Ende dabei zusehen, wie Shive und Pen sich auf der Tanzfläche feiern lassen und in irgendeiner Ecke rumknutschen. Und am Ende darf ich dann mit den anderen Nerds den Müll einsammeln.«

»So kann das ja nichts werden, Sis«, ruft Josh und stöhnt, während er versucht, die Zimtknoten mit dem Spitzenband und dem Stofffetzen zu einem Päckchen zu schnüren. »Wart ihr beide, Shive und du, nicht gestern gerade auf einem Autoscooter-Date? Sah sehr danach aus. Außerdem bist du doch anscheinend sein Perfect Match, Schwesterchen. Also warum dieses ganze dystopische Gelaber?«

»Genau das ist doch das Problem, Josh. Dass er sich nur deswegen mit mir treffen wollte, weil ich sein Perfect Match bin. Nicht, weil er Schmetterlinge im Bauch hat, wenn er mich sieht. Und somit war das kein Date, sondern ein Pflichttermin«, sage ich und helfe Josh mit dem Schleifenbinden. Kann man ja nicht mit ansehen, wie er das macht.

»Das kannst du doch nicht wissen, ob Schmetterlinge in seinem Bauch rumflattern oder nicht. Und seit wann brauchst ausgerechnet du irgendjemanden, der dich einlädt, um irgendwo hinzugehen? Du hast dich doch schon mit sieben selbst zu einem Backkurs im Gemeindezentrum angemeldet.«

»Ja, aber ...«

»Nichts aber. Und wie wäre es, wenn du mit Amba mal ein Ball-Outfit für dich nähst, anstatt immer nur an diesem alten Quilt herumzubasteln? Die Vergangenheit ist Vergangenheit. Und jetzt ist jetzt. Und was die Limo angeht ... ich erkläre mich bereit, meine alte Klapperkiste durch die Waschstraße zu fahren und dich höchstpersönlich mit meinem Volvo zum Tanz zu kutschieren. Gehört zum exklusiven Bruderservice.«

Josh grinst mich an.

Ich grinse zurück. »Dein Volvo hat es aber auch bitter nötig, mal wieder eine Waschstraße von innen zu sehen. Erst gestern hat irgendjemand einen Mittelfinger auf die Windschutzscheibe gemalt. Aber was hast du eigentlich mit diesem Päckchen vor, Josh? Soll ich das irgendjemandem an den Kopf schleudern, um mich locker zu machen?«

»Ganz im Gegenteil, Sis. Das schickst du jetzt schön an Pheebs. Und zwar mit der Hauspost. Unsere Familienfäden müssen sich ja nicht noch mehr verknoten.«

Ich nicke und lächle vor mich hin.

Weil mein großer Bruder schon irgendwie genial ist.

Dann kritzele ich »Werde es wiedergutmachen, Pheebs. Mit einer Überraschung. Versprochen« auf einen Notizzettel, öffne das Fenster und stecke ihn dann zusammen mit dem Stoffpäckchen in die Plastiktüte an dem Nylonfaden-Loop, der von meinem zu Pheebs Fenster gespannt ist. Anschließend ziehe ich so lange an der Schnur, bis das Glöckchen an Pheebs Fenstersims klingelt.

Als ich fertig bin mit der Hauspost-Verschickung, dröhnt schon die Melodie von »We Are Family« aus Joshs Handy durch mein Zimmer. Und zwar so dermaßen laut, dass die Pappwände wackeln.

Josh grölt direkt ein paar Textbrocken mit. Und dann fängt er auf dem schmalen Streifen Teppich zwischen Bett und Fenster auch noch an zu tanzen. Mit den albernsten Tanz-Moves, die er auf Lager hat.

Und als er dann auch noch mit seinem Ich-laufe-durch-den-Laden-und-lege-meine-Einkäufe-in-den-Wagen-Dance-Move anfängt, kann ich nicht mehr und pruste los. Bis ich mir fast in die Hose pinkele.

13

VÖLLIG UNNÜTZES WISSEN:
Die Freiheitsstatue hat Schuhgröße 1143

»Weißt du eigentlich schon, was du zum Ball anziehst, Pen?«, frage ich, als wir nach der Schule in unsere Straße biegen.

»Was für eine Frage! Der Ball ist doch Samstagabend. Also morgen. Ich glaube, ich muss dir ab jetzt jedes einzelne Schulmail laut vorlesen. Sonst verpasst du noch irgendwann deine eigene Abschlussfeier. Und klar hab ich mein Outfit schon komplett durchgeplant. Muss nur noch dieses Vintage-Kleid in unserem Secondhand-Laden abholen. Mache ich, nachdem ich mich mit Sam vom Community Sportcenter getroffen habe. Wegen meiner Basketball-Idee für den *Le Monde*-Wettbewerb. Eine gewisse Freundin von mir hat mir da nämlich kürzlich eine verdammte Deadline gesetzt.« Pen zwinkert mir zu.

Ich zwinkere zurück.

Und mir wird klar, dass ich immer noch keine eigene Idee für den *Le Monde*-Wettbewerb habe. Und dass ich am Ende wahrscheinlich wieder mal nur ein paar Sternchen für »beste Mitmacherin des Jahres« gewinnen werde. Ich fühle mich wie eine Amöbe zwischen zwei Delfinen, die sich Zitate von Sartre, Maya Angelou und Virginia Woolf zurufen.

»Ach, übrigens: Heute Abend kann ich ausnahmsweise nicht bei euch übernachten«, sagt Pen dann noch.

»Alles klar«, sage ich und überlege, wann Pen eigentlich das letzte Mal bei mir im Bett geschlafen hat. »Wegen deinem Dad?«

»Nein ... ja ... eigentlich, weil ich heute Abend noch einen Anruf bekomme von ... Sagen wir mal so: Ich hab schon was vor«, murmelt Pen. Dass sie so rumdruckst, ist eher selten.

»Bist ein freier Mensch, Pen«, sage ich schnell. Und frage mich, was es ist, das Pen mir verheimlicht.

»Gehst du denn nicht nach Hause?«, fragt Pen, als wir an unserem Haus vorbeilaufen.

»Nein, ich esse heute bei Amba zu Mittag. Und dann nähen wir noch an Shives Schneeflockenkostüm. Habe ich gestern mit ihr ausgemacht. Wieso?«, frage ich und weiche Pens Blicken aus. Ich fühle mich ein bisschen schlecht, weil ich ihr davon nichts erzählt habe. Von mir und Shive und der Kostüm-Nähaktion. Aber ich habe da meine Gründe. Und sie erzählt mir ja anscheinend auch nicht mehr alles.

»Ist Shive auch dabei?«, fragt sie kurz darauf und weicht dabei meinem Blick aus.

Ja, Shive ist auch dabei. Und deswegen ist mir vor Aufregung schon den ganzen Morgen richtig übel. Weil ich ihn das erste Mal seit der Sache im Autoscooter treffe, ohne dass tausend andere Schüler um uns herumhüpfen.

Und ich habe keine Ahnung, was ich sagen soll. Dazu, dass er und ich ein Perfect Match sind.

Ich habe das ja irgendwie schon immer gespürt. Aber ob Shive das jetzt auch spürt, weiß ich nicht.

»Er wollte Amba und mir ganz eventuell heute Nachmittag dabei helfen. Ist ja sein Kostüm. Warum?«

Ich bin so was von verlogen. Shive hat heute Morgen *versprochen* zu helfen.

In der kurzen Pause zwischen Mathe und Sozialkunde. Auch wenn dieses »Gespräch« an den Schließfächern nicht länger als fünf Sekunden dauerte und wir uns davon maximal eine Sekunde lang in die Augen gesehen haben.

Aber versprochen ist versprochen.

Ich seufze. Wenn ich nicht aufpasse, gewinne ich dieses Jahr auch noch den Preis für »Pens mieseste Freundin des Jahrtausends«. Und dann habe ich am Ende zwar eine Vitrine voller Trophäen, aber stehe ziemlich alleine da mit meinem Leben.

Ich schiele zur Seite und versuche, Pens Gesichtsausdruck zu deuten. Aber sie hat ihr Pokerface aufgesetzt.

»Nur so«, sagt Pen und schluckt so dermaßen laut, dass man es sogar hier auf offener Straße hören kann.

»Ach so«, murmele ich.

Und dabei habe ich das ungute Gefühl, dass Pens »Nur so« kolossal viel bedeutet.

* *

»Ist Shive auch da?«, frage ich Amba, als ich meinen Mantel an die Garderobe hänge und den Duft von gerösteten Zwiebeln und Chicken Tikka aus der Küche inhaliere. Am liebsten würde ich Amba fragen, ob in den Sternen nicht zufällig auch irgendwas davon steht, dass ich bald bei ihr einziehe. Ich muss zugeben, dass mein Magen gerade so dermaßen knurrt, dass ich mich sofort von ihr adoptieren ließe.

Obwohl das die Sache mit Shive und mir natürlich noch zusätzlich erschweren würde.

»Shive muss noch irgendwas mit Rob und Marvin machen. Wegen Basketball und so. Kommt ein bisschen später. Hat er eben Sunyata gesüüümpst«, antwortet Amba und steckt sich dann einen Kaugummi in den Mund.

Ich lächle in mich rein, weil die Art, wie sie »simsen« sagt, mich immer direkt am Bauchnabel kitzelt.

Aber dann vergeht mir das Lächeln wieder.

Weil Shive und seine Familie wirklich recht haben. Amba atmet um einiges schwerer als sonst.

»Also, das mit den Sternen hat mich schon überrascht«, sage ich leise, während ich Amba helfe, den Tisch in der Küche zu decken. Das ist vielleicht die einzige Chance, mich mit ihr heute noch alleine zu unterhalten.

»Was meinst du, Liebes?«, fragt sie und drückt mir das silberne Tablett mit den Dips in die Hand.

»Na, das mit dem Sternen-Match … wegen Shive und mir … das hätte ich so nicht gedacht, weißt du?« Mir wird heiß. Und das, ohne dass ich von Ambas Chili-Dip überhaupt gekostet habe.

Amba kaut noch fester auf ihrem Kaugummi herum und sieht durch mich durch. So als ob hinter mir ein Film auf einer Großleinwand abgespielt werden würde.

»Keine Ahnung, wovon du sprichst, Liebes«, murmelt Amba schließlich und rührt noch fester in dem größten ihrer Töpfe.

Wenn Amba nichts davon weiß, dann muss sich Shive die ganze Sache ausgedacht haben. Und das ist ja wohl so unwahrscheinlich wie ein Regenbogen bei Schneefall. Warum sollte er das verdammt noch mal tun?

»Was hättest du so nicht gedacht, Em?«, fragt Sunyata, die plötzlich in der Küche steht. Sie bricht ein Papadam in Stücke und belädt eins davon mit dem Löffelchen mit Koriander-Chutney.

»… dass 35 Prozent aller Jugendlichen ihre Beerdigung schon

komplett durchgeplant haben«, antwortet Amba wie aus der Pistole geschossen, bläst ihren Kaugummi zu einer Blase auf und lässt sie dann mit einem Riesenknall platzen.

Ich nicke. Auch wenn das unser Thema vor mehr als zwanzig Minuten war.

»Muss das sein, dass ihr über so unerfreuliche Themen sprecht? Ausgerechnet jetzt, wo …«, Sunyata stockt, lässt sich auf ihren Platz fallen, legt die Papadam-Stücke auf ihren Teller und sieht Amba besorgt an. »Dir geht es aber gut, *Gran Amba,* ja? Und wie oft soll ich dir das noch sagen: Du sollst dich nicht so anstrengen! Aber du hast für uns wieder ein Essen gekocht, das man glatt bei einer royalen Hochzeit servieren könnte.«

»Alles gut, Sunyata. Mach dir um mich bitte keine Sorgen«, antwortet Amba, während sie Sunyata fest in die Wange kneift. Dann küsst sie sie auf die Stirn und bestreicht jedes einzelne Stückchen von Sunyatas Papadams mit einem anderen Dipp. »Außerdem würde ich diesen Planeten doch nicht verlassen, ohne zu wissen, dass du und Bruce endlich …«

»Amba! Jetzt fang bitte nicht schon wieder damit an! Mit Bruce und mir und dem Heiraten wird das erst mal nichts. Er denkt nur an sich und seine Karriere als professioneller Ansteher. Gestern hat er sogar unseren Jahrestag vergessen.«

»Oh«, sagt Amba und füllt uns allen Chicken Tikka auf den Teller. Sie sagt nichts, aber ihre Lippen bewegen sich und sie verdreht die Augen. So, als würde sie ein stummes Gespräch mit sich selbst führen.

»Und was macht man als professioneller Ansteher?«, frage ich und schaufele mir eine Riesenladung Reis auf die Gabel.

»Na, eben anstehen. Vor neuen Clubs und so. Dass es aussieht, als wären die richtig angesagt und so weiter.«

»Oh«, sage ich auch und falle dann direkt über mein Essen her. Weil mir dazu gerade wirklich nichts einfällt.

Als wir aber Minuten später immer noch nichts reden, halte ich die Stille nicht mehr aus und frage Sunyata, ob sie sich auch schon mal Gedanken gemacht hat, welche Musik bei ihrer Beerdigung gespielt werden soll.

Sunyata schüttelt nur den Kopf und gibt einen abschätzigen Zischlaut von sich.

Dafür meint Amba aber, dass es sehr gut ist, dass wenigstens *ich* solche Fragen stelle.

Weil ihre Familie immer in Panik verfallen würde, wenn sie ihre Beerdigungswünsche anspricht. Und sie ihre Pläne sogar fein säuberlich aufgeschrieben und ihrem alten Freund Jadoo Shan als Brief zugeschickt habe. Weil ihre Familie dieses Thema verdrängt. Und nur dass wenigstens wir zwei es schon mal gehört hätten: Sie wolle unbedingt in ihrer Heimatstadt Jaipur verbrannt werden. Dort, wo sie geboren wurde und wo ihr Herz auch immer noch wohnt. Nach all den Jahren.

Sunyata lässt ihr Besteck in den Teller fallen und legt ihre Hand auf Ambas.

Jetzt erst sehe ich die Tränen in ihren Augen.

Und während ich mich darüber ärgere, dass ich vorhin unbedingt die 35 Prozent der Jugendlichen mit Beerdigungsfantasien erwähnen musste, streicht Sunyata ihrer Großmutter immer wieder sanft über die Hand. »Aber bitte lass dich bald durchchecken, Amba. Ich gehe auch mit dir mit zu dieser Herzspezialistin.«

Kurz sieht es sogar so aus, als würde Amba nicken, aber dann springt sie doch wieder auf und murmelt etwas davon, dass Ärzte immer was finden, wenn man erst mal in Unterwäsche vor ihnen sitzt. Und dass wir sie noch ganz verrückt machen würden mit unseren Ängsten. Sie hätte immerhin drei Vorfahren, die mindestens hundert Jahre alt geworden sind. Ganz ohne komplizierte Check-ups. Und dann sieht Amba uns dermaßen streng an, dass sich sogar Sunyata nicht mehr traut, weiter über dieses Thema zu sprechen.

Also räumen wir stumm den Tisch ab.

* * *

Ich sehe auf mein Handy. Zum ungefähr 357. Mal, seit Amba und ich den weißen Kunststoffsamt für Shives Kostüm zuschneiden.

Eigentlich schneidet Amba zu. Ich halte nur den Stoff und versuche dabei, mir die Enttäuschung darüber nicht anmerken zu lassen, dass Shive immer noch nicht aufgetaucht ist. Nach vollen drei fucking Stunden nicht.

»Wahrscheinlich brauchen Rob und Malvin mal wieder seine Hilfe. Mit Biologie-Hausaufgaben oder so. Oder mit dieser Formel-1-Tabelle in Physik«, sagt Amba und reißt einen langen Streifen des Stoffs in einem Ruck ab.

Etwas, das sich nur Amba traut.

»Wir haben keine Biologie-Hausaufgaben auf. Und Physik ist jetzt auch nicht so Shives Ding«, murmele ich, hebe den meterlangen Stoffrest auf und lasse ihn durch meine Finger gleiten. Damit muss sich doch noch was anderes machen lassen.

»Vielleicht kauft er sich ja auch mit seinen Freunden zusammen endlich eine neue Jacke. Seine alte ist viel zu dünn für diese Jahreszeit. Und gerade heute Abend bräuchte er die, wo er doch bei dieser Kälte zum Festival gehen will, da …«

»Wir waren eigentlich verabredet, Amba. Und gestern wollte er sich noch keine neue Winterjacke kaufen«, sage ich und streiche den Stoffrest auf dem Teetisch glatt. Wenn ich es geschickt anstelle, könnte ich daraus sogar noch ein Oberteil nähen.

Für eine sehr kleine Person.

Das bringt mich auf eine Idee.

»Na ja, du weißt doch, wie sie sind, die Jungs. Sehr vergesslich und manchmal auch unzuverlässig. Immer Flausen im Kopf«, nuschelt Amba mit ein paar Stecknadeln im Mund.

Ich sage dazu nichts.

Weil Shive alles andere als vergesslich und unzuverlässig ist. Er hat sich vor ein paar Monaten sogar eine verdammte App auf sein Handy geladen, die eine halbe Stunde vor jedem Termin losvibriert. Und vergessen hat Shive nur ein einziges Mal eine Verabredung mit mir: damals in der ersten Klasse, als er und ich Kastanien sammeln wollten, um unser Projekt der Woche zu basteln. Und schon damals hatte er ein gutes Alibi; er hatte seine Schwester verarzten müssen, weil sie sich in den Finger geschnitten hatte.

»Was für ein Festival denn?«, frage ich, während ich die ersten zittrigen Linien mit Filzstift auf den Kunststoffsamt zeichne. Die Stoffkreide hält darauf nämlich nicht.

»Na, Diwali! Das Lichterfest. Das kennst du doch!«, ruft Amba, wirft ihre Hände in die Luft und bekommt ganz leuchtende Augen.

Ich schlucke. Natürlich kenne ich Diwali. Ich liebe Diwali. Ich hatte nur vergessen, dass es heute ist.

Pen hat recht. Entweder muss sie mir ab jetzt immer die wichtigen E-Mails und Termine vorlesen, oder ich muss endlich auch anfangen, die Kalender-App auf meinem Handy nicht nur anzustarren, sondern auch zu benutzen.

»Erinnerst du dich noch, wie du als kleines Mädchen fast in die Themse gefallen bist, weil du eines der Lichter rausfischen wolltest?«, fragt Amba und beginnt lächelnd, die Stoffteile für Shives Kostüm mit Stecknadeln zusammenzuheften. »Pen und du lagt mir nach Diwali für Tage in den Ohren, dass ihr im nächsten Jahr unbedingt wieder dabei sein wollt. Und gleichzeitig habt ihr mit Shiva darüber gestritten, was jetzt schöner ist: Diwali oder Weihnachten.«

Ich muss schmunzeln. Natürlich erinnere ich mich daran, wie Pen und Shive mich im letzten Moment festhielten und ich gerade so *nicht* in die Themse fiel.

Und an den Streit kann ich mich auch noch erinnern. Diesen einen und die vielen, die danach kamen. Für Pen, Shive und mich wurde es irgendwann ein Wettbewerb, welches dieser beiden Feste schöner, gemütlicher und insgesamt einfach umwerfender ist.

Ich versuche mich weiter an meinen Filzstiftlinien und frage mich, warum Shive mir verschwiegen hat, dass er heute Abend dort hingehen will.

Und ob es dasselbe ist, was Pen heute Abend vorhat.

»Ich bin so froh, dass Shiva diese Tradition auch so liebt«, sagt Amba. »Diwali erinnert einen daran, dass immer ein Licht in einem selbst leuchtet, egal wie dunkel das Leben erscheint, und …«

»… dass man vielleicht am Ende doch einen Arzt aufsuchen sollte, wenn man schwer Luft bekommt?«, fragt Shive vom Türrahmen her.

Ich drehe mich zu ihm um und frage mich, ob er statt als Schneeflocke im Eisbärenkostüm zum Winterball gehen will. Jedenfalls hat er eine übergroße Teddyjacke an, die sehr danach aussieht. Und wenn ich mich nicht täusche, sind seine Fingernägel in Königsblau und Glitzer lackiert.

»Hast du denn euer Date vergessen?«, fragt Amba und kneift Shive in die Wange. Um einiges fester als bei Sunyata vorhin. »Und was hast du mit deinen Nägeln angestellt?«

»Ach, das. Wollte nur Rob und Malvin beweisen, dass man als Junge cool sein und trotzdem seine feminine Seite ausleben kann. Oder es genau deswegen ist. Cool, meine ich.«

»Hat es funktioniert?«, fragt Amba skeptisch und sieht sich jeden einzelnen lackierten Fingernagel genauer an.

»Natürlich nicht. Die beiden sind einfach Dachlatten und halten die Anzahl ihrer Eroberungen für ein Zeichen ihrer Männlichkeit ... andere Frage: Was für ein Date?«

Ich schlucke und starre weiter auf meine Filzstiftlinie, die gerade immer welliger wird und zunehmend einer Sinus-Cosinus-Funktion gleicht.

»Na, das Date von dir und Em. Ihr habt doch ausgemacht, dass ihr hier zusammen an deinem Kostüm nähen wollt, und ...«

»Oh, Shit ... sorry ...«, druckst Shive herum. »Ja, also, das habe ich komplett vergessen ...« Ich glaube ihm kein Wort. »Aber ein Date war das ja nicht, ich wollte nur mit Em zusammen ...« Er stockt. Doch seine Worte haben sich längst im Kreuzstich durch meinen Magen genäht.

Unsere Blicke treffen sich kurz.

Der unschuldigste aller Ausdrücke in seinem Gesicht, wie er da immer noch in Eisbärenjacke im Türrahmen steht, zeigt, dass das heute Nachmittag eben nur ein Näh-Termin für ihn war.

Und jetzt wird ihm mit Sicherheit klar, dass ich gehofft hatte, unsere Näh-Verabredung sei eben doch ein richtiges Date. Und keine Pflichtveranstaltung. Weil mein Kopf nämlich die ganze Zeit so dermaßen heiß ist, dass er wahrscheinlich mit einem verdammten Feuerlöscher verwechselt werden könnte.

»Was ziehst *du* eigentlich auf dem Ball an, Em?«, fragt Amba. Ich bin mir hundertprozentig sicher, dass sie mich nur ablenken will. Von der peinlichen Situation hier. »Das wollte ich dich die ganze Zeit schon fragen. Ich habe da nämlich einen grünen Seidensari, der ganz wunderbar zu deinen Augen passen würde, und ...«

»Ich gehe nicht zum Ball«, murmele ich und fange an, mit der Schere an den Filzstiftlinien entlangzuschneiden. So mit richtig Karacho. Weil ich dann vielleicht diesen verhedderten Gefühlsknoten in mir auch gleich mit auftrennen kann.

Wenn ich jetzt auch noch in Ambas Sari auf den Ball gehen würde, könnte ich mir ja gleich eines dieser Lebkuchenherzen mit »Shive, ich liebe dich« umhängen. Obwohl ich Ambas Sari schon immer einmal anprobieren wollte. Weil der Seidenstoff die Farbe von den ersten Grashalmen hat, wenn der Frühling zurückkehrt nach Notting Hill.

Amba seufzt leise und streicht mir sanft über den Rücken. »Shiva, wolltest du Em nicht fragen, ob ihr zusammen zum Diwali-Festival geht?!«

Ich zwinge mich, nicht zu Shive zu sehen, und schneide weiter. Das wird mit Abstand der unförmigste Stern, den ich jemals gesehen habe.

»Ja, also ... das können wir natürlich machen, aber ...«, sagt Shive mit einer so gequälten Stimme, als hätte Amba ihn gerade gebeten, ihr jetzt und hier die Zehennägel zu schneiden.

»Wunderbar!«, ruft Amba und klatscht in die Hände. »Dann habt ihr beiden heute ja doch noch ein Date!«

Während ich einwerfen möchte, dass ich noch gar nicht gefragt wurde, ob ich auch Zeit habe, und es ja sein kann, dass ich ein anderes Date habe, ein richtiges nämlich, beschleicht mich das Gefühl, dass Amba diejenige ist, die ein Date für Shive und mich will. Nicht Shive.

Und als ich Shive schon den Filzstift an den Kopf werfen und den Stoffrest mit der Schere in klitzekleine Fitzelchen schneiden möchte, steht plötzlich Pen neben Shive im Türrahmen. Vollkommen verschwitzt und auch sonst ziemlich abgehetzt. Und als sie hört, dass er und ich heute Abend »ein Date« an der Themse haben, lädt sie sich selbst dazu ein, mit den Worten »Wie ich es liebe, Dates zu crashen!«.

Dabei hatte sie doch eigentlich was vor.

Und das zaubert Shive leider ein ziemlich erleichtertes Lächeln auf die Lippen.

Ich nicke nur und frage schließlich, wann wir uns treffen sollen und wo.

Weil: Die beiden alleine die schwimmenden Lichter anschauen lassen kann ich dann auch nicht.

14

VÖLLIG UNNÜTZES WISSEN:
Im Universum riecht es nach verbranntem Steak

Als Pen, Shive und ich an diesem Kieselstreifen an der Themse ankommen, wird mir schwindlig. Weil die vielen Lichterchen, die auf dem Wasser treiben, mich an eine schwimmende Milchstraße erinnern. Nicht 27000 Lichtjahre entfernt, sondern direkt hier unten.

Oder an einen Strom aus flüssigem Gold.

Diwali kann es auf jeden Fall mit Weihnachten aufnehmen. Weihnachten muss sogar aufpassen, dass es nicht abgehängt wird.

Ich lächele Shive zu, der mit seiner Polyester-Eisbärenjacke und seinen frisch lackierten Fingernägeln neben mir steht. Er lächelt nicht zurück, sondern sieht gleich wieder rüber zum Riesenrad des *London Eye* am anderen Ufer.

War zu erwarten. Dass er nicht zurücklächelt. Er wollte das Ganze hier ja überhaupt nicht.

Ich versuche, in seinen Augen zu lesen, was in ihm vorgeht. Doch leider spiegeln sich darin nur die kleinen schwimmenden Lichterchen.

Shive blickt ziemlich ernst aus der Wäsche. Dabei sieht er so dermaßen schön aus, dass es an meinem Herz zieht.

Und dann kann ich nur noch das eine denken: dass ich mich nämlich nicht wundern würde, wenn jeden Moment ein ultrakitschiges Disneyfilm-Medley ertönen würde und ich dabei zusehen müsste, wie er seinen großen Prinzenauftritt hat.

Nicht dass Prinzen schön sein müssten. Aber in den Disneyfilmen mit Happy End sind sie das eben doch meistens.

Und zusammen mit Pen würde er wahrscheinlich dann über diese Lichterstraße in ihr weit entlegenes Universum gleiten. Weil er mit ihr verheiratet werden soll, da sie in ihrem eigentlichen Leben die Prinzessin der Milchstraße ist. Und errechnet wurde, dass die beiden ein noch viel perfekteres Match abgeben würden als wir zwei.

Und schließlich würden sie dort einen Haufen Kinder bekommen, die so dermaßen niedlich sind, dass man es auf der Erde überhaupt nicht aushalten könnte.

Ich schließe die Augen und atme tief ein.

Meine Gedanken tun es wieder. Sie verirren sich in Horror-Szenarien. Und am Ende wird das Ganze zu einem Labyrinth, aus dem man nicht mehr herausfindet.

Ich atme aus. Immerhin steht Shive neben mir. Weniger als 2,5 Millimeter entfernt.

Unsere kleinen Finger streifen sich bei der kleinsten Bewegung. Jedes einzelne Mal, wenn das passiert, spielt mein Herz verrückt und ich bekomme Gänsehaut im Nacken.

Soweit ich das beurteilen kann, die gute Art von Gänsehaut. Und ein gutes Herzrasen.

Ich seufze. Was weiß ich denn schon? Seit ich erfahren habe, dass ich Shives Perfect Match sein soll, steht mein Herz unter Schock. Und deswegen kann die Freude, die ich gerade eigentlich fühlen sollte, nicht so wirklich einsickern. Stattdessen denke ich die ganze Zeit darüber nach, was Verliebtsein eigentlich ist.

Ich kann es vielleicht gar nicht von Überraschung unterscheiden. Oder von Prüfungsangst. Oder von diesem Kribbeln im Bauch, das man bekommt, wenn man zwei Liter Zitronenlimo direkt aus dem Kühlschrank getrunken hat.

So wie vorhin.

Ich bin schließlich ein mit Hormonen zugedröhntes Teenager-Mädchen, dessen Synapsen gerade im Drogenrausch zu Electro-Beats tanzen. Behauptet Mrs Malloney jedenfalls. Und Verliebtsein wird ja angeblich auch nur von Hormonen ausgelöst, die süchtig machen.

Mrs Malloney meint außerdem, es sollte Teenagern jederzeit erlaubt sein, sich eine Plastiktonne über den Kopf zu stülpen, auf der in Leuchtbuchstaben *Wegen Bauarbeiten geschlossen* steht.

Ich finde, sie ist eine der intelligentesten Personen, die ich kenne – und hat vollkommen recht.

»Was für eine riesengroße Ressourcenverschwendung! Diese ganzen Plastik-Lichterchen werden morgen bestimmt weggeschmissen. Wenn man sie überhaupt noch herausfischen kann, bevor sie von den letzten Karpfen in der Themse verschluckt werden, die jämmerlich daran verenden«, murmelt Pen, die auf meiner anderen Seite steht und die ganze Zeit schon auf der Stelle auf und ab hopst, um sich aufzuwärmen.

Ihr Windbreaker ist wohl doch nicht ganz so kälteabweisend, wie sie vorhin behauptet hat.

Ihre Entscheidung, nicht den Siebzigerjahre-Schaffell-Mantel in XXL anzuziehen, den ihr meine Mum vermacht hat, sagt ja wohl wieder alles: Der Sexy-aber-ich-friere-mir-leider-den-Arsch-ab-Look hat die Ich-trage-ein-gemütliches-Hauszelt-und-so-sieht-es-halt-auch-aus-Option klar übertrumpft.

Pen kann sich selbst vielleicht was vormachen. Aber mir nicht.

»Stell dir vor, Pen: Diese Lichterchen sind bis auf die Dochthalter zu hundert Prozent kompostierbar«, sagt Shive und verschränkt die Arme vor der Brust. »Dafür haben sich Sunyata und ich und noch so ungefähr 6547 andere Leute vor zwei Jahren schon eingesetzt. Klar, die Herstellung verbraucht auch jede Menge Energie. Aber Londons Weihnachtsbeleuchtung, die bestimmt mit Atomstrom betrieben wird, ist auch nicht gerade zukunftstauglich. Außerdem: Hast du schon mal an das ganze Papier gedacht, das allein für Geschenkverpackungen verschwendet wird? Und zusätzlich werden noch ganze Weihnachtsbaum-Wälder abgeholzt. So viel nur dazu.«

Von wegen Lichterfest und Friede, Freude, Eierkuchen. Die zwei stehen unter Hochspannung. Aber vielleicht fahren sie ja genau darauf ab. Wie gesagt: Was weiß ich schon von der Liebe?

Ich beschließe, meinen Spezial-Punsch und die Dose mit den Shortbread-Sternen aus meinem Rucksack zu holen.

»Die meisten Weihnachtsbäume werden extra dafür gezüchtet, Shivkens. Und ich habe schon vor langer Zeit damit aufgehört, meine Geschenke zu verpacken. Fancy Schleifen-Schnickschnack ist doch nur ein Zeichen dafür, dass man an sein Geschenk nicht wirklich glaubt«, sagt Pen und nimmt mir die Pappbecher ab, die ich gerade zusammen mit der Thermoskanne aus dem Rucksack gezogen habe.

Während ich meinen Spezial-Punsch in die Becher gieße, spüre ich ihren Atem auf meinem Scheitel. Als sich unsere Blicke kurz darauf treffen, schreckt sie zurück, gibt mir einen der Becher, umschließt ihren mit beiden Händen und versteckt sich hinter dem aufsteigenden Punsch-Nebel. Die ganze Zeit über bleibt sie ganz nah vor mir stehen. So nah, dass sich unsere Jackenreißverschlüsse aneinander reiben.

Ich bin mir sicher, dass da immer noch etwas ist, das sie mir sagen will. Etwas, das ihr anscheinend keine Ruhe lässt.

Vielleicht bilde ich mir das alles auch nur ein. Aber fragen will ich auch nicht. Fragen laufen bei Pen in letzter Zeit ja sowieso immer nur ins Leere.

Ich seufze.

Früher konnten wir über alles reden. Über-alles-reden war unsere verdammte Spezialität.

Immer. In jedem fucking einzelnen Moment.

Ich will gerade einen Schluck Punsch nehmen, als Pen mich plötzlich umarmt. Etwas ungelenk und holprig, aber dafür richtig fest. Und dann schaukelt sie mich hin und her, bis ich mich fühle, als stünden wir auf einem alten Schipperkahn auf offener See.

Nach einer Weile rückt auch Shive näher an mich ran, bis sein Eisbärenmantel meine Waden streift.

Und als wäre das nicht alles schon verwirrend genug, fängt er auch noch an, meine blinkende Faultier-Kappe zurechtzuzupfen und meine darunter hervorstehenden Locken mit seinen Fingern zu entwirren.

Dass ich diese bescheuerte Kappe aufhabe, hatte ich bis eben erfolgreich verdrängt. Pheebs Zweitmütze war vorhin die einzige, die ich in unserer Chaoskiste finden konnte. Und jetzt bedauere ich mich dafür zutiefst und bekomme kaum noch Luft.

Ich komme mir nämlich plötzlich vor wie der Vanille-Schoko-Erdbeer-Teil zwischen zwei Waffeln eines Eiscreme-Sandwiches. Und der weiß nicht, ob er jetzt schmelzen oder gefrieren soll.

Also fake ich einen mittelgroßen Hustenanfall und lasse mich dann von beiden dazu überreden, mal ganz schnell brav meinen Becher Punsch auszutrinken, bevor ich mich noch erkälte.

Während ich in Mini-Schlückchen nehme, zückt Shive sein Handy und verkündet, dass jetzt eigentlich jeden Moment das große Feuerwerk beginnen müsste. Und dass das der beste Teil des ganzen Abends ist und wir dann endlich einsehen würden, dass Diwali *das* Fest des Jahres wäre.

Daraufhin verkündet Pen, dass es ihr furchtbar leidtun würde, aber sie müsste uns jetzt ganz kurz mal alleine lassen, um irgendwo einen Platz zu finden, wo man in Ruhe pinkeln kann. Feuerwerk des Jahres hin oder her.

Und schon hüpft sie über die Ufersteine in Richtung der Büsche, die die Hauptstraße säumen.

Während Shive und ich schweigend den schwimmenden Lichterchen nachschauen, hört man schon einzelne Böller aus der Ferne. Winzige bunte Lichtstreifen ziehen über Londons Nachthimmel, wie die letzte Werbe-Einspielung vor dem Hauptfilm.

Shive räuspert sich ein paarmal. So als ob er mir auch etwas sagen möchte.

Doch das Einzige, was seinen Mund verlässt, ist Atem-Nebel.

Natürlich wäre das der perfekte Moment, darüber zu sprechen. Über das, was seit zwei Tagen zwischen uns steht wie ein unausgepacktes Paket.

Aber anstatt zu reden, beobachten wir nur die Lichtspuren am Himmel. Mittlerweile zischen sie wie riesige bunte Kaulquappen über das Riesenrad am anderen Ufer.

Nach einer Weile spüre ich seinen Blick von der Seite.

Ich schlucke. Die Stille zwischen uns sagt alles. Nämlich, dass wir nicht im Ansatz einen Plan haben, wie wir jemals ein Liebespaar sein sollten.

Wenn man schon im Sandkasten zusammen Sandkuchen gebacken und anschließend gemeinsam in der Badewanne gesessen hat, ist es wahrscheinlich schwer, sich plötzlich neu zu sehen.

Ich schaue mich nach Pen um. Unser Date könnte ihre Störung gerade extrem gut gebrauchen. Aber sie scheint immer noch nach einem passenden Pinkel-Busch zu suchen.

Plötzlich dreht sich Shive ruckartig zu mir, legt etwas unbeholfen die Hände auf meine Schultern und blickt mir in die Augen.

Obwohl, eigentlich blinzelt er die meiste Zeit über.

Für den Bruchteil eines Augenblicks habe ich das Gefühl, dass er mich zu sich ranziehen will. Aber dann nimmt er mir die Thermoskanne aus der Hand und stellt sie so dermaßen ungeschickt auf einen der großen Findlinge ab, dass sie mit Karacho in den Korb mit den Shortbread-Sternen knallt.

Und dann läuft mein gesamter Spezial-Punsch über die Kekse.

Die lösen sich innerhalb von Sekunden in warme Matsche auf. Wir können nur noch einen einzigen Shortbread-Stern retten. Und dabei stelle ich fest, dass ich mich mittlerweile genauso fühle, wie die Sternenmatsche aussieht.

Während wir unsere Hände und die Thermoskanne umständlich mit Servietten abwischen und die Sauerei nur noch schlimmer machen, murmelt Shive: »Weißt du, das mit Jadoo Shans Berechnungen zu unseren Sternen, das muss nicht unbedingt heißen, dass wir ... ich meine, es gibt ja wohl nicht nur einen Menschen, der perfekt ... und ich hatte ja sowieso noch lange nicht vor ...«

Mein Herz macht einen Stolperer. Und dann noch einen. Und dann kullert es einfach drauflos über die ganzen verdammten Kieselsteine hinweg.

»Sehe ich ganz genauso, Shive. Das muss überhaupt nichts heißen«, sage ich schnell, während ich die klebrige Serviette mit meiner linken Hand zu einem festen Ball zusammenknülle. »Ich meine, was sollen die Sterne denn bitte schön darüber wissen, wer besonders gut zusammenpasst? Sterne sind ja auch nur sehr massenreiche Himmelskörper aus Gas und Plasma. Hört sich jetzt auch nicht besonders romantisch an, oder? Und besonders sexy auch nicht. Wusstest du eigentlich, dass es im Universum nach verkohltem Steak riecht? Wegen des Kohlenwasserstoffs.«

»Wusste ich nicht«, sagt Shive und sieht mich etwas verdattert an. Wahrscheinlich wegen meines abrupten Themawechsels.

Doch wenigstens lächelt er für einen ganz kurzen Moment.

Ich fische den einzigen intakten Shortbread-Stern aus der Teigmatsche und wickele ihn in die letzte trockene Serviette.

»Na ja, also, ganz so einfach ist es aber auch wieder nicht«, murmelt Shive daraufhin und starrt auf den Servietten-Ball, den ich immer noch in der Hand zerquetsche.

»Klar, der Weltraum soll angeblich auch nach Himbeeren und Rum riechen«, antworte ich und versuche, meine Enttäuschung mit Nerd-Wissen zu überdecken. »Manche Wissenschaftler behaupten auch, dass es da oben nach überhaupt nichts riechen kann, weil da nur sehr wenige Moleküle herumfliegen und …«

»Ich meinte die Sache mit den Sternen. Ich glaube nicht, dass es völliger Humbug ist. Wie die Sterne zum Zeitpunkt unserer Geburt zueinander stehen, kann schon etwas darüber aussagen, wie … na ja, also … das ist eine alte Kunst … und unsere Sterne stehen wohl schon sehr besonders …«

»Aber so besonders dann auch wieder nicht, oder? Das meintest doch«, murmele ich und zwinge mich dabei so sehr zu einem so breiten Lächeln, dass meine Kiefermuskeln schmerzen. Immer noch besser, *ich* sage es – bevor er es tut.

Shive blinzelt wieder, was das Zeug hält, und kaut auf der Innenseite seiner linken Backe herum.

Die folgende Stille wird zum Glück von den Böllern abgelöst.

Und dafür bin ich extrem dankbar. Wäre nicht alles so todtraurig, würde ich vor Böller-Dankbarkeit platzen.

Die schwimmenden Lichterchen auf der Themse und die Feuerwerk-Streifen am Himmel schreien nach einem Happy-End-Moment, aber in mir schreit jede einzelne Zelle, dass es für mich eben kein Happy End geben kann.

Jetzt nicht und auch zu keinem späteren Zeitpunkt.

Weil ich ein aussichtsloser Fall bin. Eine, die besser mit Physikformeln, Backrezepten und Schnittmustern kann als mit Menschen.

Sogar wenn sie diese Menschen schon länger kennt, als sie überhaupt denken kann.

Oder gerade dann.

Und dann wird mir klar, dass Pen heute Abend überhaupt nicht das Problem war.

Sie hatte vollkommen recht, unser erstes Date zu crashen.

Weil der heutige Abend von Anfang an überhaupt nicht als erstes Date gedacht war.

15

VÖLLIG UNNÜTZES WISSEN:
Das Herz einer Garnele sitzt im Kopf

Es sind gerade mal zwei Stunden seit dem Ende des Nicht-Dates mit Shive an der Themse vergangen.

Und ich sitze in einem Bärchen-Onesie auf Pens Riesenbett. In ihrer XXL-Villa. Mit einem gigantischen Asteroiden auf der Brust und einer ganzen Armee von Stofftieren und festgepinnten Zeitungsartikeln im Rücken.

Und das kam so: Nachdem Shive und ich noch eine ganze Weile blöd am Ufer rumgestanden haben und auch noch der letzte Funken Romantik verpufft war, fing ich so richtig an zu frieren.

Und das merkte Shive. Wahrscheinlich, weil ich eine ganze Weile wie ein Flummi auf und ab hopste und mich dabei selbst umarmte.

Jedenfalls meinte er irgendwann, dass in seiner Polyester-Eisbärjacke mindestens Platz für zwei wäre. Weil sein Onkel, von dem er sie geerbt habe, ein riesiger Mann gewesen sei. Fast so groß wie Mr Miller. Und das sei jetzt auch kein in irgendeiner Form romantisches Angebot, sondern vollkommen egoistisch. Weil er nämlich keine Lust hätte, mir die nächsten zwei Wochen die Hausaufgaben hinterherzutragen. Und das müsste er ja schließlich tun, wenn ich mir eine Lungenentzündung holen würde.

Ich boxte ihm daraufhin ein paarmal richtig fest gegen die Schulter, schenkte ihm aber schließlich doch den eingewickelten Shortbread-Stern. Weil beste Freunde genau das machen: sich den allerletzten Shortbread-Stern schenken.

Und dann schlüpfte ich zu ihm unter den Mantel. Als wäre es das Normalste der Welt.

Shive hüllte mich in sein falsches Eisbärenfell und tanzte mit mir ein bisschen über die Kieselsteine. Nachdem ich meine Chucks auf seine Turnschuhe in Größe 47 gestellt hatte.

Leider auch das alles nur zu hundert Prozent freundschaftlich.

Nach einer kleinen Weile Herumtanzerei, die gut und gerne die ganze Nacht hätte andauern können, knackte es dann plötzlich ziemlich laut hinter Shive. So als ob jemand auf einen Ast getreten wäre.

Und als ich aus meiner Mantelhöhle rausblinzelte, sah ich Pen ein paar Meter von uns entfernt stehen. Mit zweieinhalb kandierten Äpfeln am Stiel in der Hand.

Und in ihren Augen lag irgendwas zwischen Horror, Wut, Panik und abgrundtiefer Traurigkeit. Quasi die ganzer Palette der Gefühle, die man nicht in den Augen seiner besten Freundin sehen will.

Ohne ein Wort zu sagen, drehte sie sich um und rannte zurück in die Nacht.

Und ich wusste, dass ich hinterhermusste.

* *

Ich holte Pen erst an der Bushaltestelle *Parliament Square* ein. Und genau genommen auch nur, weil sie dort stehen geblieben war, um auf ihren Bus zu warten.

Ich beschloss, dass ihr Bus heute Abend auch meiner sein würde. Auf die Gefahr hin, dass ich darin übernachten musste.

Für die Dauer von mindestens 128 vorbeifahrenden Pkws, 7 Bussen, 23 Lastwagen, 3 Elektrorollern, einer Vespa mit kaputtem Auspuff und einem Tandem für drei wechselten Pen und ich kein Wort, sondern starrten auf unsere Chucks, die im gelblichen Licht der Laterne die Farbe von moderndem Algenschlamm angenommen hatten.

Während ich noch nach einem Fetzen Mut in mir suchte, Pen zu fragen, warum genau sie eben abgehauen war, sagte ich: »Wusstest du eigentlich, dass das Herz einer Garnele im Kopf sitzt?«

Pen gab erst mal einen Monster-Grunzer von sich und warf mir dann einen missbilligenden Blick zu.

»Nicht dein Ernst, oder? Du willst dich jetzt wirklich über Garnelen unterhalten?«, fragte sie.

»Nein, eigentlich nicht. Aber wenigstens sprechen wir jetzt wieder miteinander«, sagte ich und lächelte sie an.

»Tun wir nicht«, sagte sie und lächelte nicht zurück.

»Tun wir schon.« Ich rückte einen Seitenschritt näher an sie ran.

»Ich spreche jedenfalls nicht mit dir. Und werde das auch erst mal nicht mehr tun.« Pen entfernte sich zwei große Seitenschritte weg von mir.

»Wenn du meinst.«

»Meine ich.«

»Ich will dich ja nicht enttäuschen, Pen. Aber wir sprechen die ganze Zeit über schon miteinander. Oder wie würdest du das sonst nennen, was wir gerade tun?«

»Das ist nur inhaltloses Buchstaben-Pingpong. Kein Gespräch.«

»Immerhin. Besser als nichts.«

»Wenn du meinst.«

»Meine ich.«

Die Abgase der vorbeifahrenden Laster machten mich mittlerweile schon ganz schwummrig, und ich fragte mich, wie dieser Abend noch enden sollte. Vielleicht hatten wir zu lange damit gewartet, über die wirklich wichtigen Dinge zwischen uns zu sprechen. Und jetzt saßen wir vor lauter Gefühlsverdrängerei in einer verdammten Zwickmühle. Aber nicht in so einer, mit der man das Mühlespiel gewinnt. Sondern in einer, in der man sich fühlt, als säße man in einer Kiste voll von Zeug fest, das beim Flohmarkt schon tausendmal wieder eingepackt wurde.

»Was du vorhin gesehen hast, zwischen Shive und mir, das …«, setzte ich noch mal an.

»Jetzt nicht. Ich habe keine Lust, darüber zu sprechen.«

»Aber es war doch nur …«

»Em, kapierst du noch was? Ich will nicht darüber reden!«

In mir zog sich alles zusammen.

Es stimmte also: Pen war so was von eifersüchtig.

Und so was von verknallt in Shive.

Mittlerweile war mir wieder so kalt, dass ich mich in Shives Eisbärenjacke zurücksehnte. Auch wenn es darunter nicht mehr als freundschaftliche Polyester-Wärme gab.

Als ein Lastwagen mit übertrieben viel Plingpling an Weihnachtsbeleuchtung vorbeifuhr, sah ich aus dem Augenwinkel, dass Pen kurz lächelte und den Kopf schüttelte. Wahrscheinlich wegen der absurden Werbung auf der Seite des Lasters, mit zwei Karotten, die lachend und Händchen haltend in einen Entsafter springen. Aber gleich darauf versteckte sie ihr Lächeln wieder und las sich eine Weile den Fahrplan im Haltestellenhäuschen durch.

Als der Bus nach Chelsea endlich vor uns anhielt und mit einem tiefen Seufzer die Türen öffnete, wollte ich die Busfahrerin schon fragen, wie viel eine nächtliche Stadtrundfahrt in Dauerschleife kostete. Und ob sie was dagegen hätte, wenn ich es mir in der letzten Bank gemütlich machen würde.

Aber dann haute ich mich doch auf die Bank gegenüber vom Einzelplatz direkt hinter dem Fahrer.

Auf dem hatte sich Pen nämlich niedergelassen.

Mit der Stirn gegen die Fensterscheibe gedrückt sah ich aus der Ferne zu, wie *Big Ben* zu einem angestrahlten Bleistiftstummel zusammenschrumpfte, beobachtete aus der Ferne, wie *Buckingham Palace* in den royalen Schlaf fiel, freute mich über den Weihnachtsbaum vor *Westminster Cathedral,* der wie jedes Jahr mit roter XXL-Plastik-Schleife an der Spitze vor sich hin leuchtete, und wunderte mich über den gigantischen Pfau aus bunten Glühbirnen, der dieses Jahr auf dem Dach von *Victoria Station* angebracht worden war. Und dabei fragte ich mich, wie man so viel Schönheit und so viel Unausgesprochenes gleichzeitig aushalten kann, ohne mit einem einzigen Knall in Millionen von Moleküle zu zerbersten.

Noch mehr wunderte ich mich aber, als Pen an ihrer Haltestelle beim Aussteigen »Kommst du endlich?!«, murmelte.

* * *

»Ich will dir dein Bett nicht wegnehmen, Pen. Ich kann auf der Gästematratze schlafen«, sage ich, während ich ihr dabei zusehe, wie sie ihren abgeratzten Stofftier-Frosch Quieks und Bernie, die Schildkröte aus Stofffetzen, die ihr Amba zum fünften Geburtstag genäht hat, aus der Schublade unter dem Bett zieht.

Sie setzt die beiden zu den anderen 37 Stofftieren in meinem Rücken, die sie seit ungefähr einer halben Stunde aufreiht. Und zwar alle so akkurat nach vorne starrend, dass man meinen könnte, sie würde mit ihnen in den Krieg ziehen wollen.

»Mach dir wegen mir bloß keine Gedanken. Ich liege gerne hier unten«, sagt Pen und bindet die türkise Schleife von Teddy Schnarchnase neu. »Ich hatte mehr Sorgen, dass Dad dich durch den Flur trampeln hört. Schleichen ist ja nicht so dein Ding.«

»Aber bei uns zu Hause schlafen wir doch auch immer in einem Bett«, sage ich und versuche, ein paar Fetzen des neusten *Le Monde*-Artikels zu entziffern, den Pen neben die anderen 561 an die Wand gepinnt hat.

»Siehst du doch: Kein Platz«, sagt Pen und zieht die dünne Gästematratze aus der Bett-Schublade. »Da sind ja jetzt schon die Stofftiere.«

Ich seufze und sehe mich in Pens Zimmer um.

Es stimmt natürlich, dass hier vor lauter Zeitungs-, Magazin- und Bücherstapeln auf Boden, Schreibtisch und Regalen nicht mehr viel Platz für die Stofftiere ist. Aber die könnte man einfach wieder in die Bett-Schublade packen oder auf die Fensterbank neben die Wörterbücher, gebrauchten Kaffeetassen und das leere Aquarium stellen. Aber ich sage nichts.

Stattdessen betrachte ich die alten Fotos, die Pen zwischen die Zeitungsartikel an die Wand geklebt hat, sodass man kaum mehr einen Quadratzentimeter Tapete sehen kann.

Bilder von Shive, Pen und mir in Halloween-Kostümen. Pen und ich im Sari bei Ambas achtzigstem Geburtstag. Pen und ich in einer der Gondeln im *London Eye*. Pen und ich im Passfoto-Automaten mit riesigen Sonnenbrillen. Pen und ich auf Klassenfahrt in Paris vor dem Eiffelturm, zusammen mit …

»Wie hieß sie noch mal? Die Rothaarige vom Schüleraustausch? Caroline?«, frage ich.

Pen sieht nicht auf, sondern bezieht ultrakonzentriert weiter mein Kopfkissen.

»Camille, Claudine? Irgendwas mit C jedenfalls.«

Pen brummt etwas, aber ich verstehe nichts, weil sie dabei so fest das Kissen aufschüttelt, als wäre es schuld an der dicken Luft zwischen uns.

»Was?«

»*Claire*. Sie hieß *Claire*. Und so heißt sie zufällig immer noch.«

»Hast du noch das Mobile mit den Kranichen aus gefalteten Kaugummi-Papierchen, das sie dir gebastelt hat?«, frage ich und mache es mir auf Pens Kopfkissen bequem.

»Ist irgendwann auseinandergefallen. Warum?«

»So was Schönes hat mir noch nie jemand geschenkt. Ich meine, etwas, wo so viel Zeit reingegangen ist. Diese Kraniche brauchen ja ewig, bis sie ... Du hast ihr wohl viel bedeutet«, sage ich, ziehe mir die Bettdecke bis unter die Nase und schlage das untere Ende der Decke unter meinen Füßen ein.

So wie es Dad früher immer gemacht hat, wenn er mich ins Bett brachte.

»Wahrscheinlich war Claire ein bisschen in dich verliebt, oder?«, frage ich und drehe mich zu Pen.

»Und wäre das ein Problem, wenn das so wäre?«, fragt Pen und kriecht mit dem Rücken zu mir unter ihre Decke auf der Gästematratze.

»Natürlich nicht«, sage ich und klemme einen Großteil meiner Decke zwischen die Schenkel. »Es war nur ...«

»Was?«

»Neu. Ungewöhnlich. Damals. Für mich.«

»Wie oft soll ich es noch sagen: Gewöhnlich ist was für Anfänger, Em. Das Leben gehorcht nicht immer einem dieser gottverdammten Schnittmuster, die irgendwelche Spießer erfunden haben.«

»Pen, das war doch nur eine Frage …«, murmele ich. »Jeder soll lieben dürfen, wen er will. Ist doch klar. Ich wollte doch nur …«

Ich stocke. Weil ich nicht weiß, was ich eigentlich wollte. Außer mich mit Pen zu unterhalten. Und sicherzugehen, dass zwischen uns alles gut ist.

Aber Pen sagt nichts.

Ich drehe mich zur Wand. Das mit uns wird heute Abend nichts mehr.

Ich zähle die kleinen Gänseblümchen auf der Tapete. Bei 57 kann ich nicht mehr.

Und diese Stille halte ich nicht aus.

Ich drehe mich wieder auf den Rücken.

»Habt ihr noch Kontakt? Claire und du?«, frage ich, während ich die Leuchtsterne an der Lichterkette zähle.

»Haben wir. Und jetzt ist Schluss mit der Fragerunde. Bin ja nicht die Auskunft. Mach bitte das Licht aus. Und wenn du dann noch weiterlaberst, schläfst du in der Bettschublade, verstanden?«

»Verstanden«, sage ich, drücke auf den Schalter an meinem Kopfende und starre an die Decke, über die die Scheinwerfer-Lichter der vorbeifahrenden Autos tanzen.

Und ich weiß genau, dass ich lange noch nicht einschlafen werde. Weil Shives und mein Date erst gar nicht ans Laufen kam.

Klar ist jedenfalls: Shive will nicht mehr als Freunde sein. Obwohl ich ganz offiziell sein verdammtes Perfect Match bin.

Und das ist nicht nur so frustrierend wie ein verlorener Lotto-Schein bei sechs Richtigen, das raubt mir auch mit absoluter Sicherheit den Schlaf.

Zusätzlich werde ich das Bild von Pens Gesichtsausdruck vorhin am Ufer nicht los.

Der Kussmund-Wecker zeigt 3:37 Uhr an. Und ich ziehe mir das Kopfkissen übers Gesicht.

* * *

Ich ziehe mir das Kopfkissen vom Gesicht.

Die Anzeige des Kussmunds hüpft von 4:44 auf 4:45 Uhr, und ich frage mich, ob ich in diesem Leben jemals wieder einschlafen werde.

Oder irgendwann wegen Schlafmangel jämmerlich zugrunde gehe.

Pens Bettzeug raschelt. Sie kann anscheinend auch nicht schlafen.

Mir fröstelt und ich wickele die Bettdecke fester um meinen Körper.

Früher gab es auch oft Nächte, in denen Pen und ich nicht schliefen. Aber weil wir durchmachten, bis die Morgensonne durchs Fenster knallte. Wir hielten uns stundenlang an den Händen und malten uns aus, in welchen Meeren wir spätestens mit sechzehn schwimmen oder wie wir mit Mitte zwanzig unser erstes gemeinsames Café einrichten würden.

Und nicht zu vergessen: welche Stelle des Körpers wir unbedingt geküsst haben wollten, sollten wir irgendwann zufällig die große Liebe treffen.

Spätestens zwischen fünfzehn und fünfzehneinhalb.

Seit ein paar Monaten sind überhaupt keine neuen Beiträge auf der »Liste der heißen Zonen« in unserem Kritzelbuch dazugekommen. Warum auch immer. In meiner Magengegend grummelt es, und ich merke, wie sehr ich unsere alte Art von durchgemachten Nächte vermisse.

»Auf meinem Augenlid. Kurz bevor ich aufwache«, flüstert Pen.

Mein Herz macht einen Salto und ich drehe mich mit einem Ruck zu Pen. Die *Liste der heißen Zonen,* Punkt 641 ist eröffnet.

Das Scheinwerferlicht eines vorbeifahrenden Autos lässt Pens Haare kurz wie ultralange Strahlen einer sehr kleinen Sonne aufleuchten. Sie liegt aufgebahrt wie ein Disneyfilm-Dornröschen, mit den Händen über der Brust gefaltet, geschlossenen Augen und einem Lächeln um die Mundwinkel.

»Linkes oder rechtes Augenlid?«, frage ich.

»Egal. Hauptsache, mit Gefühl. Jetzt du«, flüstert sie.

Ich überlege und muss schließlich an die Situation im Scooter denken. Mit mir und Shive. Als er mir die Zuckerwatte aus dem Gesicht zupfte.

»Dort, wo Nasenflügel und Wange sich treffen«, flüstere ich schließlich und schiebe meine Hände seitlich unter meinen Kopf.

»Das ist jetzt nicht wirklich heißer als meine Zone«, sagt Pen.

»Muss sie das denn sein?«

»Das ist die Regel. Schon vergessen?«

Ich schließe die Augen und scanne in Gedanken meinen Körper durch. Was erst mal gar nicht so einfach ist. Wahrscheinlich, weil meine ganze Energie vor lauter Grübelei in den Kopf gerutscht ist.

Ich lockere meine Schultern und probiere es weiter.

»Die Stelle, wo Nacken auf Schulter trifft«, sage ich schließlich und atme tief ein. Dort von Shive geküsst zu werden, wäre wahrscheinlich ziemlich himmlisch.

»Schon besser«, sagt Pen. »Du kannst es ja doch noch.«

Ich atme aus und lache.

Während ich auf Pens nächste heiße Zone warte, spüre ich ihren Blick durch die Dunkelheit hindurch.

»Ist dir auch so fruchtbar kalt? Willst du nicht …?«, ich halte die Bettdecke hoch und hoffe, dass Pen sich zu mir kuschelt. So wie früher immer.

»Heute lieber nicht, Em«, antwortet Pen und seufzt leise.

In meinem Hals fängt es an zu kratzen. Ich räuspere mich, aber werde das unangenehme Gefühl nicht los.

»Ist es wegen der Sache mit Shive, am Ufer? Das war doch nur …«, flüstere ich, stocke und beschließe, die Frage der Fragen rauszulassen: »Bist du eifersüchtig, Pen? Ist es das?«

Pen antwortet nicht.

Stattdessen höre ich sie nur lauter atmen als eben noch.

Ich deute das mal als Zustimmung. »Die Stelle unter meinem linken Schulterblatt. Da würde ich wahnsinnig gerne geküsst werden«, murmelt sie schließlich.

Wut steigt in mir auf und ich würde am liebsten die ganze Villa zusammenschreien. Weil Pen mir wieder ausweicht. Weil sie meine Frage ignoriert und weil die *Liste der heißen Zonen* mich plötzlich so was von nicht mehr interessiert.

Ich setze mich auf. »Aber warum gibst du es denn nicht einfach zu, Pen?«, rufe ich lauter, als ich sollte. Ich will ja nicht gleich wieder Pens Dad im Zimmer stehen haben. »Dass du am liebsten von Shive geküsst werden würdest. Unter deinem linken Schulterblatt«, füge ich etwas leiser hinzu.

Die darauf folgende Stille treibt mich fast in den Wahnsinn. Ich überlege schon, mich anzuziehen und raus in die klirrend kalte Nacht zu rennen.

Doch dann flüstert Pen: »Weil das gelogen wäre, Em, darum.«

»Als ob. Das glaube ich dir nicht. Warum sonst verhältst du dich dann in letzter Zeit so komisch?«

Ich springe aus dem Bett und schnappe mir meine Kleider, die über Pens Schreibtischstuhl hängen. »Und warum das ganze Theater heute Abend? Deine schlechte Laune? Das Wegrennen? Gib es doch endlich zu: Du bist in Shive verliebt und willst es mir nicht sagen, weil du weißt, dass ich auch in ihn verliebt bin.« Die Kälte des Parkettbodens zieht von den Fußsohlen durch meinen Körper.

»Jetzt beruhig dich doch bitte und leg dich wieder hin, Em«, flüstert Pen mit flehendem Tonfall.

»Und wieso sollte ich das tun?«, frage ich und merke, wie sich Tränen in meinen Augen sammeln. »Warum sollte ich noch eine Sekunde länger hier in deinem Zimmer bleiben. Wenn ich doch weiß, dass du mir etwas verheimlichst. Machen das deiner Meinung nach beste Freundinnen?«

Pen steht plötzlich vor mir und streichelt mir über die Stirn. Ganz sanft und etwas zittrig sogar.

»Wenn ich dir wirklich die Wahrheit sage, Em, dann zerstöre ich mit 99-prozentiger Sicherheit unsere Freundschaft.«

»Eine Lüge würde unsere Freundschaft aber mit 100-prozentiger Sicherheit zerstören. Das weißt du schon, oder?«

»Wenn du meinst.«

»Meine ich.«

Wir schweigen. Für 21, 22, 23, 24, 25, 26, 27 ...

»Em, du kannst es mir wirklich glauben, ich bin nicht verliebt in Shive, aber ...«

»Aber was?«

Pen seufzt tief, fädelt ihre Finger zwischen meine und legt ihre Stirn auf meinem Scheitel ab.

»Du hast trotzdem recht«, flüstert sie schließlich.

Ich höre ihr Schlucken.

»Ich bin so dermaßen eifersüchtig, dass mir jeder einzelne Knochen schmerzt. Aber doch nicht, weil ich in Shive verliebt bin, du Blitzbirne aller Blitzbirnen. Sondern in dich.«

16

Bring mir den Sonnenuntergang in einer Tasse
Emily Dickinson

Mir ist unfassbar heiß.

Obwohl Sanders den Kamin heute Morgen noch gar nicht angeschmissen hat.

Mein Magen knurrt und der Kühlschrank ist voll. Aber ich habe keine Ahnung, was ich mir kochen, backen oder zusammenrühren könnte.

Weil die Gedanken, Bilder und Gefühle durch mich durchrauschen, als wäre ich dieser Teilchenbeschleuniger in der Schweiz.

Und: Ich will es in die Welt hinausschreien.

Tue es aber nicht. Weil ich keinen blassen Schimmer habe, ob es für das, was heute Morgen war, überhaupt Worte gibt. Oder ob ich erst mal ein paar neue erfinden müsste.

Also lungere ich nur weiter auf unserem Sofa im lila Haus herum und kraule dabei ausgiebig Murphys Nacken.

Heute ist Samstag und alle außer Sanders schlafen noch. Das ist perfekt, weil ich dann mit dem Tag zusammen aufwachen kann.

Und das Einzige, was ich heute vorhabe, ist, hier zu sitzen und Em Bennett zu sein.

Für alles andere bin ich viel zu müde. Schließlich habe ich maximal eine halbe Stunde geschlafen.

Murphy versteht meinen Zustand jedenfalls ganz ohne Worte. Seit mehr als einer halben Stunde schnurrt er so dermaßen laut, als gäbe es kein Morgen.

Ich schließe die Augen und sofort ziehen die Bilder noch mal an mir vorbei.

Zum Ich-weiß-nicht-wievielten-Mal heute Morgen.

Wie Pen und ich noch für eine Ewigkeit voreinanderstanden. Mit nackten Füßen, auf dem eiskalten Parkett, mitten in ihrem Zimmer. Schließlich zitterte Pen so sehr, dass ihre Zähne anfingen zu klappern. Also nahm ich ihre Hand in meine und führte sie zurück zu ihrem Bett.

Und als sie sich auf die Matratze sacken ließ und ich sie zudecken wollte, konnte ich plötzlich nicht anders und legte mich dazu.

Und dann lagen wir eine ganze Weile da, ineinander verschlungen, ohne uns zu rühren, und warteten darauf, dass die Wärme zu uns zurückfand.

Ich fragte mich die ganze Zeit über, ob es in Ordnung war, was wir hier machten. Ob ich Pen jetzt das Gefühl gab, dass ich genau das Gleiche für sie empfinden würde wie sie für mich. Und ob ich besser aufstehen und nach Hause rennen sollte. Um sie nicht total zu verletzen. Und was passieren würde, wenn ihr Dad plötzlich im Zimmer stehen würde. Oder ihre Haushälterin Glen.

Aber dann fühlte ich wieder ihr Herz gegen meines pochen. So stark, als wolle es neben meinem einziehen. Irgendwann konnte ich ihre Arme und Beine nicht mehr von meinen unterscheiden. Und ich wusste nicht mehr, wo ich aufhörte und sie begann.

Dass Pen gut duftet, war mir schon immer klar. Aber dass

sie hinter dem linken Ohr nach einer Mischung aus Sandelholz, Schokolade und Cola-Kirsch-Kaugummi riecht, war mir absolut neu.

Als ihre Tränen auf meine Stirn tropften, streichelte ich sie ganz sacht weg. Und fragte sie, ob alles in Ordnung sei bei ihr.

Pen antwortete, dass ihr gerade ein verdammter Klumpen in der Größe eines Walfischherzens von der Brust gefallen wäre. Weil sie endlich aussprechen konnte, was sie die ganzen letzten Monate über schon fühlte. Und von dem sie nicht wusste, ob es unsere Freundschaft in die Luft sprengen würde. Zu Millionen von kleinen Fitzelchen, raus in eine andere Galaxie. Und dann küsste sie mich genau auf die Stelle, wo Wange aufhört und Nasenflügel beginnt.

Ganz kurz. Ganz sacht. Genau so, als würde mich der Flügel eines Nachtfalters beim Vorbeifliegen streifen.

Und das fühlte sich ziemlich gut an.

Wie eine ganz kleine Tasse Sonnenuntergang, bevor man sich erschöpft schlafen legt.

Als sie mich fragte, ob sie mich weiter auf diese Stelle küssen solle, sagte ich, dass ich lieber einfach nur hier liegen würde. Hier, neben ihr. Und weiter ihren Atem auf meinen Haaren spüren. Bis wir endlich einschlafen könnten. Es sei ja schließlich fast schon wieder Tag und wir hätten noch eine wichtige Deadline einzuhalten.

»Du bist so ein schlimmer Streber«, murmelte Pen daraufhin und strich mir seufzend eine meiner Locken hinters Ohr.

Wir sahen uns an. Eine ganze Ewigkeit lang, und hielten uns dabei an der Hand.

Ich wusste nicht, was ich sagen sollte, lächelte sie nur an und strich ihr eine Strähne aus der Stirn. Irgendwann driftete Pen in den Schlaf und ich lauschte ihren Atemzügen.

Ich bekam kein Auge zu. Weil ich die ganze Zeit an diesen

Kuss von Pen denken musste. Und wie er sich angefühlt hatte: warm und zaghaft und irgendwie vertraut.

Gleichzeitig versuchte ich mir vorzustellen, wie es gewesen wäre, hätte Shive mich an genau dieser Stelle geküsst. Im Autoscooter, vor ein paar Tagen, als er sich über mich beugte.

Aber dann erinnerte ich mich wieder an diesen ernsten Gesichtsausdruck, den er hatte, als er am Themseufer nicht zurücklächelte. Dieser Gesichtsausdruck, der in verdammten Leuchtbuchstaben »Ich liebe dich nicht, Em! Nicht auf diese Art jedenfalls. Und leider werde ich es auch niemals tun!« in die Dunkelheit warf.

Während ich noch grübelte, ob ich für Pen jemals das Gleiche empfinden könnte wie für Shive, kuschelte sich Pen etwas näher an mich ran.

Und mir wurde klar, dass ich jetzt gerade am richtigen Ort mit genau dem richtigen Menschen war. Mit meiner einzigartigen Pen eben.

Und auch wenn ich keine Ahnung hatte, ob ich für sie jemals mehr als Freundschaft und Schwesterliebe empfinden könnte, eins wusste ich: Ich fühlte mich unfassbar geliebt.

* *

»Sag mal, Em: Hast du was geraucht oder meditierst du gerade?«, höre ich Josh fragen.

Ich öffne die Augen. Keine Ahnung, wie lange ich hier gesessen habe.

Josh steht vor mir mit zwei Tassen dampfendem Milchkaffee und drückt mir eine davon in die Hand.

»Weder noch«, antworte ich und nehme den ersten heißen Schluck. »Ich *bin* einfach.«

»Oh welch tiefgehende Einsicht am frühen Morgen«, höre ich

Nelles Stimme vom Küchentisch her. »Nicht schlecht für dein Alter.«

»Was haben tiefe Einsichten bitte schön mit der Anzahl der Jahre zu tun, die man schon auf diesem Planeten wandelt?«, fragt Josh, haut sich neben mich auf die Couch und hievt Murphy auf seinen Schoß. »Schon mal was von Reinkarnation gehört? Vielleicht war Em im letzten Leben ja dein Guru, Nelle.«

»Genau, oder ich. Deine Gurine«, ruft Pheebs und lacht sich kaputt. »Und wenn du beim Meditieren eingeschlafen bist, habe ich dir mit meiner Sandale auf den Kopf gehauen.«

Mama, Nelle und Sanders prusten los.

Josh grinst mich nur an.

Pheebs hört auf zu lachen, als unsere Blicke sich treffen. Und dann streckt sie mir die Zunge raus.

Anscheinend hat sie mir immer noch nicht verziehen.

Und dann frage ich mich ausführlich, wie ich hier die ganze Zeit über sitzen konnte, ohne mitzubekommen, dass meine ganze Familie schon am Frühstücken ist.

»Hier, das ist doch vielleicht was für dich«, sagt Mum, als ich mich an den für mich gedeckten Fensterplatz im Erker setze. Mit Lieblingsteller, ungebügelter Stoffserviette und meinem Kinderlöffel mit *Winnie Puuh* drauf.

Ich starre auf den Zeitungsschnipsel, den Mum mir eben zugeschoben hat. Ohne mich dabei anzusehen.

Café sucht Aushilfe, lese ich und schnappe mir dann den letzten von Sanders' Scones mit Rosinen drin.

»Danke«, murmele ich und stecke den Schnipsel in meine Jeanstasche. Dann schiebe ich mir ein warmes Stückchen Scone in den Mund.

Ohne alles schmecken die einfach am besten.

»Willst du die Anzeige denn nicht lesen, Em?«, fragt Mum. Sie sieht mich enttäuscht an. »Habe ich vor zwei Tagen extra ausgeschnitten für dich. Wir haben uns ja gar nicht mehr gesehen, seit …«

»Später vielleicht«, murmele ich, bevor Mum jetzt noch unseren Streit von vor zwei Tagen erwähnt. Der liegt mir seither sowieso schlimm im Magen.

Und einer ihrer berühmten Zeitungsschnipsel macht jetzt auch nicht plötzlich alles wieder gut.

»Das Café gehört alten Freundinnen von mir, weißt du? Sie wollen da alles komplett ummodeln. Vielleicht läuft es ja nicht so gut. Ich weiß es nicht. Das sind alles jedenfalls lauter bunte Vögel, mit viel Lebenserfahrung und ein, zwei Geschichten zu erzählen, weißt du … und vielleicht wäre es ja gut, wenn du auch mal mit anderen erwachsenen Frauen zu tun hättest … Nicht nur mit mir und Nelle und …«

Ich seufze. Sehr laut und sehr lange.

Mum setzt noch mal nach: »Ich dachte, du freust dich darüber und …« Sie stockt und sieht mich an, als würde gerade wahnsinnig viel davon abhängen, ob ich diesen Schnipsel jetzt lese oder nicht.

Ich seufze noch mal. Noch etwas lauter als eben schon.

»Mum, Em will gerade nicht mit dir reden. Merkst du das nicht?«, murmelt Josh vom Sofa her.

Mum umschließt ihre riesige Teetasse mit beiden Händen und starrt eine ganze Weile stumm vor sich hin.

Und da sehe ich es: dass ihre Augen rot unterlaufen sind und dass ihre Lippen ein bisschen zittern.

Ich würde sie gerade gerne umarmen und drücken. So wie früher immer.

Aber ich kann mich nicht rühren.

Weil Mum und ich irgendwann verlernt haben, uns in die Arme zu nehmen.

Zum Glück kuschelt sich Pheebs an Mum und kneift ihr ganz leicht in die Nase.

Und allein dafür würde ich ihr gerade am liebsten zurufen, dass sie eben doch die weltbeste Schwester aller Zeiten ist. Aber das tue ich dann auch nicht.

»Und? Was ist heute so euer Plan, Kinder?«, fragt Sanders schließlich und blickt in die Runde.

Mit »Kinder« meint er immer uns alle.

Ich murmele, dass ich noch was für die Schule machen müsste. Und zwar genau hier im Wohnzimmer vor dem Kamin.

Weil es in meinem Zimmer immer so kalt ist.

Und dann fällt Pheebs ein, dass ich ihr ja noch was schulde. Ich hätte ihr schließlich in dem kleinen Briefchen eine Überraschung versprochen. Und dass sie die heute unbedingt haben will.

Und gerade, als ich ihr sagen möchte, dass sie sich noch ein ganz kleines bisschen gedulden muss, kommen zwei SMS rein. Fast gleichzeitig, mit einem Abstand von maximal einer halben Sekunde.

Plingpling und Plingplong.

Ich stehe auf und gehe zum Sofa.

Die eine SMS ist von Shive. Die andere von Pen.

Ich lasse mich in die Kissen fallen und beginne zu lesen.

Die beiden schreiben fast genau dasselbe. Andere Wortwahl – aber am Ende eben doch den gleichen Scheiß. Nämlich, dass sie hoffen, dass es mir gut geht. Und ich was Schönes vorhabe für heute Abend und nicht zu traurig bin, dass alle anderen auf dem Ball sind und feiern. Außerdem hätten sie mir gerade ihre Projektvorschläge für unser *Le Monde*-Dings per Mail zugeschickt. Und falls mir langweilig wäre, könnte ich ja mal drüberschauen und Rechtschreibfehler korrigieren oder so.

Und das alles mit so dermaßen ähnlichen Worten, dass mir übel wird. Weil die beiden bestimmt gerade irgendwo zusammen abhängen. Weil sie doch beide im Orga-Team sind.

Die beiden SMS treffen direkt in mein Herz. Wie ein Billard-Queue, der gerade zwei von drei verdammten Billardkugeln einlocht.

Katock und Kaklong.

Und nur diese eine letzte Kugel bleibt liegen. Alleine, mitten auf dem grünen, abgeratzten Filzbezug dieses verdammten Billardtischs meines Leben.

Und diese Kugel bin dann ja leider wohl ich.

17

VÖLLIG UNNÜTZES WISSEN:
In seinem Leben weint der Mensch bis zu 100 Liter Tränen

Was dann passiert, kann ich auch nicht fassen.

Weil ich plötzlich laut losschluchze und mir literweise die Tränen die Wangen runterlaufen. So als hätte ich den kompletten Atlantik verschluckt. Und der würde sich jetzt durch meine Augen wieder rausdrücken, um auch noch mich, diese letzte verdammte Billardkugel, mit sich mitzureißen.

Und als ob meine komplette Familie genau dieser Billardkugel im Atlantik nachschwimmen wollte, hängen die jetzt plötzlich alle auf mir und dem Sofa drauf.

Mum, Josh, Sanders, Nelle, Pheebs und Murphy.

Ich werde umarmt von links und rechts und von hinten.

Pheebs kniet auf dem Teppich vor mir und umklammert meine Waden.

Sogar Murphy hängt über meiner linken Schulter und schleckt mir mit seiner rauen Zunge die Tränen weg.

Und obwohl ich irgendwann nur noch ziemlich schlecht Luft bekomme, will ich mich kein Stück wegbewegen.

Also bleiben wir eine ganze Zeit wortlos so sitzen.

Ineinander verschlungen, voller Rotz und Tränen.

Und ich denke plötzlich, dass Josh vollkommen recht hat.

Und dass sich unser Familienknoten manchmal richtig gut anfühlen kann.

* * *

»Du könntest dir ja eins von meinen Kleidern borgen, Em!«, ruft Nelle und lächelt mich erwartungsvoll an.

Mum sieht Nelle mit hochgezogener Augenbraue an. Weil sie ja auch weiß, wie Nelles Kleider aussehen.

Und dann schlägt Nelle erst mal nichts weiter vor.

Im Gegensatz zu allen anderen.

Sanders will mir sogar einen seiner zu klein gewordenen Cordanzüge andrehen. Samt Weste.

Meine gesamte Familie hat nämlich beschlossen, dass mir heute nur noch eins helfen kann: doch noch auf diesen bescheuerten Winterball unserer Schule zu gehen. Und zwar zusammen mit Josh, der mich mit seinem frisch gesaugten Volvo da hinfährt und aufpasst, dass ich nicht noch ausbüxe und stattdessen in die Bibliothek gehe oder so.

Weil ich sonst nämlich langfristig ein Ball-Trauma entwickeln könnte, das sich irgendwann zu einer fetten Ball-Phobie auswachsen würde. Und dann würde ich mein ganzes Leben in meinem Schneckenhaus verbringen und nicht mal zu dem Ball gehen, den das schwedische Königshaus zu Ehren meines ersten Physik-Nobelpreises organisieren würde. Und das wäre ein ziemlicher Jammer. Für mich – aber vor allem auch für meine Familie. Weil die ja auch eingeladen wären zu diesem schwedischen Ball.

Und den würden sie anscheinend ungern verpassen.

Als sich alle laufend noch abstrusere Gründe ausdenken,

warum ich auf diesen verdammten Ball gehen *muss*, bringt mich das schließlich zum Lachen.

Und von der ganzen Heulerei bin ich so dermaßen erschöpft, dass mir irgendwann die Kraft fehlt, mich dagegen zu wehren, dass sie sich alle so dermaßen liebevoll um mich kümmern. Stattdessen saugt mein Herz alles ein, als hätte es jahrelang im Dörr-Apparat gelegen.

Und schließlich schleifen mich Pheebs und Nelle die Treppe rauf in Mums Schlafzimmer. Weil Mum meint, dass in ihrem Schrank genau das Richtige für mich hängt.

* *

»Perfekt!«, ruft Mum. »Das müssen wir nur noch etwas kürzen!«

Ich schaue in den Spiegel und frage mich, was genau Mum und Nelle sich vorhin in den Tee gekippt haben.

Weil ich hier im Wonderwoman-Outfit stehe, über das Mum gerade einen Rock aus goldener, schwerer Seide bindet, den ich noch nie an ihr gesehen habe.

Er wirft weite Falten, steht nach unten weit aus und wird mit einem breiten goldenen Band um die Hüfte gebunden. Und weil es eben ein Wickelrock ist, passt er perfekt.

Außer dass er mir viel zu lang ist.

Und ja, das Gold des Rocks ist fast das gleiche wie das am Ausschnitt meines Wonderwoman-Outfits.

Das hatte ich eigentlich nur angezogen, weil uns ein passendes Oberteil fehlte. Aber jetzt will ich es gar nicht mehr ausziehen. Für den nächsten Monat wenigstens. Vielleicht auch für mein restliches Leben.

Weil ich mich so fühle, als würde es mich vor allem beschützen, was da draußen so auf mich wartet.

Aber trotzdem, das geht alles so was von gar nicht.
Und zwar deswegen:

1.) Weil das Outfit zwar der Hammer ist. Aber eher, um darin zu Hause weiter an meiner Physikhausaufgabe herumzuknobeln. Und weniger, um mich unauffällig unter die coolen Cheerleader-Girls, die Basketball-Angeber und den ganzen Rest der *Notting Hill Grammar* zu mischen.
2.) Weil ich ein extrem introvertierter Nerd bin und mich auf großen Veranstaltungen ungefähr so wohlfühle wie ein Regenwurm in der Wüste. Sogar in Teflon.
3.) Weil ich gar nicht weiß, welche Schuhe ich dazu tragen sollte.
4.) Und überhaupt.

»Die wären doch perfekt dazu!«, ruft Nelle und hält mir meine ausgelatschten Chucks hin.

Ich muss lächeln. Weil es sowieso die einzigen brauchbaren Schuhe sind, die ich im Moment besitze. Aber auch, weil Nelle gerade vollkommen überraschend einen richtig guten Geschmack zu entwickeln scheint.

Ich schlüpfe in die Chucks.

Pheebs bindet mir netterweise die Schnürsenkel zu.

Und dann schnappt sich Nelle schon eine Schere und schneidet, ohne mit der Wimper zu zucken, den Rock ab. Kurz über meinen Knien.

Ich halte die Luft an. Und dann frage ich Mum, warum sie diesen wunderschönen Rock noch nie getragen hat und ob der nicht viel zu schade wäre für mich. Und zum Zerschneiden sowieso.

Und während Mum mir das Wonderwoman-Diadem in die Haare schiebt, das Pheebs vorhin in den Tiefen ihrer Spielzeugkiste wiedergefunden hat, flüstert sie, dass sie den Rock für ihren 10. Hochzeitstag mit Dad gekauft hatte. Die beiden wollten damals in die Oper gehen und danach so richtig schick essen. Aber dazu kam es nie.

Sie schluckt, als wollte sie den Pazifik daran hindern, aus ihren Augen herauszudrücken. Dann flüstert sie, dass der Rock mir ganz furchtbar gut stehen würde und sie nichts lieber täte, als daraus etwas komplett Neues zu machen.

Als ich nachrechne (elterliche Vermählung vor 17 Jahren minus 10. Hochzeitstag minus 7-jähriges Jubiläum der *Nacht der großen Schere* = ungefähr heute), wird mir klar, wovon Mum gerade spricht.

Und mir wird auch mit einem Mal klar, wie schwer es für Mum gewesen sein muss, ihren Herzschmerz wegen Dad wegzupacken und weiterzumachen.

Für Josh, für mich, für Pheebs und für sich.

Und dass man es vielleicht auch irgendwie verstehen kann, dass sie dabei ihre Gefühle etwas zu tief in den Schrank gestopft hat. So tief, dass sie sie manchmal selbst nicht mehr findet.

Ich atme tief durch und fasse einen Beschluss: Auch wenn ich immer noch nicht zu diesem dämlichen Winterball gehen will, weiß ich, dass ich es tun muss.

Meinetwegen auch, um keine langfristige Ball-Phobie zu entwickeln, und als Training für den Physik-Nobelpreis. Aber vor allem wegen Mum und diesem verdammten Rock, der nicht länger in ihrem Schrank hängen soll, um sie täglich daran zu erinnern, dass Dad sie verlassen hat.

Mum und ich sehen uns im Spiegel an.

Ich greife nach ihrer Hand.

Und dann sehen wir unseren Spiegelbildern dabei zu, wie ihnen die Tränen an den Nasen entlangkullern.

Und obwohl sich alles so unfassbar traurig anfühlt, ist es auch unfassbar schön. Irgendwie so, als würden Mum und ich gerade am Kap Hoorn im Meer schwimmen.

Genau dort, wo der Pazifik und der Atlantik ineinanderfließen.

18

VÖLLIG UNNÜTZES WISSEN:
Für einen Zungenkuss braucht man 17 Muskeln.
Für einen Lippenkuss nur 12

Ich weiß wieder, warum ich große Partys hasse.

Weil ich gerade auf einer angekommen bin. Nicht direkt *auf* der Party, aber zumindest auf dem Parkplatz *vor* ihr.

Und nach kaum drei Sekunden auf genau diesem Parkplatz ist die Veranstaltung für mich schon gelaufen. Weil:

1.) Joshs Volvo zwar innen frisch gesaugt war. Aber immer noch nicht von außen. Und irgendwelche Idioten neben jeder Menge Herzchen auf eine der verdreckten Scheibe »Em + Shiva« geschrieben hatten. Natürlich direkt neben das Kunstwerk mit dem Mittelfinger.
2.) Wir das erst merkten, als Josh mir half, aus dem Volvo zu steigen. Weil mein Rock sich im Sicherheitsgurt verfangen hatte.
3.) Und es dann schon zu spät war, weil Trish und ein paar andere Cheerleader-Girls gerade mit ihren schicken Limousinen vorgekarrt wurden und sich lautstark über die hübschen Bildchen lustig machten. Und dann dafür sorgten, dass jeder,

aber auch wirklich jeder, der gerade vorbeilief, sie ausführlich betrachtete.

»Denk nicht mal daran!«, flüstert Josh, hakt sich bei mir unter und zieht mich in Richtung Schuleingang.

Ich gehe davon aus, er meint, dass er mich nicht wieder nach Hause kutschiert, sondern mich sogar huckepack zu dem dämlichen Ball schleppen würde, wenn es sein muss.

Ich lasse mich mitziehen.

Weil Josh verdammt stur sein kann.

»Diese Schnepfen sind doch nur neidisch. Nerds sind die neuen It-Girls. Ist wirklich so«, murmelt er, während er mir beim Gehen mein Wonderwoman-Krönchen wieder zurechtschiebt.

Das bezweifele ich schwer, dass Nerds plötzlich die Coolen sein sollen. Höchstens, wenn sie mindestens hunderttausend Follower auf Social Media haben. Und noch mehr bezweifle ich, dass ausgerechnet Trish neidisch auf mich ist. Höchstens wegen dem Typen, der gerade neben mir läuft. Und der seit Jahren gar nicht mehr auf die *Notting Hill Grammar* geht, mich aber trotzdem begleitet.

Ich schlucke, weil ich bei diesem Gedanken den Schlag auf meinen Hinterkopf spüre, den Pen mir verpassen würde, wenn sie mitkriegte, dass ich meinen Selbstwert über einen Jungen definiere. Auch wenn dieser Junge nur Josh ist.

Auf dem Weg zum Eingang ziehe ich mein Handy aus der Rocktasche und starre aufs Display. Shive hat mich in der letzten Stunde dreimal angerufen.

Aber er hat keine Nachricht hinterlassen.

Also kann es nicht so dringend sein. Ist wahrscheinlich ein Mitleidsanruf. Und darauf habe ich keine Lust.

Als Josh und ich in die Aula kommen, baut *Rock Bottom* auf der Bühne noch auf. Aber zur Musik, die aus den Lautsprechern dröhnt, tanzen die meisten schon. Mindestens vier Fünftel der 463 Schüler der Oberstufe.

Das macht so ungefähr 370,4 Schüler.

Sie tanzen unter jeder Menge Schneeflocken-Lampions und Discokugeln und zwischen Getränke- und Essensständen und aufgestellten Basketballkörben. Schließlich hat unser Basketball-Team den diesjährigen Ball organisiert.

Ich stecke meine Hände in die Rocktaschen und schaue dem Treiben eine Weile zu.

Sogar ein paar unserer Lehrer wirbeln durch den Saal, anstatt wie sonst immer nur in kleinen Grüppchen zusammenzustehen und darauf zu warten, dass es 12 Uhr wird und ihre Aufpasser-Schicht vorbei ist.

Nur Mrs Malloney steht allein neben dem Würstchenstand, mit einem Pappbecher in der Hand. Sie sieht so aus, als würde sie gerade ausrechnen, wie hoch die Wahrscheinlichkeit ist, dass jemand von einer der riesigen Discokugeln erschlagen wird.

Ich tippe auf 1:500 000.

Josh schmeißt sich direkt in die Menge und bringt seine bescheuertsten Tanzmoves aufs Parkett.

Ein paar der Mädchen beobachten ihn grinsend. Und ich grinse auch, weil Josh einfach keine Angst davor hat, sich vor allen zum Affen zu machen.

Darum beneide ich ihn sehr.

Und wäre er nicht mein Bruder, würde ich mich wahrscheinlich direkt in ihn verlieben. Genau dafür.

Gerade als ich beschließe, mir was zu trinken zu holen und Mrs Malloney von meiner Wahrscheinlichkeitsberechnung zu berichten, stoppt die Musik und ein enttäuschtes Raunen zieht durch den Saal.

Der Schlagzeuger von *Rock Bottom* schlägt einen Trommelwirbel.

Und dann bleibt mein Blick an der Bühne kleben. Weil da Shive steht. Im Schneeflockenkostüm. Und mit einem Mikrofon in der Hand.

Ich schlucke, weil Shives Kostüm wirklich noch fertig geworden ist. Und zwar nicht wegen mir. Sondern weil Amba wahrscheinlich noch die ganze Nacht durchgenäht hat.

Und weil Shive, anstatt ins Mikrofon zu sprechen, nur auf den Boden starrt, als würden dort zwischen Kabeln und Klebeband Worte herumliegen. Seine Hände zittern.

Und das kennt man so gar nicht von ihm.

»Wird das heute noch was, Shiva?! Wir wollen tanzen«, ruft irgendjemand aus der Menge.

Das bringt Shive zum Schlucken. Und zwar direkt ins Mikrofon rein. Also hören alle im Saal nur sein unfassbar lautes Schluckgeräusch aus den Lautsprechern dröhnen. Und grölen los.

Alle außer Mrs Malloney, Josh und mir.

Shive tut mir so dermaßen leid, dass ich am liebsten auf die Bühne springen würde, um ihn zu umarmen.

Aber ich kann mich nicht von der Stelle rühren.

Stattdessen suche ich verzweifelt Pen in der Menge. Sie würde bestimmt was tun.

Aber ich sehe sie nicht.

»Ja, Leute ... jetzt, wo wir hier alle zusammen sind, wollte ich die Gelegenheit nutzen, um darauf aufmerksam zu machen, dass die Gletscher schmelzen und dass wir bald vielleicht gar nicht mehr wissen, wie Schnee sich anfühlt, weil das Klima sich erwärmt und ...«

»Das wissen wir doch alle schon, Shiva! Deswegen hättest du dich aber nicht extra als Schneeflocke verkleiden müssen. Sieht beschissen aus!«, ruft wieder einer rein. Und diesmal erkenne ich auch, wer es ist.

Natürlich Malvin wieder.

Der steht neben dem Technik-Pult und grinst blöd.

»Wir wissen doch alle, dass die Welt untergeht«, ruft Malvin dann. »Deswegen wollen wir nicht labern, sondern abfeiern, solange das noch geht. Die, die was verändern könnten, hören doch sowieso nicht zu.«

Shive wirft Malvin einen finsteren Blick zu, hält sich das Mikro wieder an den Mund und sagt: gar nichts.

Plötzlich ist es ganz still in der Aula.

Shive steht auf der Bühne und sieht total niedergeschlagen aus.

Und dann kocht meine Wut auf.

»Halt die Klappe!«, rufe ich in die Stille. Viel leiser, als ich wollte. Eher wie so ein Mäuseschrei.

Doch trotzdem starren alle zu mir.

Shive sieht mich von der Bühne aus erschrocken an.

Und mir wird klar, dass ich gar nicht gesagt habe, wer die Klappe halten soll.

»Malvin, du kannst doch einen Gletscher nicht unterscheiden von …« Ich bekomme Panik. Weil der Anfang des Satzes so aus mir rausgekullert ist, ich aber keine Ahnung habe, wie er zu Ende gehen soll. Alle starren mich erwartungsvoll an.

Gletscher, kalt, Eis, schießt mir durch den Kopf. »… von einem Flutschfinger!«

Was dann passiert, verwirrt mich komplett. Weil alle anfangen zu klatschen und zu jubeln. Der komplette Saal.

Schließlich fangen ein paar an, »Schneeflocke« zu rufen.

Und schließlich legt Shive dann doch noch so richtig los. Ohne zu stocken und genau so, wie ich ihn kenne.

Er sagt, dass jeder Einzelne von uns was tun kann gegen den

Klimawandel. Und dass eine Menge Kleinigkeiten große Auswirkungen haben können. Und er hätte da eine Idee für ein Projekt. Dafür würde er Freiwillige suchen, die Baumpaten werden wollen. Um mit ihm zusammen im *Botanical Garden* Schösslinge zu ziehen und in ganz London auszusetzen, wo immer es geht. Er würde eine Social-Media-Aktion planen und hoffen, dass viele Londoner davon inspiriert werden und das Gleiche tun.

Als Malvin und ein paar seiner Kumpels anfangen zu buhen und »langweilig« zu rufen, spricht Shive nur lauter.

Und dann entdecke ich Pen. Sie hechtet in High Heels und Vintage-Kleid durch die Menge und schließlich auf die Bühne zu Shive.

Ich renne zu Josh, hake mich bei ihm unter und ziehe ihn mit mir über die Tanzfläche, zwischen den ganzen starrenden Schülern hindurch, bis wir bei meinen beiden besten Freunden angekommen sind. Shive strahlt uns an, als wir schließlich zu viert Arm in Arm auf der Bühne stehen.

Wir haben alle so was von keinen Plan, was wir hier eigentlich gerade tun, aber dann ruft Shive, dass unser Techi-Nerd Fred jetzt bitte den Film abspielen soll. Den über das Projekt mit den Bäumen. Der wäre nur zwei Minuten lang, und danach könnten alle wieder feiern, was das Zeug hält.

Aber hinter dem Laptop am Technik-Pult steht leider nicht mehr Fred. Sondern Malvin.

Und der tippt gerade grinsend darauf herum.

Kurz darauf erscheint etwas auf der Leinwand hinter uns. Aber kein Filmchen mit Bäumen und hoffnungsvoller Musik. Stattdessen dröhnt eine sehr schnulzige Version von »All You Need Is Love« durch die Lautsprecher.

Und auf der Leinwand ist ein Bild mit Tassen, T-Shirts, Mützen und Hoodies zu sehen. Und auf jedem einzelnen Ding ist dasselbe Foto drauf.

Eins von Shive und mir, wie wir in die Kamera grinsen.

Und jedes einzelne dieser Fotos ist mit Schnörkeln und Ornamenten verziert. Es sieht so aus, als würden wir zur königlichen Familie gehören und wir hätten uns gerade verlobt.

Shive sieht mich ratlos an und so, als ob es ihm unfassbar leidtun würde, was hier gerade geschieht.

Die Menge lacht, pfeift und grölt in einer Tour. Und irgendwann höre ich nur noch die »Küssen!«-Rufe im Saal.

Bevor ich kapiere, was hier gerade geschieht, zieht mich Pen an sich ran.

Sie sieht mich einen Moment lang an. Dann schließt sie die Augen. Ich fühle ihre Lippen auf meinen. Und die sind warm und feucht und unfassbar weich.

»Da habt ihr euren Kuss, ihr Karpfen!«, ruft Pen nach einer kleinen Ewigkeit, in der es plötzlich ziemlich still war im Saal. Und in der es nur noch Pen und mich und unsere Lippen gab.

Ich öffne die Augen, und mir wird klar, dass uns gerade die gesamte Schülerschaft der *Notting Hill Grammar* plus 11 Lehrer dabei zugesehen haben, wie wir auf der Bühne knutschen.

Ich drehe mich zu Shive. Er steht immer noch an genau derselben Stelle. Nur ist er jetzt ganz weiß im Gesicht und zwei fette Tropfen Schweiß funkeln auf seiner Stirn.

Als ich einen Schritt auf ihn zugehe, springt er mit einem Satz von der Bühne und rennt aus dem Saal.

Ich will hinterher, kann aber nicht. Weil *Rock Bottom* gerade die ersten Töne der Basketballer-Hymne anspielt und wie auf Knopfdruck die Cheerleader-Girls auf die Bühne drängen.

Und als ich schon davon überzeugt bin, dass sie jetzt alle mit Trikots und Pompons ausgestattet über Pen und mich drübertrampeln, umfassen uns jede Menge Arme und Hände und stemmen uns in die Höhe.

Und während die Menge den Text der Basketballer-Hymne

mitgrölt, lassen die Cheerleaderinnen Pen und mich über ihren Köpfen schweben, als wären wir die verdammten Ball-Königinnen.

Oder mindestens die Gewinnerinnen eines sehr wichtigen Spiels.

* * *

»Mann, wir beide schreiben heute Abend Geschichte. Das weißt du schon, Em, oder?!«, ruft Pen und strahlt mich an. »Zwei küssende Mädchen auf der Bühne gab es hier noch nie.«

Seit mindestens fünf Liedern tanzen Pen und ich mitten auf der Tanzfläche und halten uns aneinander fest.

Na ja, ich mich mehr an ihr. Und tanzen ist auch übertrieben.

Eigentlich stehen wir eher und wippen zum Takt hin und her.

Mir rinnen Sturzbäche aus Schweiß den Rücken runter, und ich fühle mich, als wären wir in der Sauna.

Weil sich das komplette Cheerleader-Team in einer riesigen Traube um uns herumdrängt.

»Warum sagt man eigentlich immer *Mann,* wenn man einer Sache mehr Ausdruck geben möchte. Müsste es in unserem Fall nicht ›Wir schreiben heute Geschichte, *Frau*‹ heißen?«, frage ich und lehne mich noch ein bisschen mehr an Pen. Vielleicht kann ich so ein bisschen wegdösen und meine schmerzenden Füße, die Erschöpfung und diese grenzenlose Verwirrung in meinem Herzen vergessen.

»Em, jetzt hör aber mal bitte auf, hier so rumzunerden. Du machst dir einfach zu viele Gedanken. Über alles. Das muss doch unglaublich stressig sein, wenn man so ist«, antwortet Pen und streicht mir dann eine verschwitzte Locke aus der Stirn. »Aber ist es nicht großartig? Seit ich dich kenne, wolltest du wenigstens ein Mal von den Cheerleader-Girls herumgetragen werden. Sieh doch mal, sie feiern uns schon den ganzen Abend.«

Ich gebe ein grunzendes Lachen von mir. Eins, das ganz tief aus meinem Bauch rausdröhnt. Ja, ich muss schon zugeben, dass es sich ziemlich gut anfühlt, dass die anderen Mädchen uns so feiern. Und nicht nur Pen. Sondern eben auch mich.

Wo sie mich doch sonst nicht mit dem Arsch ansehen.

Trish hat mich vorhin sogar gefragt, ob ich mir nicht vielleicht doch vorstellen könnte, bei ihnen als Flyer mitzumachen. Die passende Größe hätte ich ja.

Ich murmelte, dass ich da erst mal drüber nachdenken müsste. Und das hat sich ziemlich gut angefühlt.

Als Rock Bottom *This is my fight song* spielt, flippen plötzlich alle komplett aus. Alle Mädels um uns herum, die sich ihre Pompons in den Ausschnitt gestopft haben. Und Pen, die so dermaßen glücklich aussieht, dass es mir richtig fest am Herzen zieht. Aber es ist ein gutes Ziehen.

Und dann flippe ich auch ein bisschen aus. Schließlich hüpfen wir alle Arm in Arm auf der Stelle, dass die Schweißtropfen nur so herumspritzen.

Aber das ist so was von egal.

Als ich zwischen all den Armen und Beinen und Cheerleader-Wuscheln irgendwann komplett die Orientierung verliere, sacken meine Knie ein. Und würde Pen mich nicht unter den Schultern packen, würde ich gerade sicher auf den Boden knallen.

Tue ich aber nicht.

Und während ich da so in ihren Armen hänge und sie sich über mich beugt, habe ich plötzlich ein Bild vor mir. Eins von zwei Küssenden in einem dieser alten Hollywood-Filme in Schwarz-Weiß.

Und ich weiß plötzlich, was ich tun will.

Sacht, aber auch nicht zu sacht ziehe ich Pens Kopf zu mir.

Weil ich vorhin bei dem Kuss auf der Bühne vor Überraschung überhaupt gar nicht aufpassen konnte, wie sich so ein Kuss anfühlt.

So ein echter Kuss zwischen Pen und mir.

19

Was will – der Wind noch –
Das Herz liegt im Hafen –
Fort mit dem Kompass –
Fort mit den Karten!
Emily Dickinson

Ich sehe auf mein Handy.

Shive hat mich schon wieder angerufen. Ich will rausgehen, um ihn zurückzurufen und zu fragen, wo er abgeblieben ist.

Aber plötzlich stoppt die Musik und ein hoher Quietschton dröhnt aus den Lautsprechern. Alle halten sich stöhnend die Ohren zu und drehen sich zur Bühne. Weil da nämlich Rob mit dem Mikrofon in der Hand steht. Ich fange direkt an zu beten, dass dieser Idiot jetzt nicht auch noch irgendeinen Scheiß von sich gibt. Die Aktion von Malvin vorhin hat echt gereicht.

Und ich habe sowieso schon einen verdammten Kloß im Hals seit unserem Kuss eben.

Nicht dass ich ihn bereuen würde. Er war ziemlich gut. Auch wenn ich damit nur begrenzt Erfahrung habe.

Aber in mir drin fühlte ich nichts.

Na ja, nicht gerade nichts. Aber eben auch keine Schmetterlinge oder so was in der Art.

»Leute, ich muss euch was sagen«, verkündet Rob, als der Quietschton endlich aufhört. »Es gibt eine kleine Planänderung. Gerade eben hat das Ball-Komitee der Basketballer – zu dem ich als Kapitän ja gehöre – beschlossen, dass es dieses Jahr keinen Ballkönig geben wird. Und auch nicht nur eine einzige Ballkönigin.«

Ein Raunen geht durch den Saal. Ein paar von den Cheerleader-Girls halten sich die Hand vor den Mund. Andere raufen sich die Haare. Aber alle starren Rob an.

Rob grinst nur vor sich hin. Er scheint die Aufmerksamkeit sehr zu genießen. »Und ich hätte ja nie gedacht, dass ich mich so darüber freuen würde, das zu verkünden, was ich jetzt verkünde. Schließlich sollte Pen ja immer *meine* Queen sein. Aber so ist das jetzt wohl. Es wird nämlich das erste Mal auf einem Winterball der *Notting Hill Grammar* zwei Ballköniginnen geben. Und das sind die superheiße Pen und unser Super-Nerd Em!«

Für einen Moment hört man kein einziges Geräusch im Saal.

Und ich spüre nur das Blut durch meinen Kopf rauschen.

Josh legt sich die Hand an die Stirn, wahrscheinlich sucht er in der Menge nach mir.

Aber es ist sehr gut möglich, dass ich mich eben vor Schreck zurück in meine Moleküle aufgelöst habe und deswegen unauffindbar bin.

Als *Rock Bottom* die ersten Töne ihrer Version von *God Save the Queen* spielt, stelle ich fest, dass dem nicht so ist. Weil Pen und ich gerade auf die Bühne geschoben werden.

Auf der Leinwand erscheint ein Bild, das nicht älter als 54 Minuten sein kann. Weil da Pen und ich drauf sind, wie wir uns verschwitzt und so richtig hollywoodmäßig küssen.

Pen sieht darauf aus wie ein verdammtes Model nach einem leichten Frühlingsschauer.

Und ich wie ein ausgewrungener Schwamm.

Dann kann ich wegen der Scheinwerfer nur noch Pens Krönchen sehen, das Rob ihr gerade auf den Kopf setzt. Zu mir sagt er, ich hätte ja schließlich schon die Krone von Superwoman auf.

»Ich bin Wonderwoman«, sage ich. »Das sieht man doch wohl, du Honk.«

Aber er hört mir gar nicht zu. Er hat wieder nur Augen für Pen.

Sie schaut ziemlich verdutzt aus der Wäsche. Aber irgendwie auch sehr glücklich.

Mir wird klar, dass ich ja überhaupt keine Ahnung hatte, wie großartig einem dieses dämliche Plastik-Krönchen vom 1-Pfund-Laden stehen kann, wenn man zufällig Penelope Miller heißt.

Als sich meine Augen ans Scheinwerferlicht gewöhnt haben, entdecke ich eine Gestalt hinter dem Technik-Pult.

Allein und ohne zu jubeln.

Und das ist nicht unser Technik-Nerd Fred.

Das ist Shive.

Ich habe keine Ahnung, seit wann er wieder auf dem Ball ist, wo er in der Zwischenzeit war und warum er Joshs bescheuertes Miss-Piggy-Kostüm trägt.

Aber wirklich Sorgen mache ich mir nur darüber, dass er mich so dermaßen traurig ansieht, als wäre jemand gestorben.

20

Mal mir ein Bild von der Sonne.
Damit ich es in mein Zimmer hängen kann.
Emily Dickinson

Einer von *Rock Bottoms* Lieblingsongs dröhnt jetzt schon zum dritten Mal durch den Saal.

Wo Shive ist, weiß ich nicht, weil der plötzlich wieder in der Menge verschwunden ist.

Pen zeigt den Cheerleader-Girls, wie man einen Basketball in einen der Körbe *dunkt*. Direkt von der Bühne aus.

Und plötzlich steht Shive auf der Tanzfläche direkt vor der Bühne. In diesem bescheuerten Miss-Piggy-Kostüm, mit diesem traurigen Hundeblick und einem Mikrofon in der Hand. Er räuspert sich ein paarmal ins Mikrofon, als der Song zu Ende geht.

Die meisten starren ihn an.

Ein paar rollen mit den Augen.

Wahrscheinlich, weil sie erwarten, dass Shive wieder alle zu einer Baumpflanz-Aktion überreden will. Oder dazu, weniger Fleisch zu essen.

»Wisst ihr …« sagt er, als der Song gerade zu Ende geht. Dabei sieht er aber nur zu mir. »Ihr beide, du und Pen, seid meine ältesten Freundinnen und …«

Shive stockt und schaut sich in der Menge um.

Ein paar unterhalten sich noch.

Ein paar lachen.

Ein Zischen geht durch den Saal und dann starren alle Shive an. »Und natürlich wünsche ich euch nur das Beste ... Dir und Pen ... und trotzdem will ich dir was vorlesen. Hab ich vor ein paar Tagen geschrieben. Für dich. Auch wenn das sicher nichts mehr ändert. Angesichts der Ereignisse, und jetzt, wo ...«

Er schließt die Augen und atmet tief durch. Genauso wie er es tut, kurz bevor er die 100-Meter-Strecke beim Schulsporttag rennt. Er zieht sein Handy aus der Tasche und starrt auf das Display. »Em, du bist die Landung nach einem Flug voller Turbulenzen«, er stockt. »Du bist der Pfau, der ...«

Er stockt wieder und sieht mich an. Noch trauriger als eben schon. Und ziemlich verzweifelt.

»Em, es ist eben nicht immer die Liebe auf den ersten Blick, die ...« Jetzt sieht er komplett so aus, als würde er gerade über seine eigenen Worte erschrecken.

Und das ist wohl auch so. Weil er sich plötzlich umdreht, das Mikro auf die Bühne legt und aus dem Saal rennt.

Ich bleibe noch ein paar Sekunden stehen. Aber dann kann ich mich zum Glück aus meiner Schockstarre lösen und renne ihm hinterher.

* *

»Shive, jetzt warte doch!«, rufe ich, als ich ihn draußen vor der Schule fast eingeholt habe. Ich kann es nicht fassen, dass Shive wirklich dieses dämliche Miss-Piggy-Kostüm trägt. Das ist nämlich ziemlich unvorteilhaft, weil viel zu klein. Es spannt im Schritt, die Ärmel reichen ihm gerade über die Ellbogen, und er zieht seine Schultern auffällig weit hoch, wahrscheinlich weil ihm sonst die Borte am Ausschnitt ziemlich ins Fleisch schneiden würde.

»Jetzt sag doch endlich, was los ist, Shive! Wofür ist es zu spät? Ist was Schlimmes passiert?«

Shive sieht mich eine Weile superernst an, schüttelt dann den Kopf und murmelt schließlich: »Es ist nichts, Em. Es ist überhaupt gar nichts Schlimmes passiert.«

Ich glaube ihm kein Wort.

Weil seine Augen für *nichts* nämlich ziemlich wässrig glänzen.

»Aber du hast mich doch die ganze Zeit über angerufen ... und gerade so seltsam auf dein Handy gestarrt. Und was heißt ›angesichts der Ereignisse‹? Ist was mit Amba? Ihr Herz?«

Meine Brust zieht sich zusammen vor Sorge. Und ich kann es nicht fassen, dass mir dieser Gedanke erst jetzt kommt.

Wenn sie bereits tot war, würde ich mir das niemals verzeihen, dass ich Shives Anrufe ignoriert habe.

»Denkst du allen Ernstes, ich würde hier in diesem dämlichen Kostüm vor dir stehen oder mich auf dem Winterball zum Affen machen, wenn etwas mit Amba wäre? Und dass ich dir dann auch noch erzählen würde, es wäre nichts passiert? Echt jetzt, Em? Für wie bescheuert hältst du mich eigentlich?«, fragt Shive und sieht mich mit einer Mischung aus Fassungslosigkeit und Belustigung an.

Mir fällt ein Felsen von der Brust. Ich hole tief Luft und nehme mir fest vor, morgen Nachmittag bei Amba vorbeizuschauen, um endlich wieder mit ihr an unserem Tagebuch-Quilt weiterzunähen.

Die Sache mit der Vergänglichkeit ist echt kein Scherz.

Ich erhasche einen Blick auf Shives Handy.

»Also, wenn du mir schon nicht sagen willst, warum du plötzlich auf zu kleine pinke Outfits stehst, verrätst du mir wenigstens, was du mir vorlesen wolltest? Schreibst du jetzt neuerdings Liebesgedichte?«

Ich stocke. Weil Shive mich entsetzt ansieht.

Die Frage eben war natürlich als Scherz gemeint. Weil: Shive hasst Gedichte noch mehr als Liebesromane. Und es ist eine völlig absurde Vorstellung, dass er mir eines vortragen wollte. Vor der ganzen Schule. Im MISS-PIGGY-KOSTÜM!

Aber anscheinend liege ich damit trotzdem richtig. Weil ich sogar unter der Laternenbeleuchtung hier draußen sehe, dass Shive rot anläuft.

Und dann stammelt er: »Ja … schon, aber … ähm … also, jetzt wo du und Pen … was solls: Geschieht mir recht. So ist das Leben eben manchmal. Ich dachte, wo du dir doch wünschst, dass sich jemand für dich zum Affen macht, da …«

Mir fehlen die Worte. Jetzt verstehe ich gar nichts mehr.

Aber Shive ist noch nicht fertig.

»Das hattest du dir doch im Autoscooter gewünscht! Dass dir jemand seine Liebe gesteht, mit einem beknackten selbst geschriebenen Gedicht. Und sich zum Narren macht in einem dämlichen Kostüm. Weißt du, Em, damals, als du in deinem Kermit-Kostüm mit mir über deine Gefühle sprechen wolltest, da … na ja … wie soll ich sagen … da war ich noch nicht bereit, und mir war auch noch gar nicht klar, was ich für dich empfinde … und vielleicht war es damals ja auch noch gar nicht so, aber … Nach dem Abend an der Themse wusste ich, es ist Zeit, dir zu sagen, dass ich eben *doch* Gefühle für dich habe. Eben auf den *zweiten* Blick. Und ja, vielleicht wurde mir das noch mal so richtig klar, als Pen und du euch vorhin geküsst habt. Aber was soll ich denn tun? So ist es jetzt nun mal.«

Vor einer Woche wäre ich wahrscheinlich noch dahingeschmolzen bei dem, was Shive gerade sagt. Wie eine Kugel Vanilleeis auf warmem Apple-Crumble.

Aber seitdem ist so viel passiert.

Und jetzt kocht plötzlich einfach nur Wut in mir auf. »Du hast mich damals in meinem Scheiß-Kermit-Kostüm *doch* verstanden? Und du hast mich hängen lassen und nur so getan, als hätte ich ein Magengeschwür?«, schreie ich und merke, wie bei jedem einzelnen Wort mein Mund mehr austrocknet.

Ich gehe einen großen Schritt zurück und würde am liebsten jetzt und hier in dieser Wiese versinken.

»Bei mir ist es eben Liebe auf den *zweiten* Blick, weißt du? Die gibt es auch. Und unsere Sterne stehen ja anscheinend auch günstig und …«

»Das ist jetzt aber nicht dein fucking Ernst, Shive. Das ist keine Liebe auf den zweiten Blick, die du da fühlst. Vielleicht Liebe auf den verdammt hundertfünfundneunzigtausendsten hoch neunten. Und die fühlst du auch nur, weil du dich über die Jahre so dermaßen an mich gewöhnt hast, dass du mich nicht verlieren willst! So ist das doch!«

Shive starrt mich mit aufgerissenen Augen an. Ich habe so laut geschrien, dass mir die Stimmbänder schmerzen.

Aber das ist so was von egal. Weil es nach heute sowieso nichts mehr zu bereden gibt. Mit niemandem.

»Beim Lichterfest hast du noch gesagt, dass wir das mit den Sternen nicht so ernst nehmen sollen. Und jetzt, wo Pen und ich uns geküsst haben, fällt dir plötzlich ein, dass du mich doch liebst. Was für ein Zufall! Aber das ist keine Liebe, Shive, was du da fühlst. Das ist Physik!«

Shive und ich starren uns eine Weile wortlos an. Unsere Atemwolken wabern einen Moment lang zwischen uns, bevor sie sich ins Nichts auflösen.

»So ist das nicht, Shortbread. Jetzt beruhig dich doch bitte wieder«, murmelt Shive schließlich und lächelt mich verkrampft an. »Ich verstehe doch, dass du und Pen …«

»*Nichts* verstehst du! Und deine *Shortbread* bin ich verflixt noch mal auch schon lange nicht mehr, *Shiva!*«, rufe ich. »Ich dachte sehr lange Zeit, dass du mein Traumprinz bist. Aber da lag ich wohl komplett daneben. Weil ich keinen Typen brauche, der nur denkt, dass er mich liebt, weil die Sterne das sagen. Oder der mich nur lieben kann, wenn es so aussieht, als würde er mich an jemand anderen verlieren. Aber verloren hast du mich erstens schon eine ganze Weile. Und zweitens nicht an Pen. Versteh mich bitte nicht falsch: Ich vergöttere meine beste Freundin und Bonusschwester und tollste Frau auf diesem Planeten überhaupt! Aber bei dem Kuss vorhin gab es keine Sternschnuppen in meinem Bauch. Und das kann ja nur bedeuten, dass ich sie nicht liebe! Nicht auf diese Art jedenfalls.«

Das ist der perfekte Moment, um Shive hier stehen zu lassen.

Allein. Mitten auf dieser beknackten Wiese vor unserer beknackten Schule. In der alle tanzen, auf diesem noch beknackteren Ball.

Ich drehe mich um.

Um in die sternenlose Nacht hineinzurennen. Und um so schnell wie möglich mit mir und meinem Herzschmerz allein zu sein. Und es wäre tatsächlich der perfekte Abgang gewesen.

Würde da nicht Pen vor mir stehen.

Mit tränenüberströmtem Gesicht.

21

Da war eine Beerdigung in meinem Gehirn.
Emily Dickinson

»Ich konnte doch nicht wissen, was Shive mit dem Kostüm vorhat. Ich dachte, er braucht es für seinen Auftritt, Em. Er wollte doch damit auf eurem Ball auf die schlimmen Zustände in der Schweinehaltung aufmerksam machen, oder? Hatte er nicht so was vor? Sonst hätte ich doch gestern nicht ewig nach diesem Kostüm in Joshs Schrank gesucht«, sagt Mum und sieht mich besorgt an.

Mit Sicherheit hat sie Angst, dass ich wieder so ausraste wie letzte Woche. Aber fürs Ausrasten bin ich zu erschöpft.

Außerdem habe ich das gestern Nacht bei Shive schon mehr als genug getan.

»Ist nicht deine Schuld, Mum. Konntest du ja nicht wissen«, murmele ich schnell.

Bevor Mum den ganzen Tag mit Schuldgefühlen rumlaufen muss. Oder denkt, dass bei uns jetzt gleich wieder tagelang Sendepause ist.

Dass Shive ursprünglich auf die Klimaerwärmung aufmerksam machen wollte und nicht auf die Situation von Mastschweinen, behalte ich erst mal für mich.

Ich sehe auf mein Handy. Zum 213ten Mal heute Morgen.

Aber ich habe immer noch keine Nachricht von Pen. Obwohl ich sie schon elfmal angerufen und sechs Sprachnachrichten hinterlassen habe.

Mit wird schlecht, wenn ich daran denke, dass Pen gestern gehört hat, was ich über unseren Kuss und die fehlenden Sternschnuppen im Bauch gesagt habe.

Josh hat mich gezwungen, jetzt erst mal abzuwarten und Pen nichts mehr zu schreiben. Weil noch mehr Nachrichten schon stark ans Stalken grenzen würden.

Jedenfalls war Pen letzte Nacht so schnell verschwunden, dass ich sie nicht mehr einholen konnte.

Um mit ihr zu reden und ihr das hier zu sagen: dass ich sie natürlich liebe. Aber dass ich uns beide eben doch nicht als Paar sehen kann. Dass ich aber sterben würde, wenn sie nicht mehr mit mir befreundet sein wolle.

Ich hatte noch kurz überlegt, direkt zu ihr nach Hause zu fahren. Gestern Nacht noch. Aber dann hätte ich nachts um halb drei an Mr Miller vorbeischleichen müssen. Und dazu fehlte mir nicht nur die Kraft, sondern auch der verdammte Mut.

»Aber was ist denn daran so schlimm? Ich liebe Miss Piggy! Auch wenn ich Pink nicht mag. Und du liebst sie doch auch?«, fragt Pheebs und macht dabei eine Eins-a-Brücke mitten auf dem Sofa. Direkt zwischen Mum und mir.

Wir hängen nämlich nach unserem Sonntagsfrühstück wieder zusammen im Wohnzimmer ab. Nicht alle direkt auf dem Sofa, aber im Radius von maximal drei Metern um das Sofa herum.

Pheebs hat natürlich recht: Ich liebe Miss Piggy eigentlich sehr. Und dass sich Shive extra für mich als sie verkleidet hat, ist schon auch ein bisschen süß.

Aber der Rest eben nicht.

»Also, ich finde es schon irgendwie romantisch. Dass er sich als Miss Piggy verkleidet hat, dein Shive. Und du ja damals als Kermit, weißt du noch ... ich meine, die beiden sind doch schließlich ein Paar!«, sagt Sanders und schlürft dann geräuschvoll aus seiner Tasse Earl Grey.

»Das findest du jetzt nicht wirklich romantisch, oder?«, rufe ich und kann es nicht fassen. »Kermit und Miss Piggy sind seit 2015 nicht mehr zusammen!«

»Aber jetzt sieh's doch mal positiv, Em«, sagt Josh. »Seit Monaten liegst du mir in den Ohren, dass du in Shive verliebt bist. Und er dich nicht zurückliebt. Und sich wahrscheinlich nie irgendjemand in dich verlieben wird. Dein ganzes jämmerliches Leben lang nicht. Deine Worte! Und jetzt sind da plötzlich zwei, die was von dir wollen. Du bist jetzt quasi dieser mittlere Stein einer Mühle in eurem bescheuerten Lieblingsspiel. Und irgendwie doch die Gewinnerin, oder? Ab jetzt darfst du mir jedenfalls nichts mehr vorheulen.«

Ich weiß zwar, wie Josh das meint. Und ja, ich habe schon immer davon geträumt, dass mal zwei Menschen gleichzeitig in mich verliebt sind.

Aber ich hatte ja keine Ahnung, wie unfassbar schlimm sich das anfühlt.

»Ganz ehrlich Josh, das ist doch Bullshit«, sage ich und setze mich auf. »Vielleicht bin ich wirklich dieser verdammte mittlere Stein in der Mühle. Aber das Spiel verlieren wir doch alle drei.«

Josh, Mum, Nelle, Sanders uns Pheebs starren mich ein ganzes Weilchen an. So als ob ich gerade eines der Rätsel der Schwerkraft geknackt hätte.

Und dabei nicken alle mehr oder weniger stark vor sich hin.

Aber ich habe keine Ahnung, ob sie das tun, weil sie mir recht geben, oder, weil sie wollen, dass ich nicht wieder in Tränen ausbreche oder durch die Decke gehe.

»Und was machst du jetzt mit Pen? Sie ist sicher furchtbar verletzt, oder?«, fragt Mum, nachdem alle noch eine ganze Weile vor sich hin genickt haben.

»Ich weiß es nicht«, sage ich leise und sacke in mich zusammen. »Ich habe ihr tausendmal geschrieben, dass es mir leidtut und dass sie sich bitte dringend melden soll bei mir. Aber sie reagiert nicht.«

Es wird wieder still bei uns im Flur-Küchen-Wohnzimmer.

Würde man hier gerade die Hirnwellen von allen messen, würden die Aufzeichnungen sicher aussehen wie die Schweizer Alpen.

Weil alle wie verrückt brüten, was ich jetzt tun könnte.

Für Pen. Für meine Seelenschwester.

Für meine Boje auf offener See.

Für die coolste Frau dieses verdammten Planeten.

Aber uns fällt einfach nichts ein.

22

MÜHLEREGELN FÜR ANFÄNGER:
Die Endphase des Spiels beginnt, sobald die Spieler nur noch drei Steine zur Verfügung haben.

Sonntagabend hat mir Pen dann doch noch geschrieben. Also gestern. Und zwar das: »Triff mich vor der ersten Stunde im Zeitungskabuff.« Sonst nichts.

Aber das bedeutete, dass Pen wieder mit mir redete.

Auch wenn das nur acht geschriebene Worte waren.

Ich war jedenfalls so dermaßen erleichtert darüber, dass ich für eine halbe Stunde auf meinen Bett auf und ab sprang.

Später schob ich für meine WG-Familie eine Quiche de luxe in den Ofen. Also, die mit Artischocken, Knoblauch *und* Ziegenkäse.

Zur Feier des Tages.

Und die kam ziemlich gut an.

***

Jetzt sitze ich hier vor der ersten Stunde in unserem Zeitungskabuff.

Aber nicht nur mit Pen. Sondern auch mit Shive.

Der hat anscheinend die gleiche SMS von Pen bekommen.

Und gerade stelle ich fest, dass es hier genauso riecht wie immer. Nach einer Mischung aus Duftbäumchen, Plastikteppich und altem Käsebrot nämlich.

Aber alles andere ist überhaupt nicht wie sonst.

Shive sitzt auf dem Mühle-Tisch, ich auf meinem Schreibtischstuhl vor meinem Computer und Pen steht an der Tür. Sonst hauen wir uns immer alle erst mal gemeinsam aufs Grübelsofa.

Und die ganze Zeit über haben wir noch kein Wort gesagt. Seit drei Minuten und – jepp – 57 Sekunden genau.

Stattdessen starren wir nur vor uns hin, als wäre gerade jemand gestorben.

Ich wickele meine Jacke fester um mich, weil mir gerade so dermaßen kalt wird, als säßen wir in einer verdammten Kühltruhe.

Und weil mir gerade klar wird, dass der ganze Schlamassel hier leider komplett *meine* Schuld ist.

»Ich wollte euch nur schnell sagen, dass ich raus bin. Aus allem«, sagt Pen schließlich leise und starrt dabei aus unserem kleinen Kabuff-Fenster.

»Raus aus was?«, flüstert Shive, verknotet seine Arme vor der Brust und legt ein Bein über das andere.

Er hat Augenringe und seine Haare stehen nach allen Seiten ab. So als ob er nicht geschlafen hätte. Oder sich ganz übel gerauft.

»Na, aus diesem *Le Monde*-Dings, aus unserer Zeitung, aus allem eben«, sagt Pen und schluckt.

Erst grummelt mir der Bauch nur ein wenig. Aber dann wird mir richtig schlecht.

»Das kannst du doch nicht machen!«, ruft Shive. »Ohne dich sind wir verloren. Wer ist denn die verdammte Wortqueen bei uns?« Er sieht ganz verzweifelt von mir zu Pen und wieder zurück.

»Natürlich kann ich das machen. Dazu brauch ich ja wohl nicht eure Genehmigung. Wenn überhaupt, könnt ihr euch darüber bei meinem Vater beschweren. Das war nämlich hauptsächlich seine Entscheidung. Ich werde ab Weihnachten auf eine weiterführende Schule in Inverness gehen, die sich auf Betriebswirtschaft spezialisiert hat. Weil ich in Zukunft ja seine Firma übernehmen soll«, rattert Pen runter, ohne Luft zu holen. Und so, als hätte sie es für uns auswendig gelernt.

Shive und ich starren sie mit offenem Mund an.

Ich mache mir Sorgen, dass ich mich gleich auf den Plastikteppich übergebe.

»Aber was ist mit deinem Basketballer-Projekt? Das war doch so eine gute Idee? Und was wird aus *Universal News*?«, fragt Shive leise und sieht Pen verzweifelt an.

»Ach, das fällt dir jetzt ein, Shiva? Dass du meine Idee für gut hältst? Letzte Woche ging es mal wieder nur um dich und deine Baumpflanzerei!«

»Aber ...«, stammelt Shive.

»Das ist ja so was von schade!«, sage ich, während ich denke, dass das ja wohl der bescheuertste, nichtssagendste Kommentar *EVER* ist. Sogar für meine Verhältnisse.

»Ja, jammerschade-Marmelade«, sagt Pen. »Aber so ist es jetzt.« Sie beißt sich auf die Lippen und seufzt sehr laut. Und dann dreht sie sich zur Tür und drückt die Klinke runter.

Ich bekomme Panik.

Weil alles auseinanderbricht, wenn Pen jetzt dieses Zimmer verlässt. Inverness ist schließlich im Norden von Schottland und mit dem Zug mindestens zehn Stunden weit weg.

Ich muss jetzt endlich mal klarkommen und sofort etwas tun.

Etwas, das Pen dazu bringt, hierzubleiben.

»Geh bitte nicht, Pen!«, rufe ich schließlich. »Wir können doch noch ... ich weiß auch nicht ... noch mal reden bei einer Runde Mühle zu dritt?«

Pen bleibt stehen. Aber sie dreht sich nicht um. Dafür murmelt sie: »Das könnt ihr gerne tun, Shiva und du. Ich bin raus. Mühle war ja von Anfang an nur ein Spiel für *zwei.*«

23

VÖLLIG UNNÜTZES WISSEN:
Morgens ist man größer als mitten in der Nacht

Ich stehe vor dem Brett neben dem Eingang zur Cafeteria und starre auf die Listen. Die mit den A-Level-Kursen drauf.

Dort drängen sich mittlerweile ziemlich viele Namen und es gibt fast keine freie Stelle mehr auf dem Papier. Schließlich ist die Deadline in ein paar Tagen.

Das schockt mich nicht sonderlich.

Aber die Tatsache, dass Pens und Shives Namen in der Zeile für englische Literatur beide durchgestrichen sind, schockt mich dafür umso mehr.

Mein Name leuchtet dort weiter in Glitzerschrift vor sich hin. Alleine, zwischen all den Namen, die mir nichts bedeuten. Und ich wollte ja nicht mal unbedingt in diesen Kurs.

Verzweifelt suche ich in dem ganzen Gewirr weiter nach ihren Namen. Aber ich finde sie nirgendwo.

Ich schließe die Augen und seufze.

Bisher habe ich meine Probleme immer mit Pen und Shive besprochen. Über Stunden, über Tage, vielleicht Wochen.

Aber daraus wird diesmal nichts. Weil Pen, Shive und ich ja genau das Problem sind.

Wenn Pen wirklich nach Inverness geht, wird sich das anfühlen, als würde sie ein Drittel meines Herzens in ihren Koffer stopfen und mitnehmen.

Und mit Shive weiter auf diese bekloppte Schule zu gehen, wird so sein, als würde ein weiteres Drittel meines Herzens frittiert.

Montag im Kabuff, als wir wieder alleine waren, bekamen Shive und ich kein einziges Wort mehr raus. Und Mühle spielten wir natürlich auch nicht. Wir verließen nur beide so schnell wie möglich diesen stickigen Raum.

Erst Shive.

Zwei Minuten später dann ich.

Aber ich bin mir sicher: Das letzte Drittel meines Herzens sitzt da unten immer noch rum.

»Geht es dir nicht gut?«, höre ich Mrs Malloneys Stimme.

Ich öffne die Augen.

Sie steht direkt neben mir.

»Doch, doch, alles in Ordnung«, sage ich schnell und frage mich, wie lange ich hier schon herumgestanden habe. Mit geschlossenen Augen.

»Du antwortest auf keine meiner Mails. Die wegen der Mathe-Olympiade. Und du hast dich auch weder für A-Level-Mathematik noch für den Physikkurs bei mir eingetragen. Da stimmt doch was nicht!«

Mrs Malloney sieht mich so dermaßen besorgt an, dass es mich nicht wundern würde, wenn sie mir gleich ein Fieberthermometer unter die Achsel schieben würde.

»Mit mir? Sie haben vollkommen recht. Mit mir stimmt wirklich was nicht. Aber das ist ja nichts Neues.«

»Ist was mit deiner Familie, Em?«

»Nein. Ja. Also, nicht direkt mit meiner Familie, aber ...«, Ich schlucke und starre auf den Boden. Weil mir die Tränen in die

Augen schießen. Und weil mir klar wird, dass es eben doch um meine Familie geht. Um meine Familie mit Shive und Pen.

»Verstehe. Es ist kompliziert. Und *kompliziert* will man nicht unbedingt mit seiner Mathelehrerin besprechen. Fühlst du dich denn fit genug für deinen Auftritt gleich?«

»Welchen Auftritt denn jetzt schon wieder?«, frage ich und würde mich am liebsten an Mrs Malloneys selbst gehäkeltem Schal festhalten. Weil ich vor Schreck gerade fast nach hinten kippe.

»Hättest du auch nur eine meiner Mails gelesen, dann wüsstest du das, Em!« Sie schlägt mir meinen Mantelkragen hoch, hält mich an den Schultern fest und sieht mir in die Augen. Mit ihrem No-Bullshit-Blick. »So, Em, jetzt atmest du mal tief durch und dann ziehst du das durch. Das ist deine Chance. Außerdem: Wozu bist du denn so ein verdammtes Talent? Das große Vorrechnen packst du auch, ohne dich vorzubereiten. Und diesmal ist die Aufgabe auch lösbar. Kannst gleich mitkommen, ich bin auf dem Weg in die Aula!«

* * *

Ich hatte ja kurz überlegt, direkt nach Hause zu rennen. Ich hätte Mrs Malloney nur was von einer Durchfall- oder Migräne-Attacke erzählen müssen. Aber das tat ich nicht. Stattdessen ließ ich mich von ihrem Enthusiasmus mitziehen.

Aber das war ein Fehler.

Weil ich jetzt hier auf der Bühne stehe. Ganz ohne Plan. Aber mit einer Gleichung, die länger ist als unsere Aula.

Und die komplette Schule starrt mich an.

Sara und Liam, die anderen zwei Mathe-Nerds, stehen an ihren Tafeln und rechnen schon seit Minuten, dass es vor Kreidestückchen nur so spritzt.

Leider an einer komplett anderen Gleichung als ich.

Normalerweise ordnen sich die Zahlen und Platzhalter ja immer schon direkt vor meinen Augen. Aber heute schwirren sie über Mrs Malloneys Zettel, als wären sie ein Schwarm aufgescheuchter Krähen.

Und wenn das so weitergeht, bekomme ich das wirklich noch hin: das mit der Durchfall-Attacke. Und zwar direkt vor allen hier.

Ich suche panisch nach Shive und Pen, in der Hoffnung, dass ihre pure Anwesenheit mir schon helfen würde. Doch als ich sie in dem Schülerhaufen finde, geschieht genau das Gegenteil: Mir wird schwindlig.

Weil die beiden nämlich nicht wie sonst nebeneinandersitzen. Sondern so weit auseinander wie überhaupt möglich.

Pen in ihrer Steppjacke versunken ganz hinten rechts. Shive in der Eisbärenjacke ganz außen links. Beide sehen nicht zu mir, sondern starren vor sich hin, als ginge sie das Ganze hier nichts an.

Plötzlich schwirren die Ziffern nicht mehr nur über das Blatt, sondern durch die ganze Aula. Und das X und Y gleich hinterher.

Mrs Malloney räuspert sich und verkündet: »Ihr habt noch genau zwei Minuten, Leute.« Und dann flüstert sie in meine Richtung: »Em, alles in Ordnung? Willst du denn nicht mal anfangen?«

Ein paar der Schüler kichern.

Ich schließe die Augen und atme tief ein. Und plötzlich sehe ich sie vor mir, die Lösung. Vor meinem inneren Auge. In grellen Farben, wie die Leuchtreklame eines sehr schrägen Clubs.

Ich muss lächeln und dann kichere ich sogar ein bisschen vor mich hin. Weil: Das ist die Lösung für uns, für die Gleichung und fürs Leben überhaupt.

Ich drehe mich zur Tafel, nehme das Stück Kreide und

schreibe los. Die Kreide quietscht und meine Hand zittert. Aber das ist mir egal.

Weil das die Lösung der Lösungen ist.

Ich trete einen Schritt zurück und betrachte mein Werk. Es besteht nur aus drei Zeichen.

Aber es leuchtet für zehn.

24

Dein Gehirn ist weiter als der Himmel
Emily Dickinson

»Em, du denkst nicht wirklich, dass jetzt plötzlich alles wieder in Ordnung ist, oder? Nur weil du eine bescheuerte Formel an die Tafel schreibst. Und zack-bumm, alles wieder gut, oder was!?«

Pen sieht mich finster an.

Wir stehen seit ein paar Minuten hier im Flur vor der Aula. Nur Pen und ich. Alle anderen sind noch in der Versammlung. Pen ist rausgerannt.

Gerade als ich meine geniale Formel auf die Tafel geschrieben hatte und sich unsere Blicke trafen.

Ich rannte ihr sofort hinterher.

»Was sollte das auf deiner Tafel denn bitte schön bedeuten? *X gleich Herzchen*? Du liebst Mathematik und die Welt ist plötzlich Friede, Freude, Eierkuchen? Vielleicht auf deinem Häkel-Back-und-Formel-Planeten. Aber nicht bei mir.«

Ich schlucke und starre wieder auf diesen Riss im Marmorfußboden. Ich wünschte, er würde sich weiter öffnen und ich könnte darin versinken.

»Das … das war als geheime Nachricht gemeint. An Shive und

dich«, murmele ich schließlich. »Dass wir doch beste Freunde sind und uns alle irgendwie lieben. Und dass ich hoffe, dass das auch so bleibt und …«

»Und das wolltest du uns alles mit dieser Gleichung sagen, ja?« Pen stöhnt und sieht mich eine Weile mit gerunzelter Stirn an. »Das ist ja ein schöner Gedanke und all das. Aber mehr als eine Formel auf einer bescheuerten Tafel ist es eben nicht. Es gibt Dinge, die kann man nicht einfach so wieder gutmachen.«

Ich starre Pen an und fühle mich elend.

Mrs Malloneys Stimme dringt aus der Aula zu uns auf den Flur.

Ich suche nach Worten.

»Das … das tut mir so leid, Pen. Alles. Ich möchte dich einfach nicht verlieren. Du bist meine beste Freundin!«, flehe ich. »Ich brauch dich in meinem Leben. Sonst bin ich nicht komplett. Und ich habe doch auch eine Weile gedacht, dass ich verliebt bin in dich.«

Pen starrt auf den Boden und sieht dabei wieder so unfassbar traurig aus.

Was bin ich nur für ein Arschloch. Aber über Gefühle sprechen ist für mich wie das Eigelb vom Eiweiß trennen. Ständig flutschen sie einem weg. Und am Ende landet immer ein Splitter Eierschale im Teig.

»Wirklich. Kurz dachte ich, ich wäre so richtig verliebt in dich. Mit allem Drum und Dran. Aber ich glaube, ich wollte die ganze Zeit einfach nur so sein wie du. Und dann habe ich da irgendwas verwechselt«, flüstere ich schließlich.

Ich würde Pen so gerne umarmen. Aber das traue ich mich nicht.

Sie sieht mich mit leeren Augen an, und für einen Moment habe ich das Gefühl, dass sie noch etwas sagen will.

Aber dann strömen plötzlich jede Menge Schüler in den Flur.

Unter anderem auch Shive. Aber der bemerkt uns überhaupt nicht. Oder wenn doch, dann überspielt er es gut.

* *

»Das hast du ja noch nie gemacht! Einen ganzen Schultag geschwänzt«, sagt Mum. Dabei strahlt sie mich an, als würde sie sich darüber freuen.

»Ich schwänze ja nicht. Ich war ja da. Bin einfach nur wieder gegangen«, sage ich und nehme einen Schluck von der heißen Schokolade, die uns Mum gerade zusammengerührt hat.

»Läuft aber auf dasselbe hinaus«, sagt Mum grinsend, nimmt auch einen Schluck und lehnt sich an die Küchentheke.

Ich glaube, Mum war noch nie stolzer auf mich.

»Ich habs einfach nicht mehr ausgehalten dort auf dem Flur. Und musste weg. Ich habs so was von versaut.«

»Ach, Mrs Malloney gibt dir sicher noch mal eine Chance für die Mathe-Olympiade.«

Ich rolle mit den Augen. »Aber darum geht es doch gar nicht, Mum. Diese Olympiade ist mir gerade so was von egal. Ich habs mit Shive und Pen versaut. Und zwar endgültig. Ohne die beiden macht nichts mehr Sinn. Weder das Leben noch irgendwas anderes. Und am allerwenigsten unsere Zeitung oder dieser dämliche *Le Monde*-Wettbewerb. Ich komme mir vor wie dieser allerletzte Stein auf dem Spielbrett. Er war mal Teil einer unschlagbaren Mühle. Doch jetzt ist er nur noch eine elende kleine Holzscheibe mit Ringen und abgeblättertem Lack. Und allein.«

»Jetzt hör mir mal zu, Em. Irgendwie ist man doch immer allein. Man kommt allein auf die Welt und irgendwann geht man auch alleine wieder. Auch wenn man Familie hat. Und beste Freunde. Und auch, wenn man jemanden liebt wie verrückt. Freundschaften können nur funktionieren, wenn man es auch mit sich selbst aushält. Ja, vielleicht hast du Fehler gemacht. Aber die machen wir alle. Wahre Freundschaft hält das aus. Vielleicht musst du die beiden ein Weilchen in Ruhe lassen. Wenn sie wirklich deine Freunde sind, dann wird das schon wieder. Das kannst du mir glauben. Meinst du, in unserer Clique gab es nie heftige Streitereien? Oder zwischen mir, Sanders und Nelle?«

Jetzt muss ich doch ein bisschen lachen. Weil Mum, Nelle und Sanders sich mehr streiten als irgendwas sonst.

»Ja, aber ich habe Pen tief verletzt. Und Shive auch. Und das halte ich fast nicht aus«, sage ich. »Warum muss Liebe nur so kompliziert sein? Kannst du mir das bitte sagen?«

»Da fragst du die Falsche. Ich hab den Dreh leider auch nicht raus. Und ich bin drei Mal so alt wie du«, antwortet Mum und seufzt. »Wahrscheinlich hast du die beiden wirklich verletzt. Aber ich bin mir sicher, du wirst einen Weg finden, dich bei ihnen zu entschuldigen. Nur eben nicht, indem du hier in Trübsal versinkst. Oder dich auffressen lässt von deinen Selbstvorwürfen.«

Ich nehme noch einen Schluck heiße Schokolade. Ist richtig lecker. Ein bisschen salzig vielleicht.

Es klingt einleuchtend, was Mum da sagt.

Wusste gar nicht, dass sie eigentlich Philosophin ist.

»Als dein Dad mich verließ, da wusste ich nicht, wohin mit mir, Em. Da tat sich dieses schwarze Loch unter mir auf und drohte mich zu verschlucken.«

»Und wie hast du es geschafft, dich nicht verschlucken zu lassen?«, frage ich und sehe zu ihr.

Sie wirkt total müde. Ihre Falten sehen aus wie eine Landkarte von Flussarmen.

Und gleichzeitig leuchtet sie von innen und ist unfassbar schön.

»Ich habs nicht immer geschafft, Em. Mich nicht verschlucken zu lassen. Manchmal lag ich für Stunden nur auf dem Sofa hier und weinte mir die Augen aus. Während Sanders und Nelle euch zur Schule brachten. Aber ich musste ja für euch da sein, wenn ihr nach Hause kamt. Ihr wart doch noch so klein.«

Ich nicke und lasse meinen Kopf auf Mums Schulter sinken.

Sie legt die Hand auf meine Stirn und streicht mir ganz leicht übers Haar.

Ich fühle mich, als wäre ich ein flaumiges Küken.

Und sie das riesengroße Mamahuhn.

»Für euch da zu sein war natürlich anstrengend. Aber es hat mich auch gerettet. Weil man seinen eigenen Schmerz für ein paar Minuten vergessen kann, wenn man jemandem die Schuhe zubindet, Porridge kocht oder die Windel wechselt. Damals fing ich auch mit dem Schreiben an.« Mum macht eine Pause. »Und so richtig erklären kann ich es mir auch nicht. Aber ab dann ging es wieder bergauf.«

25

VÖLLIG UNNÜTZES WISSEN:
Seepferdchen bleiben oft ein Leben lang zusammen.
Und manchmal halten sie Schwänzchen

Ich habe immer noch keinen Plan.

Für mich.

Für mein Leben.

Und überhaupt.

Und schon gar nicht dafür, wie ich die Freundschaft zwischen Pen, Shive und mir retten kann.

Mums vorläufiger Plan für mich war jedenfalls der: Ein bisschen Gras drüber wachsen zu lassen. Für die kommenden 48 Stunden jedenfalls. Sie hat mir dann nämlich direkt eine Entschuldigung für die nächsten zwei Tage geschrieben. Und sie dann auch noch gleich per Mail an Mrs Malloney geschickt. Ihre Begründung: Ich wäre angeschlagen.

Und das ist ja nicht mal gelogen.

Sie hat die ganze Zeit vor sich hin gesummt und meinte, dass ich bisher nur zwei Tage nicht in der Schule war. Meine ganze Schulzeit lang.

Tag Nummer 1: Der Tag nach der »Nacht der großen Schere«.

Tag Nummer 2: Das eine Mal, als ich in mein Frühstücksmüsli gekotzt habe, weil es am Abend zuvor Sanders' Fischsuppe gab.

Und heute fand Mum plötzlich, dass es der perfekte Tag wäre, um bei dem Café ihrer Freundinnen vorbeizuschauen. Diesem Café aus dem Zeitungsschnipsel von letztens.

Weil mich das sicher auf andere Gedanken bringen würde.

Und ich kam dann auf die glorreiche Idee, dass ich dort ja vielleicht ein Nachbarschaftsprojekt anbieten könnte. Eins für den *Le Monde*-Wettbewerb.

Mum und ich alberten eine Weile herum, was für ein Projekt ich dort ins Leben rufen könnte. Wir hatten unter anderem folgende geniale Ideen:

1.) Ich könnte Mathestudenten Nachhilfe geben und ihnen erzählen, ich wäre da gerade auf eine bahnbrechende Formel (x=♡) gestoßen.
2.) Oder einen Backkurs für Omis anbieten, um ihnen nebenbei geheime Familienrezepte zu klauen.
3.) Oder frisch Verliebten erklären, wie man sich alles mal so richtig versaut.

Aber schließlich landeten wir doch wieder beim Nähen. Mit allen möglichen Besuchern des Cafés an einem riesigen Tagebuch-Quilt zu arbeiten, wäre zwar eine Herausforderung, aber ich käme dabei ganz bestimmt auf andere Gedanken.

Mum rannte dann sofort auf den Speicher und stand kurz darauf mit ihrer uralten Nähmaschine wieder im Wohnzimmer. Und mit Dads Seesack, vollgestopft mit alten Stoffresten von Granny Smith.

Bevor wir uns jetzt wirklich zu diesem Café aufmachen, muss ich Amba noch schnell Bescheid sagen, dass ich heute doch nicht vorbeikomme, um weiter an unserem Quilt zu nähen. Und sie fragen, ob sie vielleicht Lust hat, stattdessen mitzukommen. Zum *Mary-Lou & Woolve*.

Amba zu besuchen wäre heute keine so gute Idee. Weil ich dort Shive schlecht aus dem Weg gehen und Gras über die Sache wachsen lassen könnte.

Ich will gerade den Hörer in die Hand nehmen, als das Telefon klingelt.

Amba ist dran.

»Em, bist du das? Meine liebe Em?«, ruft Amba ins Telefon. Dann atmet sie so dermaßen laut in den Hörer, dass ich das Telefon von meinem Ohr weghalten muss.

»Ja, Amba, ich bins. Ich wollte dich auch gerade anrufen, um dich zu fragen, ob du …«

»Sei mir nicht böse, Em. Aber heute ist es besser, du kommst nicht vorbei zum Nähen, weil …«

»Weil du endlich ins Krankenhaus gehst und dich untersuchen lässt, Amba? Ich glaube, das wird auch wirklich Zeit.«

»Jetzt fang du nicht auch noch damit an! Sunyata liegt mir damit schon den ganzen Tag in den Ohren. Sie wohnt ja gerade wieder bei uns … es gab wohl Streit zwischen Bruce und ihr und … ach, gerade ist alles so kompliziert.«

»Das kannst du laut sagen.« Ich beiß mir auf die Lippen.

»Ja, ja, ja, das ist wohl so«, murmelt Amba. Dann höre ich laute Papierknisterei. Sie packt wohl wieder einen ihrer Kaugummis aus.

»Was ist denn noch alles kompliziert?«, frage ich. Amba hört sich wirklich gar nicht gut an.

»Na ja, die ganzen Streitereien eben. Zwischen Sunyata und Bruce. Und die Sache zwischen Shiva und dir … wahrscheinlich ist das alles meine Schuld, weil ich ... wie auch immer ... es ist besser, wir sehen uns heute nicht und ...«

»Ich verstehe«, murmele ich. Mein Leben zerbröselt gerade in seine Einzelteile und ich kann nichts dagegen tun. Ich wollte zwar unser Näh-Date gerade auch absagen, aber wenn sie das tut, fühlt es sich gleich viel schrecklicher an. Und sie zu einem Ausflug zu überreden, traue ich mich jetzt auch nicht mehr. Das wäre heute mit Sicherheit zu viel für sie.

»Dir wird doch nicht langweilig, mein Schätzchen, oder?«, fragt Amba noch.

»Ganz bestimmt nicht«, antworte ich und versuche, den Kloß runterzuschlucken, der gerade in meinem Hals steckt. »Ich komme schon klar.«

Als ich auflege, bleibe ich noch eine Weile neben dem Telefon stehen und starre vor mich hin.

Irgendwann höre ich Mums Stimme hinter mir. »Sei nicht traurig, Em. Das renkt sich schon alles wieder ein. Ganz sicher. Irgendwie und irgendwann.«

Ich drehe mich um.

Mum ist schon komplett angezogen, mit Mantel, Schal und Mütze, und hat Dads Seesack über der Schulter. Mit der einen Hand trägt sie die Nähmaschine, mit der anderen hält sie mir meine Daunenjacke hin.

»Ich bring dich natürlich hin zum *Mary-Lou & Woolf*. Heute ist schließlich der perfekte Tag, um die verrückteste Truppe aller Zeiten zu treffen!«

26

VÖLLIG UNNÜTZES WISSEN:
Jedes Jahr werden um die 5400 Worte erfunden

Mum hat mich natürlich dann doch nicht hingebracht zum *Mary-Lou* & *Woolve*. Jedenfalls nicht ganz.

Weil Sanders nämlich auf halber Strecke auf ihrem Handy anrief und sie daran erinnerte, dass heute ihr Pheebs-Abholtag ist.

Manche Dinge ändern sich eben nie. Und was Vergesslichkeit angeht, da könnte man schon auf die Idee kommen, dass Mum und Pen verwandt sind.

Kurz bevor sie wieder aus der U-Bahn stieg, in die wir gerade mal eine Station vorher eingestiegen waren, versprach sie mir aber, mit Pheebs später nachzukommen.

Aber da bin ich eher skeptisch. Was Mum und ihre Versprechen angeht.

* * *

Als ich endlich mit Dads Seesack voller Stoffreste in der *Bramley Road* 129 ankomme, sehe ich noch mal in Mums Wegbeschreibung nach.

Die hatte sie mir in der U-Bahn noch schnell auf meinen Arm gekritzelt und sie besteht aus mehr Pfeilen als Buchstaben. Aber wenn ich es richtig entziffere, dann steht da wirklich *Bramley Road Ecke Darfield Ways gegenüber einer Autowerkstatt.*

Anscheinend bin ich hier also genau richtig.

Keine Ahnung, was ich erwartet hatte. Aber nach Mums Beschreibungen und einem Namen wie *Madame Lou & Woolve* hatte ich wohl eher mit einem verrauchten Pub gerechnet.

Ganz sicher aber nicht mit einem dieser alten Eck-Cafés aus dem vorletzten Jahrhundert. Mit hohen Fenstern, bei denen die hellblaue Farbe abbröckelt. Das aber gleichzeitig so einladend wirkt, dass man sofort durch die schmale Eingangstür gehen will, um sich eine ofenfrische Zimtschnecke und einen Doppel-Karamell-Latte mit geschlagener Sahne obendrauf einzuverleiben. Obwohl man fünf Minuten vorher gefrühstückt hat und gar nicht weiß, ob es beides dort überhaupt gibt.

Ich drücke die Nase an eines der riesigen Fenster, kann aber nicht viel erkennen außer ein paar leeren Tischchen vor einer hohen Holztheke mit Vitrine. Und weil ich mir nicht länger den Hintern wegfrieren will, beschließe ich, mich ins Innere von *Madame Lou & Woolve* zu wagen.

»Zu spät, wir haben geschlossen«, raunzt mir die Frau hinter der Theke entgegen, ohne sich zu mir umzudrehen.

Ihre Hochsteckfrisur erinnert mich an eines meiner ersten Käse-Soufflés, nachdem es in sich zusammengesunken ist, weil ich es zu früh aus dem Ofen genommen habe.

Die Soufflé-Dame räumt Kaffeetassen in eine der vielen offenen Schachteln, die auf der Theke stehen.

»Ich bin Elizas Tochter und dachte ...«, stammele ich in das Tassengeklapper und bereue schon, hergekommen zu sein.

»Die Menschen denken zu viel. Das ist das Problem. Und eine lebende Eliza kenne ich nicht. Meine Nachbarin hieß Eliza, aber die hatte keine Tochter und zählt schon seit ein paar Jahren die Geranienwurzeln von unten«, murmelt sie und wirft mir einen kurzen, grimmigen Blick zu.

So als ob ich schuld daran wäre.

Ich drehe mich reflexartig wieder zur Tür. Hier bin ich so was von falsch. Und Gäste scheint das Café *Mary-Lou & Woolve* anscheinend nicht nötig zu haben. Während ich die Klinke runterdrücke, ärgere ich mich über mich selbst. Dass ich glauben konnte, hier irgendwas auf die Beine stellen zu können. Ganz allein. Ohne Pen und Shive.

»Oder bist du etwa Liz' Tochter?«, sagt die Soufflé-Frau plötzlich mit einer völlig anderen Stimme. Einer, die man schon fast freundlich nennen könnte.

Ich drehe mich um und nicke. Und dann weiß ich nicht mehr, was ich tun soll.

Muss ich dann aber auch nicht, weil sie jetzt auf mich zurennt und mich so dermaßen fest an sich drückt, dass ich Panik bekomme, zwischen ihren riesigen Brüsten zu ersticken.

»Sag das doch gleich, dass du Em bist. Wir warten schon alle auf dich. Aber ich muss sagen, ich hätte dich mir irgendwie größer ...« Sie stockt, entlässt mich glücklicherweise aus ihrem Wrestling-Griff und lächelt mich verlegen an.

»Na ja, macht ja nichts«, murmelt sie dann und tätschelt meine Schulter. Dann nimmt sie mir Dads Seesack ab und schiebt mich die steile Holztreppe neben der Theke hoch.

Während ich noch überlege, ob das wirklich so eine gute Idee ist, allein mit einer Frau in ein Obergeschoss zu gehen, die unter so dermaßen starken Stimmungsschwankungen leidet, sagt sie schon: »Ich bin nicht immer so schlecht gelaunt, musst du wissen, Em. Aber heute waren schon Leute da, das glaubt einem keiner. Ein Herr dachte, hier würde eine Dame namens Eugenia Loretta F. Buckleby wohnen. Ein Mädchen suchte nach ihrem entlaufenen Pfau. Irgendein Teenager war fest davon überzeugt, er könnte hier sein altes Handy gegen Muffins eintauschen. Und vor ein paar Minuten kam noch eine Frau in rotem Kostüm herein und behauptete, sie wäre hier in *Knightsbridge*. Verrückte Welt. Als ob man sich mit einem Café wie unserem die Mieten dort leisten könnte. Wenn das so wäre, müssten wir das *Madame Lou & Woolve* ja nicht ... ach was, das ist eine ganz andere Geschichte. Darüber solltest du dir keine Gedanken machen müssen.«

Ich will ihr gerade sagen, dass ich sehr gerne wissen würde, was mit ihrem Café los ist. Und ob hier wirklich jemand nach Eugenia Loretta F. Buckleby gefragt hat. Das müsste ich dann nämlich dringend Josh erzählen.

Aber zum Fragen komme ich nicht.

Weil die Soufflé-Frau mich durch einen ockerfarbenen Samtvorhang am Ende der Treppe schiebt und mir Zigarettenrauchschwaden entgegenschlagen.

Als meine Augen sich an die tabakhaltige Luft gewöhnt haben, erkenne ich drei Frauen, die um einen Tisch mit eingraviertem Scrabble-Brett sitzen und angestrengt auf die Buchstaben-Steine eines sehr langen Wortes starren.

»Das ist kein Wort, das hast du doch erfunden!«, ruft die Frau in einem lila Kleid mit kleinen Fröschen. Ihr Zylinder ist mit demselben Stoff bespannt.

»Du drehst dir die Scrabble-Regeln doch immer zurecht, wie es dir gerade in den Kram passt«, sagt meine Soufflé-Frau und schiebt mich zu dem letzten freien Platz am Tisch.

Ich muss sie dringend fragen, wie sie wirklich heißt.

Sonst spreche ich sie gleich noch so an.

»Kann ich doch nichts dafür, dass ihr keine Fantasie habt«, murmelt die Frau mit dem hellblauen Kostüm mit Schleifenkragen. Ihre Stimme ist um einiges tiefer als erwartet.

»Ihr neidet mir doch nur meinen Genialität. *Freischreiben* ist ein Verb mit 13 Buchstaben und gibt 22 Punkte«, sagt sie und bindet sich ihren Schleifenkragen neu. »Es ist übrigens reflexiv und wird zusammengeschrieben, weil die Betonung auf der ersten Silbe liegt. Ihr könnt mich nicht einschüchtern mit eurem Scrabble-Spießertum. Ich habe Linguistik an der *Queen Mary University* studiert. Mit Auszeichnung! Also erzählt mir nicht, welche Wörter es gibt und welche nicht. Sprache ist etwas Lebendiges und ...«

»Und was soll es denn bitte schön bedeuten, dein reflexives Verb mit 22 Punkten?«, fragt die Soufflé-Frau und zieht einen riesigen Sessel an den Tisch, der mit demselben Froschstoff bezogen ist, aus dem auch das Kleid der Dame rechts neben mir besteht.

Im Großmarkt für Stoffe muss es da wohl irgendwann ein Schnäppchen gegeben haben.

Ich nehme mir einen der Kekse von dem Teller, den mir die Froschfrau gerade lächelnd entgegenhält.

Keine Ahnung, was Mum sich dabei gedacht hat, mich zu diesem schrulligen Lady-Club zu schicken. Aber unterhaltsam ist es hier durchaus.

»*Sich freischreiben*, das spürt man doch, was das bedeutet«, sagt die Frau im hellblauen Kostüm.

Ich beschließe, sie Greta Garbo zu nennen. Nach der Schauspielerin aus den alten Schwarz-Weiß-Filmen, die Pen und ich manchmal schauen. Geschaut haben. Damals, als alles noch gut war.

»Ihr seid solche Banausen. Wenn man sich etwas von der Seele schreibt. Einen Brief, eine Tagebuch-Notiz oder eine kleine Novelle. Dieser Moment, wenn man merkt, man hat etwas zu sagen. Wenn die eigene Stimme sich zeigt. Sich *freischreiben* eben.«

»Ja, ja, ich weiß genau, was du meist«, sagt die Soufflé-Frau mit hochgezogenen Augenbrauen und schenkt mir ein Tasse Earl Grey ein. Aus einer riesigen Teekanne, an deren Henkel die Teebeutel festgebunden sind. »Kommt bei mir auch regelmäßig vor, dass mir langweilig ist und mir nichts anderes einfällt, als übers Wochenende eine kleine Novelle zu schreiben.«

Alle prusten los.

Die Froschfrau muss sogar so sehr lachen, dass ihr die Tränen die Mascara verschmieren. Greta Garbo öffnet ihre hellblaue Lack-Handtasche und bearbeitet sie sofort mit Feuchttüchern und Puder.

Während ich mitlache und mich hier im Obergeschoss von *Madame Lou & Woolve* umschaue, wundere ich mich, wie man einen so schönen, lichtdurchfluteten Raum so dermaßen hässlich einrichten kann.

Dann beiße ich in meinen gräulichen Keks. Dabei verliere ich nicht nur fast meine Vorderzähne, mir zieht es auch noch sämtliche Schleimhäute im Mund zusammen.

Dieser Keks ist hart wie Titan und salziger als das Mittelmeer.

Ich spüle das Ganze mit einem großen Schluck Earl Grey hinunter. Aber der ist leider nicht nur kalt, sondern auch noch so dermaßen stark, dass ich mich richtig fest aufs Schlucken konzentrieren muss, um nicht alles auszuprusten.

»Jetzt lasst uns mal aufhören, Liz' Tochter zu langweilen. Das arme Ding hat sicher noch Wichtigeres zu tun, als sich die Streitereien von ein paar alten Schachteln anzuhören. Was führt dich denn zu uns, Em? Liz meinte jedenfalls, dass es wichtig wäre für dich.«

»Woher weißt du denn, dass das Liz' Tochter ist?«, fragt die Soufflé-Frau und schenkt mir noch mal kalten Early Grey nach.

»Aber das sieht man doch«, antwortet sie. »Die wachen Augen, die Grübchen, wenn sie lacht, Liz im Kleinformat.«

Alle starren mich an und ich werde ganz nervös.

Vor allem, weil ich jetzt erklären soll, warum ich hier bin.

So wirklich einen Plan habe ich ja nicht.

Schließlich fange ich aber trotzdem an zu erzählen. Von unserer Schülerzeitung, von dem Schulprojekt, bei dem wir uns auf kein Thema einigen konnten, und diesem Praktikum bei der *Le Monde* in Paris, das wir alle unbedingt gewinnen wollten. Bis es zu diesem großen Streit kam.

Dem allerersten richtigen Streit zwischen uns, seit wir ungefähr fünf waren. Als Amba uns drei Hörnchen Eis kaufte. Zwei mit Erdbeer und eins mit Walnuss.

Weil Erdbeer nach den zwei Kugeln aus war.

»Da steckt doch noch was anderes dahinter. Hinter eurem Streit«, murmelt die Froschfrau, als ich fertig bin mit Erzählen.

Die ganze Zeit über hatte sie mich mit ihrem Blick durchbohrt. »Wenn ihr immer so ein eingeschworenes Team wart, bringt euch doch so ein lächerliches Schulprojekt nicht auseinander. Höchstens ...«

Sie stockt.

Plötzlich sehen mich alle mit diesem bohrenden Blick an, der sich einem in die Stirn schraubt. Und dann nicken sie alle vor sich hin. So als ob sie sich vollkommen einig darüber sind, was in meinem Leben schiefläuft.

»Sag schon: Wer hat sich in wen verliebt? Du in Shive? Und er will nicht, oder? Typisch, ich sags ja: Männer unter fünfzig. Oder noch schlimmer: sie etwa in IHN?«, fragt mich die Soufflé-Frau. Dann nimmt sie meine Hand. »Wie tragisch. Gut, dass du zu uns gekommen bist. Haben wir alle alles schon mal durchgemacht. Die komplette Palette.«

»Also ...«, kann ich noch sagen, bevor Greta Garbo einwirft: »Ist ja wieder typisch. Ihr seid aber auch solche Banausen. Könnte es nicht auch sein, dass Em in Pen verliebt ist? Oder umgekehrt? Oder dass sie sich noch nicht sicher sind, was sie füreinander empfinden? Dass ihr auch immer in diesen vorgefertigten Schablonen denken müsst.«

Ich schlucke und starre auf die Kekse vor mir.

»Da haben wir wohl voll ins Schwarze getroffen«, murmelt die Froschfrau und nimmt meine andere Hand in ihre.

Wäre alles nicht so furchtbar traurig, würde ich loslachen. Weil ich hier gerade im schlechtest eingerichteten Café Londons bei miesen Keksen und furchtbarem Earl Grey sitze und wildfremden Menschen mein Herz ausschütte.

Als ich aufsehe, schauen sie mich an, als würden sie etwas von mir erwarten.

»Na ja, ihr habt ja irgendwie recht. Mit allem. Aber dann auch wieder nicht. Es ist ... wie soll ich sagen ... kompliziert.«

»*Kompliziert* ist unsere Spezialität!«, verkündet Greta Garbo. »Warte mal ab. Das renkt sich schon alles wieder ein, wenn man Komplizinnen wie uns an der Seite hat. Und was ist in diesem hässlichen Seesack drin? Du willst doch nicht etwa auswandern? Das nützt nichts, weißt du? Die Liebe holt einen überall ein.«

Ich muss lachen, hole Dads Seesack aus der Ecke und schütte den Inhalt auf den Tisch.

Und dann passiert etwas, womit ich in meinem derzeitigen Zustand überhaupt nicht gerechnet hätte: Die kunterbunten Stofffetzen begraben für einen Moment meine komplizierten Gefühle unter sich.

Jedenfalls steigt meine Laune, während ich auf das bunte Stoffchaos schaue.

»Vielleicht bin ich hier wirklich richtig. Ich brauche nämlich dringend Menschen, die sich mit *kompliziert* auskennen.«

Während die Froschfrau anfängt, die Stofffetzen nach Farben zu sortieren, murmelt Greta Garbo seufzend: »Aber Schätzchen, was sollen wir denn bitte schön mit diesen ganzen Stoffresten? Außer Gwen kann hier wirklich keiner nähen.«

Sie starrt mich dabei so enttäuscht an, dass ich mir schon Sorgen mache, ihr Lidstrich zerläuft gleich.

Aber dazu kommt es dann zum Glück nicht.

Weil plötzlich die Holztreppe knarzt und Amba ganz außer Atem mit ihrer Nähmaschine durch den ockerfarbenen Vorhang stiefelt. »Genau deswegen bin ich hergekommen, Ladys. So schnell ich eben konnte. Um es euch beizubringen.«

27

VÖLLIG UNNÜTZES WISSEN:
Damit sie im Wasser nicht auseinanderdriften, halten Seeotter Händchen im Schlaf

»Em, dann sind *wir* eben dein Projekt!«, murmelt Annabelle, während sie zum dritten Mal zwei Stoffquadrate wieder auseinanderpfriemelt.

Es hat sich in den letzten Stunden nämlich so einiges herausgestellt im Café *Madame Lou & Woolve*:

1.) Die Froschfrau heißt eigentlich Annabelle.
2.) Greta Garbo ist in Wirklichkeit Mary McDawson.
3.) Den eigentlichen Namen der Soufflé-Frau kenne ich immer noch nicht. Aber alle nennen sie Madame Lou.
4.) Ambas wahre Berufung ist Näh-Generalin.
5.) Sie ist mit allen anderen viel strenger als mit mir. (Was Nähte und ihre Gradlinigkeit angeht jedenfalls.)
6.) Mum ist mit Pheebs natürlich nicht aufgetaucht. Aber dafür hat sie von unterwegs Amba angerufen. Und Amba nicht nur gebeten, mich mit ihrer Nähausrüstung, ihrem Können und ihrer Weisheit zu unterstützen, sondern ihr gleich auch noch ein Taxi bestellt.

7.) Weder der Earl Grey noch die Kekse schmecken besser mit der Zeit.

»Wo denkst du denn hin, Annabelle! Das kannst man dem Kind doch nicht antun! Ein Projekt mit uns«, murmelt Madame Lou und verdreht die Augen. »Wir sind durchweg alte Schachteln. Und für einen solchen Wettbewerb sicher nicht hip genug.«

Ich schlucke.

Und hoffe, dass Madame Lou ihn den anderen nicht ausredet. Diesen Hauch von einem Rettungsplan, der sich hier gerade für mich auftut. An dem halte ich mich nämlich fest, als wäre er dieses Tau mit Sitzknubbel, mit dem Josh und ich früher immer über den Spielplatz flogen.

Dieser Rettungsplan ist schließlich alles, was ich habe.

»Aber *wir* bewerben uns ja nicht für das Praktikum bei der *Le Monde* in Paris! Das macht ja immer noch Em. Mit ihren Freunden, die noch nichts wissen von ihrem Glück. Wir wären ja nur ein kleiner Teil des Projekts«, sagt Annabelle und setzt sich dann wieder seufzend an die Nähmaschine, um unter Ambas Adlerblick ein viertes Mal die beiden Stoffquadrate zusammenzunähen.

»Also, ich weiß nicht so recht, Ladys. Als hätten wir hier im Café nicht schon genug zu tun. Ich brauche dringend Kunden, die unser Café wieder beleben. Sonst müssen wir schließen. Und zwar allerspätestens in drei Monaten«, murmelt Madame Lou und beobachtet mit skeptischem Blick, wie Amba weitere Stoffquadrate auf dem Tisch nebeneinander arrangiert.

»Also, mit der Einstellung wird das nichts«, sagt Mary und rührt klimpernd in ihrem Earl Grey herum. »Wenn du so miesepetrig drauf bist, will doch sowieso keiner in dein Café kommen. Außer uns. Und nimms bitte nicht persönlich: Ich sage ja schon lange, dass dein *Madame Lou & Woolve* dringend ein Makeover braucht. Innen und außen. Im Prinzip überall.«

Madame Lou starrt Mary eine ganze Weile an. Ihre Nasenflügel zucken, ihre Unterlippe bebt, und ich würde mich nicht wundern, wenn jeden Moment Dampf aus ihren Ohren qualmen würde.

»Mary, jetzt verrate mir bitte schön mal, wie ich das *nicht* persönlich nehmen sollte!«, zischt sie schließlich. »Ich *bin* dieses Café! Ich habe es eröffnet und backe alles, was über die Theke geht. Außerdem trägt es verdammt noch mal meinen Namen!«

Ich versuche, mich weiter auf das Zuschneiden der Stoffquadrate zu konzentrieren. Sie müssen schließlich perfekt sein für einen Quilt. Außerdem muss ich mich ganz dringend ablenken: Einen weiteren großen Streit zwischen Freunden halten meine Nerven nicht aus. Auch wenn ich in diesen nicht verwickelt bin.

»Also, das ist ja wohl der größte Blödsinn, den ich jemals gehört habe!«, ruft Amba schließlich und sieht Madame Lou streng an. »Du bist natürlich *nicht* dein Café. Auch wenn es deinen Namen trägt. Genauso wenig wie ich dieser Quilt bin, den wir hier nähen. Oder einer der vielen Enkel, die ich habe. Auch wenn sie denselben Nachnamen tragen wie ich. Du bist viel mehr als das Café hier! Viel mehr als dein Name. Viel mehr als diese staubtrockenen Kekse und der viel zu starke Earl Grey! Das, was du wirklich bist, ist grenzenlos. Merk dir das, Madame Lou!«

Alle im Raum hören auf zu nähen, zu schneiden oder Tee zu trinken und starren Amba nur an. Mit offenem Mund und überraschtem Blick.

Irgendwann fängt Annabelle an zu kichern und Mary kann auch nicht mehr und prustet los. Und als ich und Amba auch noch anfangen zu lachen, da lässt sich Madame Lou auf ihren Stuhl fallen, grinst uns an und verkundet feierlich: »Also gut. Ich gebe mich geschlagen und höre mir an, wie ihr das Café verändern wollt. Und wenn es sein muss, dann nähen wir eben so einen altmodischen Riesen-Quilt. Meinetwegen setze ich mich dafür auch noch mal an eine verdammte Nähmaschine, auch wenn ich diese Dinger für gefährlich halte. Und von mir aus können wir an den Eingang auch ein Plakat hängen. Um Leute aus der Nachbarschaft einzuladen, bei diesem Quilt mitzunähen. Aber nur unter einer Bedingung, Em!«

Sie sieht mich ernst an und erinnert mich gerade irgendwie an die Queen auf ihrem Thron, wenn sie einmal im Jahr das Parlament eröffnet.

»Du rettest diese Freundschaft zwischen diesem Shiva, dieser Pen und dir. Ohne echte Freunde, mit denen man so richtig was durchgemacht hat, ist man nämlich verloren im Leben. Schau dich doch hier mal um. Jede von uns wäre verloren ohne diesen Club. Und deswegen bewirbst du dich gleich heute Abend noch für den *Le Monde*-Wettbewerb. Und keine Ausreden! Damit werdet ihr drei nämlich gewinnen, mit unserem Näh-Café-Projekt für die ganze Nachbarschaft!«

* *

Als ich Stunden später nach Hause komme, bin ich direkt ein bisschen enttäuscht. Ich hätte meiner WG-Familie so gerne von den letzten Stunden im *Madame Lou & Woolve* erzählt.

Aber alle sind schon im Bett und die Glut im Kamin leuchtet nur noch an ein paar wenigen Stellen orangerot auf.

Ich seufze und hänge meinen Mantel und Pheebs' Tanztrikot in Sternenform an die Garderobe. Das hat Amba mir vorhin noch zugesteckt, als wir uns vor ihrem Haus verabschiedeten. Sie kniff mir leicht in die Backe und flüsterte: »Du bist etwas ganz Besonderes, Em. Merk dir das. Und meine Enkelin Nummer 22. Egal was zwischen dir und Shive passiert.«

Diese Worte gaben meinem Herzen einen Stich.

Doch als ich durch die Nacht nach Hause lief, da musste

ich für einen Moment lächeln. Weil ich es in den letzten paar Stunden geschafft hatte, wenigstens nicht die *ganze* Zeit an das Drama zwischen Pen, mir und Shive zu denken.

Ich bin noch zu aufgedreht, um zu schlafen, hole mir eine Limo aus dem Kühlschrank, schalte Mums alten Computer an und lasse mich auf ihren abgewetzten Sessel fallen.

Während ich darauf warte, dass die Programme hochfahren, mache ich mir ein paar Notizen, wie ich unser Projekt beschreiben kann und warum gerade Shive, Pen und ich ein Praktikum in Paris machen sollten.

Und als ich dann endlich auf die Webseite des Wettbewerbs komme und die E-Mail-Adresse für die Bewerbung gefunden habe, schweben die Worte nur so aus mir heraus. Als ob die Nacht alle Zweifel verschluckt hätte und als ob Worte leichter wären als Sternenstaub.

»Was machst du denn noch so spät hier unten?«, höre ich Josh fragen. Gerade in dem Moment, als ich bei meiner E-Mail-Bewerbung auf *Senden* drücke.

»Ich rette unsere Freundschaft. Das mache ich hier«, murmele ich und schaue auf die Uhr.

Es ist weit nach Mitternacht. Aber ich bin weder müde noch schlapp, sondern vollkommen wach.

»Da bin ich aber mal gespannt, wie du das anstellen willst«, sagt Josh und haut sich mit einer Cola aufs Sofa. »Dann schieß mal los, Schwesterherz!«

»Na ja, es ist so: Ich habe endlich auf Mum gehört und bin ihre verrückten Freundinnen besuchen gegangen. In ihrem heruntergekommenen Café. Und dann kam auch noch Amba mit beiden Nähmaschinen. Und daraus entstand die Idee, dass wir die Nachbarschaft einladen mitzunähen. Jeder kann eigene Stoffreste mitbringen. Alle lernen sich besser kennen und dabei entsteht ein riesengroßer Tagebuch-Quilt. Der erzählt dann eine Million Geschichten. Und das Ganze habe ich gerade eben als Projekt für den *Le Monde*-Wettbewerb eingereicht. Für Shive, Pen und mich.«

Joshs sieht mich eine Weile an und lässt dann einen seiner Riesenrülpser vom Stapel. Einen, der das Zeug hat, das ganze Haus aufzuwecken.

»Ist ja alles ganz hübsch, Em. Und Friede, Freude, Eierkuchen und all das. Aber wissen denn Pen und Shiva schon davon?«

Ich schlucke und schüttele den Kopf. Da trifft Josh natürlich einen Punkt.

»Na, dann mal viel Glück dabei! Ich glaub ja nicht, dass Pen und Shive so aufs Nähen stehen. Wollte Shive nicht was mit Bäumen machen und Pen irgendwas mit Basketball?«

»Ja, schon. Aber sie wollten sich jetzt überhaupt nicht mehr bewerben. Und das kann ich nicht zulassen. Weil unsere Freundschaft dann für immer auseinanderfällt. Pen geht nach Schottland. Und am Ende wechselt Shive auch noch die Schule, um seinen A-Level-Kurs in Jura belegen zu können. Es ist alles so furchtbar!«

Ich sehe zu Josh.

Der sagt nur: »Hört sich kompliziert an.«

Ich seufze. Das wusste ich schon.

»Pen und Shive müssen ja nicht unbedingt mitnähen, Josh. Sondern nur mit mir zusammen nach Paris fahren, für das Praktikum und jede Menge Savoir-vivre, you know. Das ist *die* Chance für uns!«

Josh zieht eine seiner Augenbrauen hoch und sieht mich höchst skeptisch an.

»Aber was soll ich denn sonst tun, Josh? Die beiden reden

nicht mehr mit mir. Sie reagieren nicht mal mehr auf meine SMS. Und das gab es noch nie.«

»Mmmh, du hast es wohl mit den beiden so richtig schön verkackt.«

Ich stöhne und sehe Josh böse an.

So böse, wie ich eben kann.

»Recht vielen Dank auch, Bruderherz. Das hilft mir jetzt wirklich sehr.«

»Da hilft nur noch etwas sehr Krasses, Em. Du musst etwas richtig Krasses tun! So wie Shive, als er dir im Miss-Piggy-Kostüm ein Gedicht vorlesen wollte.«

»Das hast du doch nicht mal mitgekriegt, du Möhre«, murmele ich und verdrehe die Augen.

Manchmal labert Josh aber auch wirklich einen Scheiß.

»Aber ich habe Bilder von ihm als Miss Piggy gesehen. Jede Menge Fotos, die mir Leute zugeschickt haben. Und kleine Frage, Schwesterlein: Ist Möhre jetzt wirklich die heftigste Beschimpfung, die du für mich zustande bringst?«

Ich grinse ihn an und nicke.

»Dir ist wirklich nicht mehr zu helfen. Du bist so ein Gänseblümchen. Aber zum Glück hast du ja mich. Den besten Möhrenbruder überhaupt.«

Und dann legt Josh los und hört erst mal nicht mehr auf zu reden. Weil er plötzlich findet, dass ich einen Brief schreiben soll. Einen an Shive und Pen. Aber keinen, den ich per Post verschicke, wie normale Menschen. Sondern einen, der abgedruckt wird. In den *Universal News* nämlich. Die müsste ich ja schließlich sowieso noch fertig formatieren. Sonst wäre das ein Hochverrat an unserer Freundschaft.

Meint Josh jedenfalls.

Generell finde ich seine Idee gar nicht so schlecht.

Aber Josh hat da an ein paar Dinge nicht gedacht:

1.) Ich habe keine Ahnung, was ich in einem solchen Brief schreiben sollte. Was ich bisher zu ihnen gesagt habe, hat mich nur noch mehr in Schwierigkeiten gebracht.
2.) Ich bin mir sicher: ALLE an der Schule werden das lesen. Wirklich alle. Außer Pen und Shive.
3.) Die ganzen gesammelten Artikel für die nächste Zeitungsausgabe sind auf meinem Computer im Schreibkabuff gespeichert. Und wer wollte immer, dass ich meine Dokumente endlich mal in einer verdammten Cloud ablege?
4.) Natürlich Pen und Shive.

»Also, manchmal glaube ich ja schon, dass du noch im Mittelalter lebst, Em. Eine Cloud ist jetzt ja nicht gerade die allerneuste Erfindung!«, mosert Josh, während er sich seine Jacke anzieht.

»Wo willst du denn jetzt noch hin?«, frage ich, als er schon in der offenen Tür steht.

»Na ja, wofür hat man denn einen mutigen großen Bruder, der über die Maßen viele Talente hat? Ich werde jetzt in eure Schule einbrechen. Und deine Artikel hier draufladen. So was hast du schon mal gesehen, oder?«

Er hält den USB-Stick an seinem Schlüsselbund hoch.

»Habe ich natürlich! Aber du brichst jetzt nicht wirklich in unsere Schule ein, oder?«

Mein Herz pumpt wie verrückt. Ich kann es nicht fassen.

»Jetzt mach dich mal locker, Em. Wofür habe ich denn den Schulschlüssel? Aus der Zeit, als ich Schulsprecher war, von dem ich dachte, ich hätte ihn verloren?«

Josh grinst mich an.

Ich grinse nicht zurück.

»Du kannst doch nicht ... Ich meine, was, wenn dich jemand sieht und ... Das ist doch verboten!«

»Verboten ist vieles, Em. Zum Beispiel, mit anzusehen wie

eure Freundschaft vor die Hunde geht. Und im Ernst: Ein Hochsicherheitsgefängnis ist die *Notting Hill Grammar* ja auch nicht gerade. Außerdem mache ich das doch nicht alleine, du Schisser hoch drei. Rob kommt mit und steht Schmiere. Er war noch wach und am Zocken, als ich ihm eben eine Nachricht geschrieben habe. Der hat so was schon öfters gemacht, und außerdem …«

»Und außerdem was?«, frage ich und kann es nicht glauben, dass Josh hier anscheinend nicht nur labert. Sondern dass er wirklich vorhat, sich in unsere Schule einzuschleichen. Mitten in der Nacht.

Das ist eigentlich so gar nicht seine Art.

»… außerdem schuldet er dir noch was. Nach all seinen bescheuerten Sprüchen über die Jahre.«

Ich seufze und nicke. Da hat er natürlich vollkommen recht.

»Aber soll ich nicht lieber mitkommen, Josh?«

»Um was zu tun, Em?«, fragt mein Bruder und lacht laut auf. »Um ständig die Zeit hochzurechnen, die wir brauchen? Und uns den aktuellen Sekundenstand zuzurufen, bis doch jemand Wind davon bekommt? Oder um irgendwann bei der Polizei deinen eigenen Einbruch zu melden? Weil du schon beim Zusehen vor Schuldgefühlen stirbst? Lass das mal Rob und mich machen, Schwesterherz. Und schreib du so lange an deinem Freundschaftsroman.«

28

Und dann, wenn alles nach Plan läuft,
berühren wir den Himmel
Emily Dickinson

Liebe Pen, lieber Shive,
dass ihr nicht mehr mit mir reden wollt, kann ich verstehen.
Wirklich.
Aber vielleicht lest ihr das hier ja.
Schließlich steht es in unserer Zeitung. ☺
Ich komme mir gerade vor wie ein einzelner Mühlestein, der übers Spielbrett zieht. Von Linie zu Linie. Von Knotenpunkt zu Knotenpunkt. Und dabei ergibt das ganze Spiel überhaupt keinen Sinn mehr.
Ich habe nämlich festgestellt: Ich bin nur komplett mit euch beiden.
Wenn unsere drei *Mühlesteine nebeneinanderstehen.*
Und ja, Pen, du hast recht, die Regeln sagen, dass man Mühle nur zu zweit spielen kann. Aber das war uns immer egal und wir spielten es einfach zu dritt.
Bis jetzt jedenfalls.
Ohne euch ist es so, als hätte man mir mein Herz geschreddert, filetiert oder an die Wand getackert.
Oder alles zusammen.
Ihr seid beide mehr als Freunde für mich.

Ich liebe euch beide.
Und wirklich: Ich wollte euch nicht auf den Arm nehmen, als ich die Formel X=♡ auf die Tafel schrieb.
Ich behaupte auch nicht, dass ich damit die Formel des Lebens gefunden habe oder so.
Weil: Was weiß ich schon? Ich bin ein Nerd, eine, die mehr Zeit auf ihrem Näh-Back-und-Knobel-Planeten verbringt als anderswo.
Und niemand weiß das besser als ihr.
Herzgeschreddert, wie ich bin, lasse ich jetzt wohl lieber richtige Poeten zu Wort kommen.
In diesem Fall eine andere Emily. Nämlich Emily Brontë. (Sorry Shive):

»Liebe ist wie der wilde Rosenstrauch, Freundschaft wie Holly, die Stechpalme. Die Stechpalme ist nichts, wenn die Rose blüht. Aber welche blüht länger?«

Ich weiß: Es gab an der Schule viel Gerede über Sterne und Heiraten und wer mit wem und überhaupt.
Aber ich bin zu dem Entschluss gekommen: Lasst uns einfach nur Stechpalmen sein! Holly forever! In guten wie in schlechten Zeiten. Bis dass der Tod uns scheidet. Und auch, wenn es ultrakitschig klingt, und auch auf die Gefahr hin, dass sich alle über mich lustig machen, bis ans Ende meiner Tage, möchte ich euch einladen:

Zum »Marry-Yourself-Event«
Am 19. Dezember
An einem Ort, den ich euch noch schreiben werde.

Bitte seid da. Ohne euch bin ich verloren.

Eure Em

PS: Ich habe uns doch noch beim Le-Monde-*Wettbewerb angemeldet. Mit dem schrägsten Näh-Back-und-Knobel-Projekt, das ihre euch vorstellen könnt. Aber hey, drei gemeinsame Wochen Paris: Die können wir uns doch nicht entgehen lassen!*

PPS: Eine Ausgabe der Universal News *alleine zusammenzuflicken ist echt harte Arbeit! Ich warte auf euch in unserem Zeitungskabuff.*

* * *

»Du hast jetzt aber nicht die ganze Nacht hier am Computer gesessen, oder? Und weißt du, wo dein Bruder ist?«

Ich drehe mich im Computersessel um 180 Grad.

Mum steht im Bademantel mit Handtuch-Turban und einer dampfenden Tasse Kaffee vor mir.

Ich schaue auf die Uhr. Es ist kurz nach sieben.

Draußen ist noch dunkle Nacht.

»Frage eins: Ja. Frage zwei: Nein«, antworte ich und strecke mich ausgiebig.

Jeder einzelne Muskel in meinem Körper schmerzt.

Aber es hat sich gelohnt, die Nacht durchzumachen: Nach unzähligen Entwürfen bin ich mit meinem Brief an Pen und Shive jetzt einigermaßen zufrieden.

Ich sollte öfter schreiben statt schlafen.

Vor ein paar Stunden kam ich nämlich sogar noch auf die geniale Idee mit dem »Marry-Yourself-Event«. Und das nur, weil ich heute Nacht während des Schreibens immer wieder auf unser Bücherregal starrte, das wegen massiver Überfüllung aus allen Fugen platzt.

Irgendwann entdeckte ich eines dieser Eso-Bücher von Nelle, mit dem Titel: »Hör auf zu suchen und heirate dich selbst!«

Josh und ich machen uns ja eigentlich immer darüber lustig,

wenn Nelle wieder eins dieser Selbsthilfebücher anschleppt. Von einem der Bücherflohmärkte in Notting Hill.

Aber in diesem hier steht nicht nur dummes Zeug.

Die Autorin sagt, dass man sich erst mal selbst annehmen und lieben muss, bevor man überhaupt bereit ist für eine Beziehung. Und nach sehr viel Blabla schlägt sie schließlich vor, dass man eine richtige Hochzeit veranstalten soll. Eine mit Einladung und Gästen, mit Essen, Musik, Liebeserklärung an sich selbst und allem Drum und Dran.

Ich weiß nicht, ob es an meinem Mangel an Schlaf lag oder an meiner Verzweiflung im Allgemeinen. Aber ich fand, dass das genau das Richtige wäre für Shive, Pen und mich.

»Also, in diesem Haus macht ja wohl jeder, was er will«, murmelt Mum, während sie einen Topf Porridge aufsetzt. »Josh hat nicht mal eine Nachricht hinterlassen, wann er gedenkt wieder da zu sein.«

»Aber das wolltest du doch, Mum. Kinder, die machen, was sie wollen, und eigenständig sind. Und Josh ist ja wohl die Bravheit in Person. Der würde nie was Dummes tun oder so ...«

Ich starre auf den flimmernden Bildschirm. Jetzt darf ich mich nicht verplappern.

»Wahre Worte, mein Kind. Manchmal ist mir mein Sohn ja fast zu brav. Genau genommen eure ganze Generation. Wenn ich daran denke, was wir früher immer so angestellt haben, Sanders, Nelle, ich und der ganze Club vom Café. Und klar, Eigenständigkeit ist eine tolle Sache. Aber dass man seiner alten Mutter nicht mehr sagt, wo man sich herumtreibt, ist dann doch etwas zu viel.«

Ich stehe auf und kippe dabei fast vornüber, weil meine Beine von der ganzen Sitzerei eingeschlafen sind. Ich kann mich gerade so zur Küchentheke schleppen und lasse mich auf einen der Hocker fallen.

Mum schenkt mir eine Tasse Kaffee ein.

Anscheinend bin ich heute ihr Lieblingskind. Wegen des vielen Milchschaums obendrauf.

»Und vergiss heute Abend Pheebs' Weihnachtsauftritt nicht, Em, ja? Sie rechnet fest mit dir!«

»Natürlich nicht. Amba und ich haben ihr doch extra was genäht. Sodass Pheebs als waschechter Hip-Hop-Stern auftreten kann und nicht mit dem viel zu kleinen Trikot! Ich gebe es ihr dann als Überraschung direkt vor der Aufführung.«

Ich zeige zur Garderobe, wo Pheebs' Sternenkostüm hängt.

Mums Augen leuchten auf.

Ich will gerade aufstehen, um ihr das Trikot zu zeigen, als Josh plötzlich in der Tür steht. Mit abstehenden Haaren und krassen Augenringen.

»Also sag mal, mein Sohn. Wo kommst du denn bitte schön her um die Zeit!?«, ruft Mum.

Man merkt ihr genau an, dass sie streng sein will.

Aber vor Erleichterung strahlt sie übers ganze Gesicht.

»Ja, also ... lange Geschichte«, sagt Josh. »Ich war mit Rob unterwegs ... und wir mussten ... na ja, wir haben im Volvo übernachtet, weil ... Es gab einen Notfall, sozusagen.«

»Ein Notfall, aha«, murmelt Mum und schenkt noch eine dritte Tasse Kaffee mit irre viel Milchschaum ein. »Vielleicht ist es besser, wenn ich nicht weiß, wo ihr Jungs euch so rumgetrieben habt heute Nacht. Aber bitte: Schreib nächstes Mal einen Zettel. Oder sag wenigstens deiner Schwester Bescheid.«

Ich sehe zu Josh.

Jetzt zwinkert der mir zu und grinst mich fett an. »Mach ich, Mum. Versprochen! Ist doch klar. Du weißt doch: Ich bin schließlich der bravste Sohn, den du hast. Ach, Em, und bevor ich es vergesse: Hier ist der USB-Stick! Den wolltest du doch von mir leihen!«

29

VÖLLIG UNNÜTZES WISSEN:
Der Rekord im Nicht-Schlafen liegt bei 11 Tagen

Nach der USB-Stick-Übergabe machte ich wie auf Autopilot Folgendes:

1.) Ich lud die Zeitungsartikel vom Stick auf den Computer.
2.) Bat Mum, alles Korrektur zu lesen.
3.) Stellte dabei fest, dass meine Mum verdammt schnell lesen kann. Und dass sie anscheinend wirklich jede Menge Ahnung vom Schreiben hat.
4.) Duschte schnell und trank eine weitere Tasse Kaffee.
5.) Formatierte alles, so gut es eben ging. Ich meine, hey: Das Leben ist ja auch nicht perfekt!
6.) Fügte den Text meines Briefs ein. Direkt auf der ersten Seite. Weil Josh meinte, dass die meisten sowieso nie mehr lesen als das. Vielleicht nicht mal Pen und Shive.
7.) Stellte unsere Zeitungsausgabe Nummer 49 online.
8.) Tanzte mit Mum und Josh für ein paar Minuten unseren »Feiertanz«. Den zu »We Are the Champions« von Queen.
9.) Stolperte über den Staubsauger-Roboter, der gestern anscheinend endlich angekommen war.

10.) Lungerte eine Weile auf dem Fußboden herum.
11.) Aber Mum und Josh brachten mich anscheinend irgendwann ins Bett.

Denn dort liege ich nun. Seit mehr als drei Stunden. Geschlafen habe ich nicht mehr als eine. Weil ich immer noch total aufgedreht bin.

Und die ganze Zeit überlege ich, ob es nicht doch ein Fehler war mit dem Brief, den gerade wahrscheinlich die ganze Schule liest.

Und wenn es ganz blöd läuft, Pen und Shive eben nicht.

Außerdem muss ich mal wieder feststellen, wie unfassbar hellhörig unser Haus ist. Und was für ein Pech ich habe, dass unser einziges Badezimmer direkt neben meinem Zimmer liegt.

Erst ging nämlich Sanders duschen und föhnte sich sogar. Obwohl er eine Halbglatze hat und nur hinten ein paar längere Löckchen.

Dann duschte Nelle auch noch und ließ ständig ihre Shampooflasche in die Wanne fallen. Ganze fünf Mal.

Und vor ein paar Minuten fing auch noch Pheebs an zu duschen. Und Pheebs duscht morgens eigentlich nie.

Außerdem stellte Josh auf der anderen Seite seine Musik auf Turbo. Weil er dabei anscheinend am besten für seine Prüfungen lernen kann.

Bisher hat er auf keines meiner Klopfzeichen reagiert. Ich bin mir sicher: Josh lernt nicht. Der schläft wahrscheinlich tief und fest.

Und dann steht plötzlich Mum in meinem Zimmer. Mit meinem Handy in der Hand.

»Ich wollte dich nicht wecken, Em. Aber Shive ruft schon zum dritten Mal heute Morgen an. Es scheint wirklich dringend zu sein!«

Ich sitze direkt senkrecht im Bett und mein Herz beschleunigt von null auf zweihundertzehn.

Meine Finger zittern, während ich Shive zurückrufe.

Ich mache mich auf das Schlimmste gefasst: Nämlich, dass er gerade den Brief gelesen hat und mich nie wieder sehen will.

»Kannst du kommen, Em? Ins *St Mary's Hospital*? Sunyata ist auf einer Fortbildung und hat ihr Handy auf stumm. Und meine Eltern kommen erst morgen aus Jaipur zurück und ... und ... ich weiß nicht, was ich tun soll«, höre ich Shive ins Telefon flüstern. Seine Stimme ist angeschlagen und er klingt so gar nicht wie Shive.

Sondern nervös und unsicher und überhaupt nicht gut.

Ich springe aus dem Bett und ziehe mir einhändig meine Trainingshose an.

»Natürlich komme ich. Geht es dir gut, Shive? Was ist passiert?«

»Mit mir ist alles gut«, antwortet er leise. Und für ein paar Sekunden ist es still auf seiner Seite. Im Hintergrund höre ich nur ein regelmäßiges Piepen von irgendeinem sehr lauten Gerät. »Aber mit Amba leider nicht.«

»Bin in spätestens fünf Minuten da, Shive. Warte auf mich«, sage ich, während ich versuche, mit einer Hand meine Strickjacke anzuziehen.

»Ich geh hier nicht weg. Amba braucht mich. Und ich dich.«

»Ich fliege.«

»Danke. Wenn ich das jemandem zutraue, dann dir.«

Ich will noch etwas antworten, aber Shive hat schon aufgelegt.

Als ich mein Handy in die Tasche meiner Strickjacke schiebe, merke ich erst, wie stark meine Hände zittern. Und fliegen wäre wirklich angebracht. Weil meine Knie gerade weicher sind als Crème brûlée.

Als ich kurz darauf in Trainingshose, Sanders' Jacke, Mums

Moonboots und Pheebs' bescheuerter Faultiermütze mit Blinkfunktion die Haustür hinter mir zuhaue, denke ich, dass ich zwar mit dem Schlimmsten gerechnet habe.

Aber dass es anscheinend immer noch schlimmer geht.

* *

»Gehören Sie zur Familie?«, fragt mich die Krankenschwester an der Rezeption, als ich vollkommen außer Atem nach Ambas Zimmernummer frage.

»Nein«, murmele ich und bereue es sofort.

Weil Krankenschwester Magda jetzt den Kopf schüttelt und mir erzählt, dass nur Familienangehörige zu Amba dürfen.

Ich versuche, ihr zu erklären, dass ich quasi doch zur Familie gehöre. Und Großmutter Amba mich sogar ihre Enkelin Nummer 22 nennt.

Aber Krankenschwester Martha gibt nicht nach. Sondern sagt, dass ich mich stattdessen gerne in den Wartebereich setzen kann.

Ich lasse mich auf einen der orangen Plastikstühle fallen und schreibe Shive mindestens zehn Nachrichten, dass ich da bin, aber nicht reinkomme zu Amba und ihm. Und dass er sich dringend was einfallen lassen muss.

Aber Shive muss sein Handy ausgeschaltet haben.

Weil meine Nachrichten nicht ankommen und immer nur ein Häkchen erschient statt zwei.

Nach 17 Minuten im Wartezimmer besorge ich mir vor lauter Nervosität ein paar Sachen aus dem Automaten. Zum Glück hatte Sanders ein paar Pfundstücke in seiner linken Jackentasche.

Also esse ich:

1.) Eine Packung Essig-Chips
2.) Eine XXL-Tüte M&Ms
3.) Eine Schachtel mit diesen lila Perlen drin.
4.) Obwohl ich die eigentlich hasse.

Aber was tut man nicht alles, wenn man nicht weiß, wohin mit sich.

Dann habe ich die Warterei so was von satt und beschließe, dass Josh recht hat. Dass nämlich einige Regeln vollkommen bescheuert sind.

Vor allem die, dass man nur von Verwandten besucht werden darf, obwohl man vielleicht im Sterben liegt.

Und endlich zeigt sich Vorteil Nummer fünf meiner Körpergröße von einem Meter vierundfünfzig: nämlich dass man sich ohne große Probleme an einer durchschnittlich hohen Rezeptionstheke vorbeischleichen kann, ohne dass das jemand merkt.

30

»Hoffnung« ist das Ding mit Federn –
Das lässt sich in der Seele nieder –
Und wortlos singt es Melodien –
Und nie verstummt es – jemals wieder –
Emily Dickinson

Zum Glück bin ich ja lernfähig.

Deswegen habe ich dem Pfleger auf dem Gang eben auch erzählt, dass ich eine Enkelin von Amba Lal bin. Und die jüngste Schwester von Shiva Lal.

Als ich mich in den Besucherzettel eintragen muss, behaupte ich, dass ich Priyanka Lal heiße. Wie Priyanka Chopra Jonas, die berühmte Bollywood-Schauspielerin.

Ein anderer indischer Vorname fiel mir in dem Moment nicht ein.

Daraufhin sagte mir der nette Pfleger nicht nur, dass er Bollywood-Filme lieben würde und in welchem Zimmer Amba liegt. Sondern er brachte mich sogar direkt dorthin.

Jetzt stehe ich vor Tür 167 und starre seit mindestens drei Minuten diese Ziffern an.

Die 1, die 6 und die 7.

Das gibt die Quersumme 5. Und die 5 ist eine Primzahl.

Aber das hilft mir jetzt auch nicht weiter.

Stattdessen wird mir wieder mal klar, wie sehr ich Krankenhäuser hasse. Spätestens seit der Zeit, als ich mit sieben meine Mandeln rausgenommen bekam und es die Tage danach ÜBERHAUPT NICHT jeden Tag Eis gab, so wie es alle behauptet hatten.

Es gab nämlich nur Pudding mit künstlichem Vanillegeschmack.

Doch hinter dieser Tür 167 liegt meine Amba. Und Amba werden mit Sicherheit nicht nur die Mandeln herausgenommen.

Ich blöde Kuh habe sie gestern auch noch bis nach Ealing ins *Madame Lou & Woolve* geschleppt.

Na ja, nicht direkt ich. Aber Mum.

Okay, das Taxi hat sie dorthin gefahren.

Also ist eigentlich das Taxi schuld.

Ich atme tief ein. Und dabei wird mir noch ein bisschen mulmiger, als mir sowieso schon ist.

Wegen Amba. Aber auch wegen des Krankenhausdufts aus Putzmittel, Pflasterklebstoff und verkochten Möhren.

* * *

»Du bist da!«, flüstert Shive, als ich schon direkt neben ihm stehe. Seine Augen blitzen auf.

Die ganze Zeit, die ich von der Tür bis hierher brauchte, hat er Amba nur beim Schlafen zugesehen und ihre Hand gehalten.

Amba liegt unter einer dieser gestärkten Krankenhausdecken

und ist von allen Seiten verkabelt. Und neben ihr piept dieses Gerät. Wie vorhin am Telefon schon.

Ambas lange graue Haare sind über das ganze Kissen ausgebreitet und ihr Gesicht wirkt schmaler als sonst.

»Natürlich bin ich hier. Was denkst du denn, Shive!? Ich lass euch hier doch nicht allein. Aber was ist denn passiert? Es ist ihr Herz, oder?« Mir ist ganz kalt, obwohl Sanders' uralte Jacke mit echtem Schaffell gefüttert ist.

Ich sehe mich kurz um und quetsche mich schließlich zu Shive auf den Stuhl. Weil es in diesem Zimmer keinen zweiten Stuhl gibt.

Und weil mir genau danach ist. Direkt neben Shive zu sitzen.

»Sie wissen es noch nicht genau. Jedenfalls haben sie Amba heute Morgen direkt in Kurznarkose versetzt, um sie zu untersuchen. Jetzt werden die Befunde ausgewertet.«

»Und seit wann seid ihr hier?«, frage ich und lasse den gestrigen Abend an mir vorbeiziehen. Abgesehen von ihrem schweren Atmen war Amba gestern im *Madame Lou & Woolve* noch ziemlich fit. Sie schimpfte mit den Ladys, was das Zeug hielt, wenn sie nicht geradeaus nähten oder die Stoffquadrate nicht fein säuberlich zuschnitten.

»Ich habe tief und fest geschlafen und wachte auf, weil Amba nach mir rief. Heute Morgen, so gegen halb vier. Sie klagte über starke Schmerzen im Bauch und in der Brust. Und darüber, dass sie schwer Luft bekäme. Ich konnte Sunyata nicht erreichen, also hab ich den Krankenwagen gerufen. Und seitdem sind wir hier.«

Shives Unterlippe ist rau und aufgesprungen, und seine Wangen wirken so eingefallen, als hätte er seit Tagen nichts mehr gegessen.

Ich lege meine Hand auf seine.

Shive atmet tief durch. »Em, es tut mir so leid, dass ich mich nicht gemeldet habe ... auf deine Anrufe ... aber ich war einfach überfordert mit allem ... du hast vollkommen recht, mit den Stechpalmen und ...«

»Schhh, lass gut sein«, flüstere ich und umschließe drei Finger seiner Hand. »Ich bin ja froh, dass du wenigstens jetzt angerufen hast. Ich bin bei dir.«

Shive lächelt mich an und nickt.

Und ich lege meinen Kopf auf seiner Schulter ab. So, als wäre es das Natürlichste auf der Welt.

»Soll ich dir noch schnell was zu essen holen? Oder wenigstens einen Tee?«, frage ich. Obwohl ich gerade wirklich nicht weg will von hier.

»Nein«, antwortet Shive leise und legt seinen Kopf sanft auf meinen. »Bleib einfach hier, Em. Das ist alles, was ich gerade brauche.«

* *

»Und was denkt ihr beiden Nasen eigentlich, was ihr hier gerade tut?«, ruft eine Stimme, die mir bekannt vorkommt.

Ich öffne die Augen. Sunyata steht vor mir.

Und neben ihr ein Pfleger, der mir auch bekannt vorkommt.

Ich sehe mich um und frage mich, wo ich bin. Aber dann fällt es mir wieder ein. Ich bin im *St Mary's Hospital.*

Auf dem zweiten Bett in Ambas Zimmer. Neben Shive.

Panisch sehe ich zu Amba. Die weiße Krankenhausdecke hebt und senkt sich noch.

Das heißt, sie lebt. Und das ist schon mal verdammt gut.

»Beruhig dich, Sunyata! Wir haben uns nur ein bisschen ausgeruht, Em und ich. Sonst nichts«, murmelt Shive und setzt sich auf dem Bett auf.

Auf dem Bett, auf dem wir BEIDE bis eben gelegen haben.

ARM in ARM.

Genau genommen lag Shive hinter mir und hatte seinen Arm um meine Hüften gelegt. Eigentlich LÖFFELTEN wir also.

Und jetzt erinnere ich mich auch wieder, wie das kam: Irgendwann hatte ich für mich und Shive doch noch Tee und Snacks besorgt. Und als ich zurückkehrte ins Zimmer 167, da lag Shive auf dem zweiten leeren Bett an der Wand. Er murmelte, dass ich mich ja dazulegen könnte, wenn ich wollte. Weil wir ja gerade sowieso nichts machen könnten für Amba. Außer uns auszuruhen und ein wenig zu beten vielleicht.

Und ich wollte sehr gern.

Shive murmelte eine Weile mit geschlossenen Augen Mantren vor sich hin. Und eine Weile murmelte ich sogar mit.

Obwohl sich das bei mir eher wie »Summ, summ, summ« anhörte als wie ein Gebet.

Und dann schliefen wir wohl ein.

Arm in Arm und so unfassbar schnell, dass ich mir darüber gar keine weiteren Gedanken machen konnte.

»Hier entscheide immer noch ich, wann ich mich beruhige, Shiva Lal«, sagt Sunyata und legt ihren Handrücken auf Ambas Stirn. »Unsere Großmutter hatte einen Herzanfall, und mein Bruder und sein Schwarm haben nichts Besseres zu tun, als rumzukuscheln und …«

»Aber seid ihr beiden denn nicht Geschwister? Priyanka und du?«, fragt jetzt der Pfleger und sieht verdattert zu Shive und zu mir.

»Nein, also. Das nicht … aber unsere Sterne stehen ungemein gut! Und ihr Name ist nicht Priyanka. Wie kommen sie denn darauf? Das ist Shortbread, ich meine, sie heißt eigentlich Em«, sagt Shive und sieht abwechselnd zu dem Pfleger und mir.

Sunyata verdreht die Augen.

Der Pfleger murmelt: »So, so. Eure Sterne stehen also gut.«

Und dann schmunzelt er vor sich hin. »Aber vielleicht solltet ihr beiden Sternschnuppen eure Lügen besser absprechen. Sonst fliegt ihr hier nämlich auf!«

»Das ist alles meine Schuld«, sage ich, während Sunyata, Shive und ich mit lauwarmem Hagebuttentee auf Ambas Bett sitzen und darauf warten, dass sie endlich aufwacht. »Gestern am Telefon sagte sie noch, dass sie so viel um die Ohren hat. Und dann hat Mum sie überredet, mir im Café zu helfen, weil ich so verzweifelt war und ...«

»Jetzt mach dir darüber bitte keinen Kopf, Em! Wenn überhaupt, dann ist euer Gerede darüber, wie ihr beerdigt werden wollt, schuld an Ambas Zustand. Ich habe noch nie so morbide Teenager getroffen wie euch«, sagt Sunyata und tätschelt Ambas linke Hand.

Der Kloß in meinem Magen schwillt an, als wäre er aus Hefeteig. Ich starre Sunyata an. Sie hat ja so was von recht. Warum mussten wir uns in letzter Zeit ausgerechnet darüber unterhalten, welche Musik bei welchem Begräbnis laufen soll?

Sunyata sieht mich an, schüttelt den Kopf und zwinkert mir zu.

Ich atme erleichtert auf. Wann Sunyata etwas ernst meint und wann nicht, habe ich immer noch nicht raus.

»Wenn überhaupt, dann sind Bruce und ich schuld an Ambas Zustand«, murmelt Sunyata kurz darauf. »Unsere ganzen Streitereien gingen ihr total an die Nieren. Vor ein paar Tagen hat Bruce nämlich noch mal all seine Jobpläne über den Haufen geworfen. Er will jetzt nicht mehr professioneller Ansteher oder Wasserrutschentester werden, sondern Busfahrer, und er hat sich schon für die Prüfung angemeldet. Und dann bin ich ausgerastet und hab Schluss gemacht. Aber ich hatte ja keine Ahnung, wie sehr Amba diesen Dickkopf in ihr Herz geschlossen hat. Anscheinend nimmt sie das alles sehr mit.«

»Und wie ist da jetzt der Stand? Zwischen Bruce und dir?«, fragt Shive, streckt sich ausgiebig und gähnt dabei. »Bei euch kommt man ja gar nicht mehr mit. Einzug, Auszug, tägliche Lieferungen vom Blumenlieferanten und dann fliegt wieder Geschirr durch die Luft.«

Sunyata seufzt tief und sieht aus dem Fenster.

»Bruce und ich, das wird nichts mehr. Dieser Typ denkt seit Monaten nur an sich und seine Dramen. Und manchmal, ganz manchmal auch an mich. Immer dann, wenn er Angst hat, dass er mich verlieren könnte. Das ist doch keine Liebe, das ist ...«

»Physik!«, murmele ich und streichle über Ambas Hand.

»Ganz genau, Em. So ist es!«, ruft Sunyata und sieht mich überrascht an. »Das ist Physik. Sonst nichts.«

Shive sieht mich von der Seite an.

Ich vermeide seinen Blick.

»Manche Menschen haben es eben einfach nicht so leicht mit ihren Gefühlen. Habt ihr schon mal daran gedacht?«, murmelt Shive und zieht sich die Kapuze seines Hoodies über den Kopf. »Es gibt Menschen, die brauchen Zeit, um ... jedenfalls kann da ein kleiner Weckruf nicht schaden!«

Shives und mein Blick treffen sich kurz.

Aber dann kümmere ich mich doch wieder um meine Tasse Hagebuttentee. Die ist unkomplizierter.

»Na, den hat Bruce bekommen, den Weckruf. Als ich ernst gemacht habe und ausgezogen bin«, sagt Sunyata und tupft mit einem Waschlappen Ambas Stirn ab. »Ich glaube mittlerweile, dass wir einfach nicht zusammenpassen. Ich wünschte, er würde für etwas brennen. Oder mal was für andere tun. Und abends nicht nur vor dem Fernseher abhängen zum Beispiel ...«

»Hast du ihm das schon mal gesagt?«, frage ich, nehme einen großen Schluck Tee.

»Ach, weißt du, Em. Reden wird doch vollkommen überbewertet, wenn ihr mich fragt. Auf manche Dinge muss man selbst kommen, wenn man mit mir zusammen sein will. Ich erkläre doch meinem Date auch nicht, wie er … wie er mich zum Beispiel küssen soll, oder?«

»Warum eigentlich nicht? Wenns hilft?«, sagt Shive und kichert vor sich hin. »Denn sonst darfst du ab jetzt nur noch hellsichtige Männer daten, Sunyata. Und mit einem Hellseher sehe ich dich jetzt nicht gerade zusammenziehen. Allein schon die Kristallkugel! Du hasst doch Rumsteh-Zeug, das man abstauben muss!«

Mittlerweile lacht sich Shive halb schlapp.

Und mir wird ganz warm ums Herz, ihn endlich mal wieder so fröhlich zu sehen.

Sunyata lacht sogar für ein Weilchen mit, aber gibt dann einen scharfen Zischlaut von sich. Dabei sieht sie ihren Bruder so streng an, wie nur Sunyata es kann.

Shive hört auch gleich auf zu lachen und murmelt: »Wenn einer schuld an Ambas Zustand ist, dann bin ja wohl ich das. Vor ein paar Tagen habe ich ihr noch vorgeworfen, dass sie Jadoo Shan kontaktiert hat. Wegen Ems und meines Horoskops, ohne uns vorher zu fragen … ich meine, wir sind gerade mal sechzehn und siebzehn und viel zu jung, um …«

Shive stockt und sieht mich erschrocken an.

Anscheinend hat er für einen Moment vergessen, wer gerade neben ihm sitzt.

»Schuld, schuld, schuld!«, sagt plötzlich Amba und öffnet die Augen. »Die ganze Zeit über höre ich nur *schuld*! Ist das denn die Möglichkeit? Ihr streitet euch darüber, wer verantwortlich für meinem Zustand ist? Wenn überhaupt, dann ist es ja wohl meine

Verantwortung, dass ich hier bin. Ist schließlich mein Körper, der gerade im Krankenhaus liegt. Was hat das bitte schön mit euch zu tun?!«

Wir starren Amba an.

Und dann können wir uns alle nicht mehr halten und lachen und weinen und küssen sie ab. Alles auf einmal.

* * *

»Du warst die ganze Zeit über wach und hast uns zugehört?«, frage ich, nachdem Amba ungefähr einen halben Liter kalten Hagebuttentee getrunken hat.

»Natürlich, wann sonst hat man denn die Chance, zu hören, was seine Enkel *wirklich* denken. Ja wohl nur bei seiner eigenen Beerdigung. Aber da wird es dann schwer, euch danach den Kopf zu waschen.« Amba fängt an zu lachen, bis sie husten muss.

Wir drei beugen uns wieder über sie.

»Jetzt macht euch nicht solche Sorgen um mich. Sonst schicke ich euch gleich wieder nach Hause. Wahrscheinlich habe ich in meinem Leben nur zu viele Kaugummis runtergeschluckt und deswegen die Schmerzen«, sagt Amba. Dann sieht sie mich ernst an. »Es tut mir so leid. Ich hätte dir und Shive nicht erzählen sollen, was ich in den Sternen gesehen habe. Ich dachte ja nur ... vielleicht habe ich mich ja auch getäuscht, aber ...«

»Was *du* in den Sternen gesehen hast? Ich dachte, das war Jadoo Shan!«, ruft Shive und sieht Amba entsetzt an.

»Ja ... nein ... ach, es ist alles furchtbar kompliziert ...«, murmelt Amba und sieht dabei plötzlich aus wie ein Kind, das die Keksdose leer gefuttert hat.

Doch mehr sagt sie dann nicht mehr dazu. Weil der Pfleger wieder reinkommt. Und diesmal nicht allein, sondern zusammen mit der Ärztin und ihrem Befund.

Bevor die Ärztin zu Wort kommt, verkündet Amba, dass es jetzt höchste Zeit ist für Shive und mich, nach Hause zu gehen und ein bisschen zu schlafen. Wir wären schließlich schon seit Stunden hier.

Nur Sunyata darf bleiben. Sie wäre schließlich Ärztin und Ambas älteste Enkelin. Und kurz darauf stehen Shive und ich auch schon auf dem Gang.

Direkt vor der Tür mit der 1 und der 6 und der 7 drauf.

31

Mein Fluss strömt zu dir.
Willst du mich denn – Meer?
Emily Dickinson

Als Shive und ich bei uns im lila Haus ankommen, bin ich schon etwas enttäuscht. Ich hatte nicht nur gehofft, dass uns der Duft von Joshs veganem Bœuf Bourguignon entgegenströmt, sobald ich die Haustür öffne. Sondern ich war fest davon überzeugt. Weil Josh heute dran ist mit Kochen. Und ich so dermaßen hungrig bin, dass ich ein ganzes Tofu-Rind verspeisen könnte.

»Wo sind denn alle?«, fragt Shive und lässt sich aufs Sofa fallen. Murphy hüpft auf seinen Schoß und beschmust direkt seine Nase. Ein Kater ohne Hemmungen müsste man sein.

»Keine Ahnung. Das frage ich mich ja auch. Vielleicht sind sie essen gegangen, weil nichts mehr im Kühlschrank war, oder …« Mein Blick bleibt an dem glitzernden Sternentrikot an der Garderobe hängen.

Ich schlucke und mein Herz fängt wieder an zu rasen.

»Sorry, Shive, wir müssen gleich wieder los. Es geht um Leben und Tod!«

Ich schnappe Pheebs' Trikot und sehe auf die Uhr. Es ist kurz nach sechs. In zwanzig Minuten ist es zu spät.

»Wo willst du denn hin?«, ruft Shive und hechtet mir hinterher.

»Ich muss Pheebs ihr Sternen-Trikot bringen!«, rufe ich und überlege, in welche Richtung wir rennen müssen, um zum *Notting Hill Dance Studio* zu kommen.

Ich habe gerade mal wieder keine Ahnung, wo ich bin.

Shive hat zum Glück ein entspannteres Verhältnis zu diesem blauen Punkt auf seiner Handy-App, also rennen wir kurz darauf in Richtung *Portobello Market*. Aber nach ein paar Metern kann ich schon nicht mehr, und Shive schlägt vor, dass wir einen der E-Roller nehmen.

Leider bekommt er die App dafür nicht ans Laufen.

Und dann ist mir alles zu blöd und ich winke einem Taxi.

Mum würde die Krise bekommen, wenn sie davon wüsste. Weil die ja nicht gerade günstig sind.

Als endlich eins anhält, springe ich rein und rufe der Taxifahrerin *»Powis Square 127!«* zu.

Shive springt hinterher, bleibt aber mit seinem Fuß hängen und fällt direkt auf mich drauf. Und als wir schon auf der Höhe von *Ladbroke Square Garden* sind, lachen Shive und ich immer noch.

Shive hängt halb auf mir drauf, und ich bin ganz berauscht von der Müdigkeit, gemischt mit der Aufregung und der Nähe zu Shive.

Warum auch immer riecht er nach einer Mischung aus Lagerfeuer und Lakritz und seine Haare kitzeln mir im Gesicht. Gerade eben hätte ich Shive fast auf die Haare geküsst. So richtig lange und fest. Aber ich konnte mich gerade noch zurückhalten.

Ich beiße mir auf die Lippen und sehe nach vorn. Im Rückspiegel des Taxis treffen sich kurz die Blicke von der Taxifahrerin und mir.

Sie lächelt mir zu und sieht dann wieder auf den Wagen vor uns. Und dann stehen wir eine Weile im Stau.

»Jung müsste man wieder sein. Und verliebt«, sagt die Frau leise. Halb zu uns und halb zu sich selbst.

Shive räuspert sich. Ich halte die Luft an.

Und für ein Weile ist es im Taxi sehr still.

»Wir sind nicht …«, murmele ich und rücke ein ganz kleines Stückchen weg von Shive. »Wir sind nur Freunde, wissen sie? Wir sind keine Rosen. Die verblühen zu schnell.«

»Aha, verstehe«, sagt die Taxifahrerin und runzelt ihre Stirn.

»Genau, wer will schon eine Rose sein, wenn er eine Stechpalme sein kann«, sagt Shive und starrt aus dem Fenster. »Wusstest du eigentlich, dass die Stechpalme auf Botanisch *Ilex aquifolium* heißt? Und wusstest du, dass nur die weiblichen Sträucher der Stechpalme Früchte tragen können?«

»Wusste ich nicht«, antworte ich und grinse Shive an.

»Kann es sein, dass ihr beide wahnsinnig verkopft seid?«, fragt die Taxifahrerin nach einer kleinen Weile Stille und fährt wieder an. »Ich glaube, ihr solltet einfach mal weniger nachdenken und mehr rumknutschen. Lasst euch eins sagen von einer uralten Romantikerin: Ihr seid zwar noch jung, und ihr denkt, ihr habt noch alles vor euch. Aber das Leben ist nur ein riesengroßes Jetzt. Und manche Menschen treffen ihre große Liebe schon sehr früh im Leben.«

32

VÖLLIG UNNÜTZES WISSEN:

Verliebtsein halbiert die Häufigkeit von Kopfschmerzen

Shive und ich haben im Taxi natürlich nicht rumgeknutscht. Obwohl ich nichts dagegen gehabt hätte. Aber die Taxifahrerin hatte schon irgendwie recht, was die Verkopftheit angeht.

In meinem Fall jedenfalls.

Ob Shive auch gerne rumgeknutscht hätte, weiß ich nicht. Weil ich ja auch keine Kristallkugel habe.

Shive bekam im Taxi jedenfalls noch eine SMS von Sunyata.

Sie hatte wohl auch recht: Amba hat wirklich einen Herzanfall gehabt. *Angina pectoris* sagte Sunyata dazu. Immerhin keinen richtigen Infarkt, aber schlimm genug. Die Ärztin hätte gemeint, man müsste nicht operieren. Aber Amba solle etwas abnehmen und müsse Tabletten einnehmen.

Als ich hörte, dass Amba erst mal nicht operiert werden musste, fiel mir ein Kaugummiklumpen in der Größe einer Wassermelone vom Herzen.

Shive stöhnte so laut, als wäre es bei ihm ein kleiner Babyelefant.

Und für die letzten paar Meter im Taxi bis zum Ziel hielten wir nicht nur ein paar Finger, sondern die ganze Hand.

»Das hast du wirklich für mich genäht?«, fragt mich Pheebs, kurz nachdem Shive und ich hinter der Bühne des *Notting Hill Dance Centers* angekommen sind. Sie presst das Glitzer-Trikot an ihren Bauch und strahlt mich an.

»Klar, das war doch das Mindeste!«, sage ich und helfe meiner Schwester, das Sternenkostüm überzuziehen.

Ein Mädchen (verkleidet als Nussknacker) und ein Junge (verkleidet als Zuckerfee) rennen zu ihr und bewundern das neue Trikot für eine Weile.

Pheebs platzt fast vor Stolz. Und ich bin froh, weil ich anscheinend endlich mal was richtig gemacht habe.

Doch dann beginnt die Aufführung und Pheebs und die anderen Tänzer müssen sich hinter dem Vorhang aufstellen.

Shive und ich dürfen an der Seite beim Stromkasten stehen bleiben und von dort aus zusehen.

Als Pheebs auf die Bühne hüpft und ihr Hip-Hop-Tanz als Stern beginnt, erhasche ich einen Blick ins Publikum. Und ganz vorne, direkt in der ersten Reihe, da entdecke ich sie alle: Sanders, Nelle, Josh und Mum.

Ich schlucke, weil direkt neben Mum Amanda sitzt.

Und neben Amanda mein Dad.

Und dann beobachte ich etwas, das mich direkt noch mehr aufmuntert: Amanda hält Mum bei Pheebs' Eröffnungs-Solo ein Taschentuch hin. Als wäre es das Normalste der Welt.

Mum zögert kurz, lächelt sie dann aber an, nimmt das Taschentuch und tupft sich die Tränen weg. Und dann sehen sie Pheebs weiter beim Tanzen zu.

Beide mit einem kleinen Lächeln im Gesicht.

»Oh Shit! Doch nicht jetzt schon!«, ruft Shive. Gerade als der Mäusekönig seinen großen Auftritt hat.

»Was denn? Der ist doch jetzt mit Sicherheit dran ...«, sage ich und sehe zu Shive.

Aber Shive meinte wohl nicht den Mäusekönig.

Sondern die SMS, die gerade bei ihm reinkam.

»Pen schreibt, dass sie übermorgen schon wegmuss. Was machen wir denn jetzt?!«, murmelt Shive und starrt entsetzt auf sein Handy. Mein Herz friert ein und ich kann nichts sagen.

Shive versucht sofort, Pen anzurufen. Aber da ist die ganze Zeit über belegt.

Und dann kommt bei mir auch eine SMS rein. Die ist aber nicht von Pen, sondern von Madame Lou. Und in der steht: *Eine Freundin von dir war heute Nachmittag bei uns im Café. Sie hat einen Brief, ein Buch und eine uralte Nähmaschine hinterlassen. Ich glaube, sie hieß Helena, aber ich bin mir nicht sicher. Vielleicht war es auch ein anderer Name aus der griechischen Mythologie.*

»Wir müssen noch mal los«, murmele ich und ziehe Shive am Ärmel in Richtung Ausgang. »Pen hat mir einen Brief hinterlassen. Den muss ich sofort lesen. Dann wissen wir mehr.«

* * *

Als wir in Madame Lous Café ankommen, herrscht dort Hochbetrieb.

Die Nähwerkstatt wurde ins Erdgeschoss verlegt. Direkt auf die lange Tafel neben der Kuchentheke und der Kaffeemaschine.

Und um diese Tafel sitzen nicht nur die mir bekannten Ladys und nähen wie wild am Nachbarschafts-Quilt, sondern auch noch zwei Jungs in Pheebs' Alter, eine Frau mit umgebundenem Baby und ein Mann, der aussieht wie 205.

»Em, da bist du ja endlich. Wir haben dich den ganzen Tag

schon vermisst!«, ruft Madame Lou mir entgegen, als sie mich entdeckt.

Alle anderen sehen kurz zu uns und lächeln, widmen sich dann aber gleich wieder ihren Stoffen, ihrem Sitznachbarn oder ihrem Tee.

»Du hattest ja so was von recht! Dieses Café war heute so voll wie nie und das Nähen an diesem Tagebuch-Quilt … ich muss schon sagen … das könnte mir am Ende sogar noch Spaß machen.« Sie zieht zwei weitere Stühle an den Tisch und schiebt Shive und mich zu ihnen hin.

Kurze Zeit später stehen auch schon zwei Tassen Earl Grey vor uns und ein Teller mit den furchtbaren Keksen. Shive wird direkt von Mary angelernt, akkurate Stoffquadrate zuzuschneiden.

»Kann ich die Nachricht meiner Freundin lesen?«, frage ich Madame Lou und sehe mich im Café um.

Es sieht hier heute Abend richtig gemütlich aus mit all den Teelichten in Marmeladengläsern, die auf den Tischen stehen.

»Bring ich dir gleich, Mädchen«, murmelt Madame. »Aber davor wollte ich dir noch etwas Wichtiges sagen. Nämlich, dass wir das Café umbenennen wollen. Und zwar in *Emily's Place*. Dir zu Ehren.«

Ich verschlucke mich fast am Earl Grey und es wird schlagartig still im Café.

»Und? Was meinst du?«, fragt Mary und lächelt mich vorsichtig an.

Ich sehe zu Shive. Der grinst nur vor sich hin und schneidet weiter an seinem Baumwoll-Quadrat.

»Ja, also«, murmele ich und frage mich, was man sagt in so einem Fall. Wenn ein Café den eigenen Namen tragen soll. Auch wenn mich so gut wie niemand in meinem Leben Emily nennt. Außer Mr Miller und mein Zahnarzt.

Aber dann habe ich eine Idee.

»Ja, also, das alles ist natürlich eine Ehre. Wer hat schon seinen Namen in fetten Buchstaben über dem schrägsten Café der Stadt stehen. Und zum Glück gibt es ja noch andere Emilys, die wirklich was zu sagen hatten. Aber drei Bedingungen habe ich ...«

Alle starren mich an.

»Erstens, die Rezepte für Kuchen und Kekse, die suche ich aus. Zweitens, das Café heißt »Emily hoch 3«. Und Drittens: Ihr bringt mir jetzt endlich den Brief meiner besten Freundin!«

* *

Leider ist Pens Brief kein Brief. Sondern nur eine Karte mit Regenschirmen drauf. Und auf dieser Karte stehen genau 18 Worte. Und zwar diese hier:

»Eigentlich wollte ich dir beides zu Weihnachten schenken, Em. Aber dann bekommst du es eben schon jetzt. Pen«

Ich lese die Worte wieder und wieder. Aber davon werden sie leider auch nicht mehr. Und dass Pen nur *Pen* schreibt und nicht wie sonst immer *Deine Pen,* macht mich so richtig fertig.

Obwohl ich es natürlich verstehen kann.

»Und? Was schreibt sie?«, fragt Shive und streicht über die Nähmaschine mit eingelegten Perlmutt-Schnörkeln, die auf Madame Lous Cafétheke steht.

Es ist die Nähmaschine, die mir auf dem Flohmarkt so gut gefallen hat. Von dem Typen, der so unfreundlich zu Pen gewesen war. Pen muss später noch mal zu ihm hingegangen sein, um sie zu kaufen.

Ich schlucke.

Das hat Pen wirklich für mich getan. Trotz allem.

»Leider nicht viel«, sage ich leise und löse den Tesafilm vom gepunkteten Geschenkpapier des Päckchens, das sie mir auch noch dagelassen hat.

Als ich das Buch in Händen halte, verstehe ich erst nicht, was es ist. Ein Backbuch? Oder doch ein Gedichtband von Emily Dickinson? Doch dann sieht es auch wieder aus wie ein Tagebuch. Mit Fotos und Listen und Zeitungsschnipseln drin.

Nachdem ich eine Weile darin herumgeblättert habe, stelle ich fest, dass es beides ist. Ein Backbuch zu Emily Dickinsons Lieblingsrezepten. Weil sie anscheinend auch so gern buk wie ich. Und dazwischen sind ihre Gedichte. Und auch Fotos von Zetteln, auf denen vorne ein handgeschriebenes Rezept steht und auf der anderen Seite ein Gedicht.

Ich drücke das Buch an meine Brust und habe das Gefühl, dass es pulsiert. So als würde es leben.

Und dann kullern mir die Tränen nur so die Wangen runter. Weil Pen mich so gut kennt und weil ich wirklich nicht weiß, was aus mir werden soll, wenn sie nach Inverness geht.

»Was ist es denn?«, fragt Shive und umarmt mich fest.

Und während sein Hoodie meine Tränen aufsaugt, flüstere ich: »Es ist ein Buch *von* der Person, die mich besser kennt als ich. Und ein Buch *über* genauso einen Nerd wie mich.«

»Da müssen wir alle morgen früh gleich zusammen hin!«, sagt Madame Lou, als sie von Shive erfahren hat, dass Amba im Krankenhaus liegt.

Shive und ich sind schon wieder mit dem nächsten Plan beschäftigt. Wir haben nämlich beschlossen, unsere Marry-Yourself-Aktion direkt morgen Abend durchzuziehen.

Weil Pen ja sonst weg ist. Ganz im Norden Schottlands.

Für wer weiß wie lange.

»Also, ich weiß nicht, ob so viele Leute ins Krankenhaus dürfen, Madame Lou«, sagt Shive und hält sich an dem riesigen Picknickkorb fest, den sie gerade mit Gebäck und Limoflaschen füllt. Für morgen Abend.

»Ach, Papperlapapp!«, ruft Mary und setzt mir meine immer noch blinkende Faultierkappe auf. »Das wäre doch gelacht, wenn wir da nicht reinkämen. Uns hat noch niemand aufgehalten, wenn wir uns etwas in den Kopf gesetzt haben. Und es ist ja so: In diesen kargen Krankenhauszimmern wird man auch nicht schneller gesund. Da kann Amba ein bisschen Besuch gebrauchen!«

* * *

Als Shive und ich kurz darauf wieder auf der *Bramley Street* gegenüber der Autowerkstatt stehen, könnte man meinen, wir gingen auf Weltreise.

Zu den Picknickkörben, von denen Shive und ich jeweils einen tragen, haben wir beide je einen uralten Rucksack auf dem Rücken. Die hat Madame Lou noch auf ihrem Speicher gefunden. Und darin befinden sich:

3 Kissen mit Frosch-Stoff-Bezug
1 riesengroße Decke
5 (!) Packungen Taschentücher (weil Madame Lou denkt, dass wir die brauchen könnten)
11 Teelichte
1 Schachtel Streichhölzer
1 Packung Natron (braucht man anscheinend immer und überall)
3 Malbücher für Dreijährige (alles klar ...)
1 Schachtel Wachsmalkreide (ähm, ja ...)
1 Fremdwörterlexikon (WTF?)

Das meiste, was Madame Lou uns eingepackt hat, macht auch Sinn. Schließlich ist der Plan, dass wir endlich mal im *Botanical Garden* übernachten. Weil Shive nicht nur eine nette Chefin, sondern auch noch einen Generalschlüssel hat und wir das schon ewig machen wollten.

Nur bei dem Päckchen Natron, dem Malbuch und dem Fremdwörterlexikon weiß ich nicht so genau, was das soll.

Aber Madame Lou kann man so gut wie nichts wieder ausreden, wenn sie es sich erst einmal in den Kopf gesetzt hat.

Jetzt brauchen wir nur noch drei Schlafsäcke und Isomatten.

»Und wie kommen wir jetzt nach Hause?«, fragt Shive und sieht mich an. Jedes seiner Worte lässt eine weiße Atemwolke entstehen.

»Keine Ahnung«, sage ich und sehe die Straße entlang. Um mit unserem schweren Gepäck zum *Botanical Garden* zu laufen, hätten wir bereits seit einem Jahr für einen Himalaja-Trip trainieren müssen. Schon bis zu nächsten U-Bahn-Station wird das schwierig. Und wenn das so weitergeht, steht morgen in der Zeitung, dass mitten in London zwei Teenage-Globetrotter erfroren aufgefunden wurden.

»Kannst du nicht ein paar Mantren murmeln? Ein Taxi-Mantra vielleicht?« Ich grinse ihn an.

Shive grinst kein bisschen zurück. »Du hast ja Ideen, Shortbread! Als ob es Mantren für solche Banalitäten gäbe. Du bist wirklich eine schlimme Banausin«, murmelt er. Schließt dann aber doch die Augen und murmelt irgendwas vor sich hin.

Was maximal siebzehn Sekunden später passiert, überrascht mich dann schon. Weil plötzlich eines der großen schwarzen Taxis um die Ecke biegt und direkt auf uns zu tuckert. Die Scheinwerfer blenden auf und das Taxi bleibt stehen. Und dort sitzt die Taxifahrerin drin. Die mit den Pfauenfeder-Ohrringen.

* *

»Na, dann mal viel Glück!«, ruft die Taxifahrerin, als wir am nächsten Abend vor Pens Haus anhalten. Sie hat uns gestern noch ihre Karte gegeben, da sie ja jetzt sowieso unsere Stamm-Taxifahrerin zu sein scheint.

Ich steige aus.

Shive bleibt im Taxi sitzen. Das hier ist eine Sache zwischen Pen und mir.

Als sich kurz darauf die Haustür öffnet, bekomme ich kein Wort heraus. Weil Mr Miller die Tür aufmacht. Obwohl das nur eine Wahrscheinlichkeit von 1:2 hatte.

Als meine Augen langsam von seinen Hausschuhen bis zu seinem Gesicht wandern, kommt es mir so vor, als ob er noch mal gewachsen wäre, seit ich ihn zum letzten Mal gesehen habe.

»Was willst du denn schon wieder, Em? Weißt du eigentlich, wie viel Uhr es ist?«, fragt er.

Erst jetzt fällt mir auf, dass Mr Miller schon einen Pyjama anhat. Und darüber einen Bademantel mit Streifen.

»Es tut mir auch furchtbar leid, Mr Miller«, antworte ich und sehe mich schon in einem Polizeiwagen wegfahren. In dem nämlich, den Mr Miller gleich ruft. »Aber Shive und ich haben für Pen eine Abschiedsfeier geplant, weil sie doch morgen schon wegfährt und ...«

»Pen will dich nicht sehen! Du hast hier schon genug durcheinandergebracht. Außerdem muss sie packen!«, ruft Miller. So laut, dass es mit Sicherheit durchs ganze Haus dröhnt.

Ich schlucke und überlege ernsthaft, durch Mr Millers Beine durchzuschlüpfen, um in Pens Zimmer hochzurennen. Klein genug dafür wäre ich ja. Eine Weile starren Mr Miller und ich uns nur an wie zwei Katzen, die ihr Revier verteidigen.

Doch dann steht plötzlich Pen neben ihrem Vater. Komplett

angezogen mit Mantel, Beanie und Schal. Sie legt ihre Hand auf Mr Millers Schulter und sagt nur: »Lass mal gut sein, Dad. Ich hab schon gepackt.«

* * *

»Das war deine Idee, oder, Em? Auf so was Bescheuertes kommst nur du«, murmelt Pen, als Shive die Tür zum ältesten Gewächshaus des botanischen Gartens öffnet. Dem aus dem vorletzten Jahrhundert, das aussieht wie ein Palast aus Glas, der mit Sicherheit auch Jane Austen gefallen hätte.

Mein Herz macht einen Purzelbaum nach dem anderen. Vor allem, weil Pen wieder mit mir spricht.

»Nein, heute Nacht hier zu übernachten war ganz alleine Shives Idee. Will mich ja nicht mit fremden Federn schmücken«, flüstere ich und sehe Pen von der Seite an.

Sie verzieht keine Miene. Aber ich kann mich auch täuschen. Wegen ihres riesengroßen Beanies sieht man von ihrem Gesicht nicht viel.

»Aber das mit dem Sich-selbst-Heiraten, das war meine Idee. Also, nicht direkt meine, aber ...«

»Schon verstanden, Em«, sagt Pen. »Hast du ja schon alles im Taxi erzählt.«

* * *

Als wir einige Zeit später auf der Picknickdecke und den Isomatten sitzen, eingepackt in unsere Schlafsäcke, kann ich nicht fassen, wie schön dieses Gewächshaus ist.

Vor allem, wenn jede Menge Teelichte alles erleuchten.

Und wenn man zwei Körbe voller Leckereien vor sich stehen hat.

Ich habe schon zwei Muffins, ein Cheddar-Sandwich und ein paar sehr leckere, aber auch sehr harte Shortbread-Kekse gegessen.

Pen knabbert seit einer halben Stunde an einem Mince Pie herum.

Shive hat schon so gut wie alles durchprobiert. Auch den Nudelsalat mit Blaubeeren und Walnüssen drin.

Ich bereue, dass wir Madame Lous Grammofon und die Platten nicht mitgenommen haben. Dazu wollte sie uns nämlich vorhin noch überreden. Denn für Musik von unseren Handys fehlt uns hier leider der Empfang. Und deswegen kommt auch nicht so wirklich Stimmung auf.

Pen, Shive und ich haben in der letzten halbe Stunde maximal 43 Wörter gesagt.

Zusammen.

»Und wie geht es Amba jetzt?«, fragt Pen schließlich und schenkt uns allen eine Tasse heißen Tee aus der Thermoskanne ein.

»Vorhin im Taxi hat Sunyata geschrieben, dass es ihr heute Abend schon wieder besser geht. Und dass sie all ihre Krankenschwestern und Pfleger schon für nächste Woche nach Hause eingeladen hat. Zu Chicken Tikka Masala und Papadams.«

Wir lachen. Aber leider nur sehr kurz.

Dann ist da wieder diese Wortlosigkeit.

»Tut mir leid, dass ich nicht direkt zu dir ins Krankenhaus gekommen bin«, sagt Pen nach einer Weile und sieht zu Shive. »Aber als ich davon erfuhr, war ich gerade am Packen. Ich musste dringend noch ein paar Sachen organisieren und …«

»Ist nicht so schlimm, Pen. Verstehe ich doch. Gerade ist so viel bei dir los. Und außerdem«, er sieht zu mir und lächelt mich an, »außerdem war ja Em ziemlich schnell da und …« Shive stockt und sieht auf den Boden.

Und wir haben auf dem Beistellbett GELÖFFELT, denke ich.

Bei der Erinnerung muss ich lächeln. Weil das so kuschelig und unerwartet selbstverständlich war. Obwohl ich mich gleichzeitig schon ein bisschen dafür schäme. Weil Amba ja daneben noch in ihrer Narkose lag.

Ich weiß natürlich nicht, was Shive darüber denkt. Ob er auch gerne an unsere Löffel-Situation denkt oder ob er es mittlerweile schon wieder bereut.

»Sollen wir mal anfangen mit dem Heirats-Gedöns? Mir wird langsam kalt«, sagt Pen leise. Als ob sie es so schnell wie möglich abhaken würde.

Ich ärgere mich schon wieder über mich. Weil diese Aktion hier schließlich für Pen sein soll und ich schon wieder nur Augen für Shive habe.

»Klar, los gehts!«, murmele ich und fange an, Malbücher und Wachsmalstifte zwischen uns dreien zu verteilen. Dabei bemerke ich, wie Pen immer wieder zwischen mir und Shive hin- und hersieht. Mist, wenn das so weitergeht, dann verletzen wir sie mit unserer Aktion hier nur noch mehr.

Ich ziehe mir den Schlafsack über die Beine, schließe die Augen und atme tief durch.

Und dann weiß ich, was zu tun ist.

»Hört mal zu, ich habe mir etwas überlegt: Ihr zwei seid meine Lieblingsmenschen«, sage ich, sehe zu Pen und dann zu Shive. »Und ich möchte keinen von euch verlieren. Und genau deswegen müssen wir uns etwas versprechen. Hier und jetzt. Nämlich, dass wir für immer Freunde bleiben. Genau das. Und eben nicht mehr. Lasst uns drei für immer nur Stechpalmen bleiben. Und nicht versuchen, Rosen zu sein. Rosen verblühen einfach zu schnell!«

Shive und Pen starren mich an.

Die Stille, die jetzt folgt, toppt alles heute Abend. Sie fräst sich direkt durch jede Zelle meines Körpers.

»Und was jetzt?«, fragt Pen schließlich. »Ich dachte, wir wollten uns alle selbst heiraten, und deswegen …«

»Pläne sind da, um geändert zu werden«, antworte ich und sehe zu Shive.

Wenn ich das richtig deute, ist er weniger überrascht als wütend. Oder traurig. So genau kann ich das bei Shive nie unterscheiden.

Was auch immer es ist: Das, was in seinen Augen liegt, schmerzt mich so sehr, dass sich mein Herz zusammenknüllt. So als wäre es eine leere Cola-Dose, über die gerade ein Laster fährt.

»Ist hiermit versprochen«, sagt Shive leise und schält sich aus seinem Schlafsack. Von mir aus bleiben wir alle Stechpalmen forever. An mir solls nicht liegen.«

Er steht auf, stopft Schlafsack und Isomatte in einen der Rucksäcke und geht Richtung Tür.

»Du willst jetzt doch wohl nicht gehen? Ich dachte, wir wollten hier zusammen übernachten«, sagt Pen, springt aus ihrem Schlafsack und rennt Shive hinterher.

Ich kann nichts sagen.

Ich kann nicht rennen.

Ich kann nur in meinem Schlafsack sitzen bleiben und dabei zusehen, wie mein Leben auseinanderfällt.

»Pläne sind da, um geändert zu werden«, flüstert Shive, drückt Pen seinen Schlüsselbund in die Hand, umarmt sie kurz und drückt ihr einen Kuss auf die Stirn.

»Lass uns bald telefonieren, Pen, ja? Und schließt bitte hinter euch ab«, sagt er noch leise.

Dann verschwindet er raus in die Nacht.

33

Herz! Wir müssen ihn vergessen.
Du und ich – heut Nacht!
Du vergisst seine Wärme.
Ich vergess' das Licht.
Emily Dickinson

Ich versuchte dann doch noch, Shive nachzurennen. Aber dabei stellte ich mich so dermaßen dämlich an, dass ich in meinem Schlafsack hängen blieb und mit dem Gesicht in die Platte mit dem Nudelsalat fiel. Mir war zum Heulen.

Auch weil mit dem Gesicht in Nudelsalat fallen kein Spaß ist.

Aber vor allem, weil ich uns drei retten wollte und dabei alles kaputt gemacht habe.

Jetzt hatte ich nicht nur Pen, sondern auch noch Shive verletzt.

Und mich selbst.

Als Pen mir half aufzustehen und mich ansah, bekam sie einen Lachanfall nach dem anderen. Weil die Mayonnaise, die Spirelli und die Blaubeeren wirklich überall hingen: in meinen Locken, meinen Augenbrauen und wohl auch im linken Ohr.

Pen rieb mich mit den Servietten sauber. Und dabei musste sie immer mehr lachen, bis ich schließlich auch nicht mehr anders konnte. Irgendwann sanken wir in unseren Schlafsäcken auf den Boden und lachten und weinten abwechselnd und hielten uns die ganze Zeit über an den Händen.

Und wenn wir uns für einen Moment beruhigten, starrten wir durch die Glasdecke, raus in den Sternenhimmel.

Erschöpft und voller Mayonnaise.

* *

Mittlerweile sind die Teelichte schon komplett runtergebrannt und ich bin schon zweimal wegdämmert.

»Du hattest aber nicht wirklich Angst, mich komplett zu verlieren, oder, Em?«, höre ich Pen leise in die Dunkelheit fragen.

»Doch, hatte ich. Natürlich. Was denkst du denn?« Ich drehe mich zu ihr.

»Dann kennst du mich aber schlecht. Ich bin schließlich Penelope Miller. Und mich wirst du in diesem Leben nicht mehr los. Und immerhin konnte ich dir helfen, deine Erster-Kuss-Angst zu überwinden.«

Wir sehen uns eine Weile in die Augen.

»Hatte ich die denn?«, frage ich.

»Und wie du die hattest, Emily Bennett. Hätte ich dich nicht gerettet, hätte sich daraus eine waschechte Kuss-Phobie entwickelt.«

Pen zwinkert mir zu.

Ich zwinkere zurück.

»Und was wird jetzt aus dir und Shive?«, fragt Pen und drückt meine Hand.

»Wenn du nicht da bist, meinst du?« Mein Herz fühlt sich an, als würde dieser Laster noch mal drüberfahren. »Was passiert, wenn von einer Dreier-Mühle nur noch zwei Steine da sind? Dann ist das Spiel zu Ende, Pen. So ist das.«

Ich höre eine Zeit lang nur Pens Atem. Und dann: »Weißt du, Em, ich glaube, ich habe das unterschätzt, was Shive und dich verbindet. Erst dachte ich, ihr veranstaltet nur eine riesige Show ... dieses ganze Theater mit den Sternen und was weiß ich alles. Aber heute Abend habe ich gesehen, wie ihr zwei euch angesehen habt, und ...«

»Pen, hör auf damit. Für ein paar Stunden dachte ich das doch auch. Aber Shive und ich waren einfach unfassbar übermüdet. Und in so einer Art Delirium. Und dann die Sorge um Amba, da haben wir uns beide einfach aneinander festgehalten.«

Klingt logisch, finde ich.

Aber ich glaube mir selber nicht.

»Aha«, murmelt Pen und sieht mich grinsend an. »Aneinander festgehalten. Das ist doch geschleuderter Bullshit.«

»Na ja, war aber so. Also, auf dem Bett im Krankenhaus, da ...«

»Will ich alles gar nicht so genau wissen, Em. Aber eines steht fest: Du bekommst es einfach nicht mit, wenn sich jemand wirklich für dich interessiert. Weil du dich so dermaßen an den Gedanken gewöhnt hast, dass du nicht liebenswert bist. Warum auch immer. Deswegen hätte dir die geplante Marry-Yourself-Aktion heute Abend echt gutgetan. Meine Meinung. Es ist jedenfalls viel einfacher, jemandem über Jahre hinweg hinterherzuschmachten, als es einfach mal zuzulassen.«

»Was zuzulassen?«

»Dass du geliebt wirst, du Blitzbirne aller Blitzbirnen.«

»Wenn du meinst.«

»Meine ich.«

»Hast du in der Zwischenzeit Psychologie studiert oder wieso kennst du dich da so gut aus? Mit der Liebe und dem Leben und überhaupt.«

»Ich bin ein Naturtalent und Universalgenie. Keine Ahnung, wie dir das über die Jahre entgehen konnte. Müsste dir doch eigentlich klar sein, seit ich herausgefunden habe, dass die Schokocreme viel besser schmeckt, wenn man den Doppelkeks auseinanderpfriemelt und sie direkt abschleckt.«

»Stimmt eigentlich. Aber was haben Doppelkekse mit der Liebe zu tun?«

»Nichts.«

»Ach so.«

»Aber echt jetzt, Em. Krieg das mal in deinen Kopf: Sich für jemanden zu öffnen, mag ja eine verdammt gefährliche Sache sein. Weil das Herz dabei brechen kann. Aber es nicht zu tun und jemanden aus seinem Herzen zu verbannen, nur weil die Sterne des anderen zu gut stehen, weil es zu einfach ist oder zu schwer, oder weil jemand zum Beispiel in einem komplett anderen Land wohnt, das, Em, das bricht einem *ganz sicher* das Herz.«

Ich schließe die Augen und sehe Shives Blick vor mir, bevor er in die Nacht verschwand. Wahrscheinlich spricht er jetzt sowieso nicht mehr mit mir. Die Sache zwischen uns hat sich dann sowieso erledigt. Auch wenn Shive und ich weiter in London leben, zwei Straßen voneinander entfernt.

Aber es wird sich anfühlen, als wären wir auf zwei verschiedene Planeten gezogen.

* * *

Ich hätte nichts dagegen gehabt, neben Pen im Schlafsack einzuschlafen, in dem uralten Gewächshaus, zwischen abgebrannten Teelichten, Kübelpflanzen und Essensresten.

Oder uns, anstatt zu schlafen, im Licht unserer Handy-Displays gegenseitig Wörter aus dem Fremdwörterbuch vorzulesen und zu raten, was sie bedeuten könnten.

Um mich festzuhalten, an jedem einzelnen Fitzelchen Pen, solange das noch ging.

Aber Pen wollte nach Hause. Weil sie in wenigen Stunden London verlassen würde.

Also packten wir alles zusammen, kippten die Tüte Natron mit etwas Wasser gemischt auf die Blaubeerflecken von meinem Nudelsalat-Malheur, schlossen das Gewächshaus hinter uns ab und schlichen uns aus dem botanischen Garten.

Als wir kurz danach mit Rucksack und Picknickkorb bepackt am Taxistand vorbeikamen, stellten wir fest, dass wir nicht genügend Geld für ein Taxi dabeihatten. Zusammen nämlich nur vier Pfund fünfunddreißig.

Also stiegen wir in die U-Bahn und ratterten durch die Tunnel der Stadt. Unser Abteil war leer und es roch nach Bier und alter Party. Bei jedem Halt sahen wie den U-Bahn-Stationen beim Aufwachen zu und sagten dabei kein Wort.

Kurz bevor ich aussteigen musste, fragte ich Pen doch noch was: Wann ihr Zug nach Inverness denn losfahren würde.

Ich wollte ihr wenigstens hinterherwinken. Mit Taschentüchern, mit Stofffetzen oder mit verdammten Betttüchern.

Pen bekam rote Backen. Und dann nuschelte sie irgendetwas von wegen, dass sie mit ihren Eltern erst noch nach Brighton fahren würde, mit dem Auto. Um Weihnachten dort zu verbringen. Und anschließend wäre sie in Brighton noch ein paar Tage länger, alleine.

Also, nicht direkt allein, aber ohne ihre Eltern.

Oder so ähnlich.

Und dann kam auch schon meine Haltestelle. Also konnte ich Pen nur noch schnell umarmen, dann musste ich raus.

Während ich der Bahn hinterhersah, die Pen mit sich mitnahm, hatte ich plötzlich mehr Fragen als Antworten. Und in meinem Magen spürte ich einen Teigklumpen aus Trauer und grenzenloser Einsamkeit.

34

VÖLLIG UNNÜTZES WISSEN:
Kängurus können nicht rückwärtsgehen

Es ist 8 Uhr 37.

Wäre mein Leben normal, würde ich jetzt im Matheunterricht sitzen und Gleichungen lösen.

Oder Mrs Malloney dabei zuhören, wie sie Sara oder Liam zum Mathe-Genie des Jahres kürt. Und eben nicht mich.

Aber in meinem Leben ist nichts normal.

Und ich bin nicht im Matheunterricht. Sondern bei uns zu Hause. So wie die letzten Tage schon. Und seitdem mache ich Folgendes:

1.) schlafen
2.) essen
3.) literweise Orangenlimonade aus der Flasche trinken
4.) auf mein Handy starren
5.) vergeblich auf SMS warten
6.) das Ganze wieder von vorn

Ich sehe wieder auf mein Handy, auf dem immer noch keine Nachricht angekommen ist.

Weder von Shive noch von Pen.

Ich fühle mich wie einmal durch den Standmixer gequirlt.

Ganz sicher nicht wegen der Sache mit der verpatzten Mathe-Olympiade. Sondern weil mein allergrößter Albtraum wahr geworden ist und mir die beiden Menschen, die mir am meisten bedeuten, gerade aus dem Leben gerutscht sind.

Und ab jetzt nichts mehr so sein wird, wie es war.

Ich lasse mich mit einer lauwarmen Tasse Schokolade in Mums Computersessel fallen und höre dabei zu, wie meine WG-Familie sich darüber streitet, was es jetzt wirklich dieses Weihnachten zu essen gibt.

Weihnachtsmorgen ist schließlich schon in drei Tagen.

Folgendes steht zur Auswahl:

1.) Raclette-wie-jedes-Weihnachten, ergänzt durch zig neue Soßen
2.) Tofu-Chicken-Tikka-Masala-à-la-Amba, wie es sich Sanders schon seit Jahren wünscht
3.) Oder doch Bœuf-Bourguignon-vegan-deluxe. Wie seit mindestens zehn Wochen, weil Josh mittlerweile hier der Chefkoch ist

Mir wird schlecht, wenn ich auch nur ans Essen *denke.* Also mache ich mich daran, endlich die E-Mails zu checken, die sich in letzter Zeit in meinem Postfach angesammelt haben.

Ich klicke mich durch Gratulationsmails von Mitschülern zur Ballqueen, durch Fragen, ob alles wieder gut ist zwischen Pen, Shive und mir, dann durch drei Mails von Mrs Malloney. Und in jeder dieser Mails steht das Gleiche. Nämlich, dass wir nach den Weihnachtsferien unbedingt reden müssen. Sie hätte noch ein Möglichkeit gefunden, wie ich vielleicht doch bei der Mathe-Olympiade mitmachen könnte – aber nur, wenn ich das dieses

Mal nicht so auf die leichte Schulter nehmen und die Herzchen aus meinen Gleichungen rauslassen würde.

Und gerade als ich mich an den Esstisch setzen will, um den armen Sanders bei seinem Tofu-Chicken-Tikka-Masala-Anliegen zu unterstützen, trudelt noch eine E-Mail rein. Und zwar von: youthforchange@lemonde.fr.

Mein Fingern zittern, als ich auf *Öffnen* drücke. Aber schwindlig wird mir erst, als ich die drei Zeilen der Mail zum dritten Mal lese. Und wenn ich mich nicht komplett täusche, steht da drin, dass wir in der engeren Auswahl für das Praktikum sind.

Pen, Shive und ich.

Zur Sicherheit lasse ich es Mum auch noch mal lesen. Und dann Josh. Dann Nelle und Sanders.

Und es kommt jedes Mal aufs genau Gleiche raus: Nämlich, dass es plötzlich gar nicht mal so unwahrscheinlich ist, dass Pen, Shive und ich in den nächsten Sommerferien für mindestens drei Wochen nach Paris gehen können. Und das nicht nur als Touristen. Sondern als Praktikantinnen bei einer richtigen Zeitung!

»Eine Frage, Sis. Falls ihr das Praktikum bekommt, wie willst du das denn bitte schön machen? So alles auf Französisch. Ich will dich ja nicht stressen, aber dein Französisch reicht im Moment doch nur zum Brioche-Bestellen«, sagt Josh, als wir für einen Moment aufhören durchs Zimmer zu hopsen.

»Keine Ahnung. Aber ich werds herausfinden!«, rufe ich, während ich mich daranmache, Pen und Shive jeweils eine SMS zu schreiben. Mit den guten Nachrichten drin.

* * *

»Haben die beiden sich immer noch nicht gemeldet?«, fragt mich Mum mit besorgtem Blick, als vor dem Wohnzimmerfenster schon wieder die Straßenlaternen ausgehen.

Ich schüttele den Kopf und hacke weiter Petersilie für das Tofu-Chicken-Tikka-Masala-à-la-Amba-Probe-Essen.

Sunyata hat Sanders per SMS heute Morgen das Rezept gleich zugeschickt, woraufhin er sofort mit seinen Hausschuhen aus dem Haus rannte, um die Zutaten zu besorgen.

Ich schaue auf mein Handy. Wenn ich das richtig sehe, hat Pen ihr Handy ausgeschaltet. Bei Shive sind zwei Häkchen. Aber geantwortet hat er trotzdem nicht.

»Verstehe«, sagt Mum und wirft die Tofu-Streifen in das spritzende Öl. Aber dass Mum wirklich versteht, was zwischen mir und Shive gerade los ist, bezweifele ich sehr.

Das verstehe ja nicht mal ich.

»Vielleicht sollten wir wieder unseren Briefkasten-Dienst einführen. Der Kasten wurde seit Tagen nicht geleert!«, sagt Nelle, die mit einem riesigem Stapel aus Briefen und Karten angestapft kommt.

Erst sieht es so aus, als seien das nur Rechnungen und Weihnachtskarten an die ganze Familie.

Aber ein Brief mit draufgetackertem Tütchen ist dann doch für mich.

Das Tütchen ist voller Shortbread-Herzen mit Smarties drauf. Wie die aus dem Kindergarten.

Zitternd reiße ich den Umschlag ohne Absender auf und erwarte darin einen Brief von Shive oder von Pen. Aber stattdessen ist in dem Umschlag nur ein kleiner Zettel. Und ein schmaler Streifen Pappe mit einem selbst gemalten x=♡ drauf.

Auf dem Zettel steht kein Name, aber dafür das hier:

1.) S'il te plaît, viens ...

2.) diesen Freitag, um: $\frac{(\sqrt[4]{24901} \times 2^8 - 496)}{(6! - 708)^2}$ Uhr abends

3.) zur Bushaltestelle mit dem Namen des Ortes, an dem der Zwillingsbruder des römischen Verwandten des indischen Gottes Kama aus Aluminium steht.

Ich starre auf den Zettel und habe das Gefühl, dass sich die Synapsen in meinem Hirn verknoten. Aber eins ist klar: dass die Ergebnisse der Rätsel ein Treffpunkt sein müssen. Weil Punkt 1 »Bitte komm ...« bedeutet. Und für die Uhrzeit muss ich die Rechnung lösen. Aber wer der Zwillingsbruder des römischen Verwandten des Liebesgottes Kamas sein soll, weiß ich nicht, und wo der aus Aluminium stehen soll, noch weniger. Und überhaupt, wie kompliziert kann man sich eigentlich ausdrücken?

Sanders bemerkt als Erster meine Verzweiflung und beginnt sofort mit einem Vortrag über die römischen Götter.

»Sanders, komm doch bitte mal zum Punkt! Du verwirrst uns alle nur noch mehr«, ruft Mum nach zehn Minuten, übergibt den Kochlöffel an Josh und geht zum Computer. »Wenn du uns noch weiter alles über alle römischen und griechischen Götter erzählst, sind wir alle für alles zu spät. Vor allem Em für ihr Date.«

»Ob es wirklich ein Date ist, wissen wir doch noch überhaupt nicht, Mum. Vielleicht will mich hier ja auch nur jemand so richtig verarschen. Oder entführen«, murmele ich und beginne die Rechnung zu lösen.

»Du meine Güte, du hast vollkommen recht, Em!«, flüstert Mum und starrt mich von ihrem Computer-Sessel aus an. »Wir lassen dich da auf keinen Fall alleine hingehen. Wo und wann auch immer das ist. Da kommen wir alle schön mit.«

35

VÖLLIG UNNÜTZES WISSEN:
Den Herzschlag eines Blauwals hört man zwei Meilen weit durchs Meer

Nach einer guten Stunde Herumknobelei fanden wir schließlich heraus, dass mit dem römischen Verwandten des Liebesgotts Kama der Gott Eros gemeint sein muss. Und dass Anteros nicht nur sein Zwillingsbruder ist, sondern dass am Piccadilly Circus eine Statue von ihm steht. Gegossen aus Aluminium.

Das wusste aber nicht Sanders, sondern das Internet.

Ich hatte etwas herumgerechnet und kam bei der Aufgabe schließlich auf das Ergebnis 9. Aber auch nur, weil 391 Uhr keinen Sinn machte und ich noch mal von vorne angefangen habe. Deswegen kamen wir letztendlich zu dem Schluss, dass auf dem Zettel Folgendes steht:

1.) Komm bitte
2.) diesen Freitag um 9 Uhr abends
3.) zur Bushaltestelle *Piccadilly Circus*

Wir aßen dann noch unser erstes Tofu-Chicken-Tikka-Masala-à-la-Amba, das so gar nicht à la Amba schmeckte, und quetschten uns alle um halb neun in Joshs Volvo, um zum *Piccadilly Circus* zu fahren.

Und hier stehen wir jetzt seit etwa zwanzig Minuten.

Mum, Sanders, Nelle, Josh, Pheebs und ich. Nur Murphy ist zu Hause geblieben.

Sanders hat uns sogar noch Sandwiches geschmiert und sie einzeln in Pergamentpapier verpackt. So als ob wir alle zusammen einen großen Ausflug machen würden.

Und irgendwie fühlt es sich gerade ja auch so an.

Es ist jetzt genau 9 Uhr 11, und mir wird klar, dass mich hier jemand wirklich so richtig verarscht hat mit den Shortbread-Herzen, diesem Zettel und dem Pappstreifen. Irgendjemand, der mich gut genug kennt, um zu wissen, dass ich für buttrige Kekse und Knobeleien fast alles stehen und liegen lasse.

Recht vielen Dank auch. Wer immer du bist: Du kannst mich mal.

Pheebs, Mum, Sanders und Nelle singen seit ein paar Minuten Weihnachtslieder, um sich vom Frieren abzulenken.

Josh hält sich die Ohren zu. Ist auch nur zu verständlich: Pheebs ist nämliche die Einzige, die die Töne einigermaßen trifft UND den Text kennt.

Und ich stehe nur daneben, starre vor mich hin, wickele meinen Mantel enger um mich und hoffe, dass hinter der Sache hier doch Pen oder Shive stecken. Sollte nämlich Malvin das alles eingefädelt haben, müsste ich ihm dringend mal eins auf die Zwölf geben. In der Theorie hat Josh das ja schon oft genug mit mir geübt.

Ich seufze und sehe zu meinen singenden Familienmitgliedern. Sie hüpfen entweder von einem Bein aufs andere oder umarmen sich selbst. Und wenn ich das richtig sehe, sind Joshs Lippen schon ein bisschen blau.

Ich verkünde, dass wir dringend wieder nach Hause gehen sollten, wenn wir Weihnachten nicht alle mit Fieberthermometer unter den Achseln im Bett liegen wollen.

Und das finden die anderen dann auch.

Gerade als wir zurück zu Joshs Volvo gehen wollen, sehe ich einen roten Doppeldecker-Bus mit offenem Dach mit Karacho auf uns zu fahren. Wäre er nicht über und über mit blinkenden Weihnachtslichtern dekoriert, würde ich ihn für den Fahrenden Ritter aus *Harry Potter* halten. Er schlängelt nämlich gewaltig auf der Fahrbahn hin und her, und wenn ich es richtig sehe, hat er sogar schon einen der vielen Tannenbäumchen mitgenommen, die seit ein paar Wochen Londons Straßenlaternen schmücken. Am linken Geländer hängt nämlich eines und blinkt vor sich hin.

Ich blinzele und versuche zu lesen, was in Leuchtschrift vorne am Bus steht. Als er näher kommt, muss ich schlucken. Weil dort in fetten Buchstaben »x=♡« blinkt. Und ich hatte doch zu hundert Prozent *Hogwarts* erwartet.

Als der Bus mit quietschenden Reifen vor uns anhält, erkenne ich Sunyatas Freund Bruce auf dem Fahrersitz, mit einer Weihnachtsmütze auf dem Kopf und einem ziemlich dämlichen Weihnachtpullover an. Das mit der Busfahrer-Ausbildung zieht er dann wohl tatsächlich durch.

Die elektrischen Türen öffnen sich und Bruce ruft: »Na, bereit für eine Stadtrundfahrt de luxe?«

Meine Familie jubelt los und alle drängen zur Tür.

Ich bleibe stehen und schaue ihnen erst mal nur dabei zu. Weil das alles hier vollkommen absurd ist.

»Tut mir leid, ich darf nur Leute mit gültigem Ticket zulassen«, ruft Bruce dann aber und sieht uns streng an.

Mum will schon für alle Tickets vom Automaten holen, aber dann sehe ich Bruce grinsen und mir fällt der Pappstreifen aus dem Umschlag ein.

Ich krame ihn aus der Manteltasche, dränge mich durch die anderen zur Tür und halte ihn Bruce entgegen.

»Jepp, das passt«, sagt der und stanzt, ohne mit der Wimper zu zucken, mit so einem pinken Kinderspielzeug ein Herz aus.

Ganz kurz überlege ich noch, was Sanders in die Pilzsuppe von heute Mittag getan haben könnte und ob ich gerade halluziniere. Aber dann siegen doch der Räucherstäbchen-Geruch und die warme Heizungsluft aus dem Inneren des Busses und ich steige ein.

Mum ruft noch: »Aber Sie entführen unsere Em jetzt nicht, oder?«

»Mum, das ist Bruce! Sunyatas Freund!«, rufe ich.

Dann schließen sich die Türen.

Alle winken uns zu.

Und dann braust der Fahrende Ritter auch schon los.

* *

»Hast du deinen Bus-Führerschein schon oder übst du noch?«, frage ich und sehe mich um. Außer mir scheint sich bisher keiner hereingetraut zu haben. Dafür blinken jede Menge Lichterketten vor sich hin und die Sitze sind mit Weihnachtsschmuck und Weihnachtsmännern aus Schokolade dekoriert.

Verhungern oder Verdursten werde ich bei der Aktion hier jedenfalls nicht: Es gibt eine 20-Liter-Thermoskanne, eine ganze Kiste voller Teebeutel und Dosen mit Gebäck.

»Merkt man das nicht? Ich übe natürlich noch. Heute eher inoffiziell. Und das heißt übrigens *Beförderungszulassung*«, antwortet Bruce und strahlt übers ganze Gesicht.

Ich schlucke und umklammere noch fester die Stange neben dem Fahrersitz. Wenn das mal gut geht.

Als Bruce an der nächsten roten Ampel anhält, packe ich

schnell zwei Teebeutel aus, hänge sie in zwei Pappbecher und übergieße sie mit heißem Wasser aus der riesigen Thermoskanne, die Bruce auf einem der Sitze festgeschnallt hat.

»Willst du die ganze Nacht durch die Gegend eiern, oder warum hast du Verkostung für ein paar Basketball-Mannschaften dabei?«, frage ich.

»Eine Weile werden wir schon unterwegs sein. Für Sunyata tue ich schließlich alles. Nur mit der vagen Aussicht auf einen festen Job werde ich sie nicht zurückerobern.«

»Und was ist dann dein Plan?«, frage ich und nehme mir einen der kleinen Mince Pies aus einer Keksdose. Die kommen mir irgendwie bekannt vor. Wie es aussieht, muss Madame Lou was zu Bruce' Verpflegung beigesteuert haben.

Hinter dieser Aktion hier muss eine ganze Horde stecken. Bruce hat das alles niemals alleine auf die Beine gestellt.

Aber ich frage lieber mal nicht nach.

»Na ja, Sunyata und ich haben uns neulich abends noch ausgesprochen. Als ich Amba im Krankenhaus besucht habe. Und vielleicht gibt es noch Hoffnung für uns. Jedenfalls hatten wir das erste Mal seit Langem wieder richtig Spaß zusammen, als wir diesen Bus hier dekorierten, nach dem Anruf von ...«

Bruce stockt und räuspert sich. Er hätte sich wohl fast verplappert. »Jedenfalls hat sie vollkommen recht, dass ich immer nur mit meinen Dramen beschäftigt bin, und deswegen will ich jetzt mal was auf die Beine stellen für Leute, denen es nicht so gut geht.«

»Verstehe«, sage ich und stelle mich näher an den Heizlüfter, neben dem Treppchen, das zum Obergeschoss führt. »Ab jetzt willst du dich sozial engagieren und bietest gestrandeten Nerds mitten in der Nacht Mitfahrgelegenheiten an, oder was?«

»Wenns sich ergibt, ja«, antwortet Bruce und nimmt einen geräuschvollen Schluck Tee aus seinem Pappbecher. »Also, wenn ich meine Beförderungszulassung habe, will ich nachts regelmäßig Obdachlose einsammeln, die keine Unterbringung mehr gefunden haben. Damit sie sich aufwärmen und was trinken und essen können. Und vielleicht ein Schwätzchen halten, wenn sie Lust darauf haben. Langfristig hilft ihnen das wahrscheinlich nicht wirklich. Aber es sind ja die kleinen Dinge, du weißt schon …«

Ich schlucke und weiß erst mal gar nicht, was ich sagen soll. So viel Herz hätte ich Bruce gar nicht zugetraut.

Die Ampel schaltet auf Grün, Bruce fährt los und wir cruisen ganz ohne Schlenker durch die weihnachtlich beleuchtete Innenstadt. Mir fällt auf, dass ich wegen all *meiner* Dramen die Weihnachtsbeleuchtung noch gar nicht so wirklich bewundert habe.

Auf der Höhe des *Sondheim Theatre* frage ich: »Aber jetzt mal im Ernst, Bruce. Ich finde deine Idee ja großartig. Aber ich hoffe, du wartest wirklich bis zu deiner Beförderungszulassung, bevor du andere Menschen durch die Nacht fährst, ja?«

Bruce grinst mich an und schwört, dass er das tut.

Aber dann habe ich da doch noch eine Frage: »Du willst jetzt aber nicht behaupten, dass der Bus und du meine Überraschung seid, oder?« Ich nehme noch einen Schluck Tee aus meinem halb aufgeweichten Becher.

»Ach, Mist, das sollte ich dir ja sagen!«, murmelt Bruce, während er sich an der Glatze kratzt. »Am Ende bin ich noch schuld, dass ihr beiden nicht …«

Der Bus zieht besorgniserregend stark nach rechts.

»Bruce!«, schreie ich und kann mich gerade noch an der Stange festhalten.

»'tschuldigung!« Er legt beide Hände ans Steuer und zieht wieder nach links. »Alles unter Kontrolle, nichts passiert. Aber du solltest jetzt langsam mal nach oben gehen.«

»Ich?«, frage ich und verstehe überhaupt nichts mehr.

So eine schlechte Mitfahrerin bin ich ja wohl auch wieder nicht.

»Wer denn sonst?«, antwortet Bruce und grinst mir über den Rückspiegel zu. »Der Busfahrer darf während der Fahrt nicht das Cockpit verlassen. Paragraf 268, Seite 124 im Handbuch oder so ähnlich.«

Bevor Bruce mich noch mit weiteren Busfahrer-Paragrafen volltextet, schenke ich mir noch mal schnell Tee nach, klemme mir die Dose Mince Pies unter den Arm und mache mich über die kleine Wendeltreppe auf zum Obergeschoss.

Während mir der Fahrtwind um die Ohren pfeift und ich mich nach einem Plätzchen für diese nächtliche Stadtrundfahrt umschaue, komme ich ins Stolpern.

Nicht nur, weil Bruce wieder übelst rumschlingert, sondern weil ich in der letzten Bank die Umrisse einer Gestalt entdecke.

Ich schaffe es gerade noch, mich kreischend an einem der Sitze festzuhalten, als der Bus sich in eine extreme Linkskurve legt.

»Em?«, höre ich eine bekannte Stimme. Jetzt erkenne ich die Gestalt am Ende des Busses und meine Knie werden noch weicher.

»Shive, was machst du denn hier?«

»Das fragst du noch? Du hast das hier doch alles eingefädelt.«

»Habe ich nicht. Würde ich auch nie tun. Du weißt doch, was für eine Frostbeule ich bin.«

»Stimmt eigentlich. Aber wer immer sich das hier ausgedacht hat, muss dich gut kennen. Und ich wars nicht. Willst du zu mir unter die Decke?«

Und bei dieser kleinen Frage fällt mit einem Schlag so vieles von mir ab: die Sorgen der letzten Wochen, die Zweifel und die Angst, alles, aber auch wirklich alles, kaputt gemacht zu haben.

Ich drücke mich zu Shive auf die Bank und merke, wie sich auch noch der letzte Muskel in meinem Körper entspannt, als er die Decke über unseren Knien ausbreitet.

Weil es nämlich eine verdammte HEIZDECKE ist.

Als er seinen Arm anhebt und mich anlächelt, schmiege ich mich komplett an seine Seite. Und das fühlt sich wieder so an, als würden wir seit Jahren nichts anderes tun.

»Meinst du, Amba steckt hinter dem Ganzen hier?«, frage ich nach einer Weile.

»Glaube ich eher nicht. Obwohl: Zutrauen würde ich es ihr, der alten Kupplerin. Aber woher soll sie denn von deiner Formel erfahren haben?«

Ich nicke. Stimmt natürlich auch wieder.

»Und Sunyata hat mir gerade zurückgeschrieben, dass sie zwar mitgeholfen hat, den Bus zu dekorieren, aber dass jemand anders dahintersteckt, hinter diesem …« Shive stockt mitten im Satz.

Ich schließe die Augen und lasse mir den eisigen Fahrtwind übers Gesicht streichen. Und dabei merke ich, dass es mir eigentlich vollkommen egal ist, wer das hier alles für uns organisiert hat.

Solange es noch die ganze Nacht andauert.

Doch dann muss ich an Pen denken.

Sie sitzt jetzt in Brighton. Mit ihrem Dad, der das Einfühlungsvermögen einer Eiswürfelmaschine hat. Und ihrer Mutter, die sich so gut wie nie traut, eine andere Meinung zu haben als ihr Ehemann.

Mein Herz zieht sich zusammen. Und ich hoffe, dass Pen gerade nicht in Einsamkeit versinkt, während ich mit Shive durch diese Nacht tuckere, die vor Romantik fast schon leuchtet.

Ich räuspere mich und setze mich auf. »Sag mal, Shive, wie würdest du das eigentlich nennen, was wir hier gerade machen?«

Shive sieht mich erschrocken an. »Eine vorweihnachtliche

Kaffeefahrt mit dem schlechtesten Busfahrer Londons, aber guter Heizdecke?«, antwortet er schließlich und nimmt sich einen der Mince Pies aus der Dose.

»Du bist so ein Anfänger, was Romantik angeht«, antworte ich und schaue ihn so finster an, wie es mir möglich ist.

»Na ja, wenn ich jetzt sage, dass das hier ein Date ist, dann erzählst du mir wieder was von irgendwelchen verblühenden Rosen und Stechpalmen, weil du Schiss bekommst. Dabei will ich doch nur …«

»Nur was?«, frage ich und versuche, einen neutralen Gesichtsausdruck zu behalten. Er muss ja nichts von meinem Herzrasen wissen.

»Ich will die Sterne Sterne sein lassen und einfach nur …«

»Willst mir gerade sagen, dass wir wirklich nur beste Freunde bleiben sollen, Shive? Und dafür der ganze Aufwand hier?«, unterbreche ich ihn. Mein Herz schlägt wie wild.

Das habe ich nicht kommen sehen.

»Sag mal, gehts noch? DU kamst doch an mit diesem Marry-Yourself-Gedöns. Und mit der ganzen Versprecherei, wir sollen für immer Stechpalmen bleiben. Stechpalmen, was ist das denn überhaupt für ein Wort! Da hört sich ja sogar *Ilex aquifolium* noch besser an. Und ich hab es dir doch schon gesagt, Em: Ich habe keine Ahnung, wer diese Busfahrt hier organisiert hat. Ich wollte eigentlich sagen, dass ich hoffe, dass wir in Zukunft weiter ohne Druck zusammen sein können. Wie im Krankenhaus, wie jetzt, und das, OBWOHL unsere Sterne … na ja … damit wir schauen können, wo das …«

»Wo was?«, ich rücke wieder etwas näher zu ihm hin.

»Damit wir schauen können, wo das alles hinführt zwischen uns. Day by day. Was denkst du, Shortbread?«

Er streicht mir so sanft eine Locke aus der Stirn, dass ich direkt Gänsehaut bekomme.

Und wie von selbst nähern sich plötzlich unsere Lippen.

Aber dann ertönt sehr lautes Plingpling und Plingplingplong. Und zwar aus unser beider Jackentaschen.

Pen hat uns jeweils dieselbe Video-Nachricht geschickt. Wir schauen sie auf meinem Handy an.

Pen trägt ihr Weihnachtselfen-Outfit samt Flügeln.

Mir fällt direkt ein Stein vom Herzen. Weil es ihr nicht ganz schlecht gehen kann, wenn sie das tut.

Sie sitzt im Schneidersitz auf einem Bett, hat einen Blumenkranz-Filter über die Aufnahme gelegt und spricht in die Kamera: »Na, ihr zwei Dumpfnasen? Es wird sich wahrscheinlich nie ändern. Ohne mich bekommt ihr einfach nichts auf die Reihe. Nicht mal ein bescheuertes Date. Mit eurem Freundschaftsgeschwafel im botanischen Garten konntet ihr mich jedenfalls nicht überzeugen. Ich meine, allein wenn man euch zusieht, wie ihr euch die ganze Zeit über anschmachtet ... das ist ja nicht zum Aushalten. Finden alle anderen übrigens auch. Vielleicht könnt ihr beide euch ja was vormachen. Aber alle, die euch treffen, checken doch nach ein paar Sekunden, dass ihr zusammengehört. Liebe auf den ersten oder auf den zweiten Blick, von mir aus auch auf den 193sten, scheißegal. Jedenfalls ist es so: Sunyata, Bruce und ich haben dieses Date hier organisiert. Ein bisschen hat mein Dad sogar mitgeholfen und einen seiner Doppeldecker-Busse zur Verfügung gestellt. Wahrscheinlich nicht, weil er so sehr an eure Liebe glaubt. Sondern eher, weil er erleichtert ist, dass Em und *ich* kein Paar geworden sind ...«

Pen streckt die Zunge raus und macht dann noch eine ihrer schrägen Grimmassen. »Wie auch immer, den Rest müsst ihr jetzt alleine hinbekommen. Ich werde euch jedenfalls nicht erklären, wie man anständig rumknutscht. Aber wenn ihr es herausgefunden habt, übertreibt es bitte nicht unter eurer Heizdecke, ja? Der Rolle der Patentante fühle ich mich noch nicht gewachsen. Mich seid ihr zwei lahmen Heteros jedenfalls für eine Weile los. Aber heult nicht rum, in spätestens einem Jahr bin ich wieder da und wasche euch den Kopf, wenn ihr vor Langeweile einschlaft.« Pen zwinkert in die Kamera und lächelt dann darüber hinweg. So als ob jemand dahinterstehen würde.

Genau, das fällt mir jetzt erst auf: Wer hat eigentlich Pens Handy gehalten, um zu filmen?

Er oder sie hat nämlich ganz schön gewackelt.

»Und keine Angst, Leute«, fährt sie fort. »Ich werde auch nicht vor Weltschmerz vergehen. Bin in mich gegangen und habe mal ein ernstes Wörtchen mit meinem Herzen gesprochen. Dabei ist mir klar geworden: Der Liebe wegen so Banalitäten wie Ländergrenzen keine Chance zu geben oder damit zu warten, bis man graue Haare hat, macht keinen Sinn. Und deswegen habe ich eine alte Freundin aus Paris eingeladen, in unserem Ferienhaus in Brighton mit uns Weihnachten zu feiern. Und Dad ließ sich auch erweichen, schließlich verbringe ich die nächsten Monate im arschkalten Inverness. Und ja, jetzt ist …«

Man hört eine Stimme im Hintergrund Französisch sprechen. Ich verstehe kein Wort.

Shive anscheinend auch nicht. Er starrt mit seinem Grübel-Blick auf mein Handy.

Pen lacht mittlerweile ziemlich laut. Ihre Wangen glühen. Ihre Augen strahlen.

Dann sagt sie etwas auf Französisch. Was genau, weiß ich nicht. Dafür ist mein Französisch einfach zu schlecht. Kurz darauf taucht neben Pen ein Gesicht auf, das mir irgendwie bekannt vorkommt.

»Ähm, ja, also, wo war ich? Ja genau, jetzt ist also Claire bei uns. Claire war gleich klar, was sie für mich empfand, als wir uns letztes Jahr beim Austausch in Paris getroffen haben. Ich habe da wohl noch eine Weile gebraucht. Oder zumindest ein Wiedersehen. Aber das mit der Liebe auf den zweiten Blick, das kennt ihr ja. Mein Vater weiß noch nichts von uns, aber spätestens beim Weihnachtsfrühstück werde ich es ihm sagen. Das ist nämlich erfahrungsgemäß der einzige Tag, an dem er mal so richtig gut drauf ist. Und ich habe uns allen schon Weihnachts-Pyjamas besorgt. Wenn alle Stricke reißen, habe ich einen Plan B und ziehe erst mal zu meiner Patentante. Sie weiß über uns Bescheid und hält meinen Vater für einen engstirnigen Schafskopf. Und sie muss es ja wissen. Sie ist schließlich seine Schwester. Jedenfalls will sie uns unterstützen und sie hat außerdem eine kleine Wohnung in Paris.«

Pen und Claire sehen sich für eine Weile in die Augen. Ziemlich ernst. Aber es dauert nicht lange und die beiden lächeln sich wieder fett an.

Shive und ich fassen uns unter der Decke an den Händen.

»Aber nicht eifersüchtig sein, Leute«, murmelt Pen noch und zwinkert in die Kamera. »Claire hasst Mühlespielen. Das mache ich also auch zukünftig nur mit euch zwei Langweilern. Hab euch lieb. Und bis spätestens nächstes Jahr!«

Die beiden winken noch kurz in die Kamera und dann ist Schluss.

Wir starren noch eine ganze Weile auf das Standbild, bevor Shive murmelt: »Pen sieht so krass glücklich aus. Und ich freu mich so für sie. Aber wie sollen wir das bitte schön aushalten? Dass sie jetzt weg ist? Für ein ganzes Jahr! Mit wem soll ich mich denn dann bitte streiten? Mit dir macht das keinen Spaß!«

»Da hilft alles nichts: Ihr müsst feste Streit-Calls vereinbaren«, murmle ich und kann es nicht fassen, wie viele Gefühle gleichzeitig in mir Platz haben. Die Trauer darüber, dass ich Pen jetzt tatsächlich eine Ewigkeit lang nicht sehe, die Freude darüber, wie happy sie aussah, das Glück über Shive und mich und dieses erste Date, das bisher immerhin nicht komplett schiefgelaufen ist, und diese Sorge, dass alles jeden Moment wieder wie eine Seifenblase zerplatzen könnte.

Für einen Moment habe ich das Gefühl, dass Shive gleich meinen Nacken krault. Und diesmal bleibt es nicht nur bei dem Gefühl. Er tut es wirklich.

»Sag mal, wann höre ich eigentlich endlich dieses Gedicht, das du mir geschrieben hast? Auf dem Ball hast du es ja nicht zu Ende vorgelesen«, frage ich und kneife Shive ins rechte Knie.

»Ach, das! Spätestens, wenn wir unser Dreiwöchiges feiern«, antwortet Shive und grinst mich an.

»Und du sagst mir nicht mal, um was es darin ging?«

Shive überlegt einen Moment, atmet tief ein und sagt: »Na ja, um das Übliche: darum, dass du für mich wie ein Pfau bist und dass die Liebe auf den zweiten Blick haushoch unterschätzt wird und ...«

»Ich bin für dich ein Pfau?«, frage ich und kann es nicht fassen. »Erstens müsste das *Pfauin* heißen, und zweitens ist das ja wohl ein Symbol für jemanden, der ziemlich eitel ist! Unverschämtheit!«

»Nicht für mich. Für mich steht er für die Kraft der Liebe und dass sie alle Hindernisse überwinden kann.«

»Aha«, sage ich und kann nicht glauben, etwas so dermaßen Romantisches von Shive zu hören. »Das hast du dir aber eben schön zurechtgereimt.«

»Kein bisschen. Frag Amba!«

»Werde ich tun.«

Für eine Weile schweigen wir.

Die Fassaden der vorbeifliegenden Häuser strahlen, als wären sie Galaxien aus Lichterketten, und der Fahrtwind ist nicht gerade wärmer geworden. Aber ich friere nicht mehr.

»Also, Liebe auf den zweiten Blick, ja? Du meinst wirklich, die gibt es?«

Shive sieht mich eine Weile schweigend an, streift mir schließlich eine Locke hinters Ohr und antwortet: »Klar. Ich muss es ja wissen. Bin ja selbst Opfer davon.«

»Das tut mir leid für dich, Shive.«

»Danke. Deine Anteilnahme rührt mich. Aber es hat auch was Gutes: Bei der Liebe auf den zweiten Blick weiß das Herz wenigstens schon, auf was es sich einlässt.«

»Ach ja?«

»Unbedingt. Mein Herz weiß zum Beispiel, dass es sich in das nerdigste, witzigste und klügste Mädchen Londons verliebt hat. Und dass es einem mit dir nie langweilig wird, so viel Chaos, wie du ständig anrichtest. Und ich will trotzdem mit dir zusammen sein.«

»So viele Mädchen hast du doch noch gar nicht getroffen, dass du das beurteilen könntest.«

»Shut up, Shortbread«, flüstert Shive und legt seine Lippen auf meine. Während wir uns küssen, legt sich der Bus wieder in eine extreme Linkskurve, und Shive und ich rutschen noch enger zusammen.

Und dann merke ich, wie jetzt auch noch dieser Schmerz von mir abfällt. Dieser Herzschmerz, von dem ich dachte, dass er für immer und ewig bleibt.

36

Das Für immer *besteht aus sehr vielen Jetzt.*
Emily Dickinson

»Eigentlich hat sich zwischen uns doch überhaupt nichts verändert. Wir sind und bleiben das unschlagbare Dreier-Mühle-Team«, sagt Shive und schiebt mit seinem linken Fuß einen der Stechpalmen-Kübel etwas weiter weg zu einem der Rosenbüsche.

Pen, Shive und ich haben wirklich den besten Platz auf der Hochzeitsfeier. Das einzige Sofa mit Blick auf die Tanzfläche nämlich.

Pen schüttelt den Kopf und breitet dann den Tagebuch-Quilt über unseren Beinen aus. Den haben Amba und ich am Tag nach Silvester nämlich wirklich noch fertig genäht. Pünktlich zur Hochzeit.

»Jetzt fang nicht schon wieder mit dem verdammten Mühlespiel an, Shive!«, sage ich.

Das hat uns schon genügend Schwierigkeiten gebracht. Pen hatte vollkommen recht: Bei diesem Spiel muss immer einer den Loser-Tee kochen.

»Dann können wir auch gleich über unsere Beerdigungen sprechen, wenn du die Stimmung schon versauen willst«, sage ich und knuffe Shive mit dem Ellbogen in die Seite. Dabei versuche ich, so wenig wie möglich von dem Cocktail aus Himbeer- und Mangosaft zu verschütten. Nicht nur, weil ich jeden einzelnen Tropfen meiner hochzeitlichen Eigenkreation trinken möchte, sondern vor allem, weil ich meinen Sari nicht ruinieren will.

Genau genommen Ambas Sari, den sie mir für heute Abend ausgeliehen hat. Den hellgrünen, der anscheinend so gut zu meinen Augen passt.

Ich atme tief durch und lasse meinen Blick über das Meer aus Windlichtern gleiten, die Sunyata und ich heute Vormittag auf den Korbtischchen im Gewächshaus des botanischen Gartens verteilt haben.

»Ach, darüber rege ich mich erst gar nicht auf«, sagt Pen und leert mit dem Strohhalm geräuschvoll ihren Hochzeits-Drink. Wie bei mir sind ihre Hände mit wunderschönen Henna-Schnörkeln bemalt. »Hat mit Shives Y-Chromosom und seiner Tendenz zur patriarchischen Sichtweise auf die Welt zu tun. Er kann nicht anders. Solange *er* den Loser-Tee nicht kochen muss, hat er auch kein Problem mit unserem Dreier-Team.«

»Das ist ja wohl eine Unverschämtheit!«, ruft Shive und wirft Pen einen grimmigen Blick zu. »Mir zu unterstellen, dass ich ungefiltert patriarchale Strukturen reproduziere! Und wie steht es mit der Tatsache, dass Mühle – genau genommen – ein ziemlich rassistisches Spiel ist? Ist euch wahrscheinlich noch gar nicht aufgefallen, oder? Sieht euch ähnlich.«

Ich verschlucke mich fast, weil ich merke, dass ich mir darüber wirklich noch nie Gedanken gemacht habe. Und obwohl ich bisher keinen Tropfen Alkohol zu mir genommen habe, befindet sich meine Gehirn plötzlich auf Standby, und ich komme beim besten Willen nicht darauf, was Shive meinen könnte. Ich drapiere meinen Teil des Quilts über meinen Bauch und warte erst mal ab.

Pen nimmt sich eine Handvoll der karamellisierten Nussmischung aus dem Keramikschälchen vor uns und sieht zu Shive. Mit ihrem Schieß-los-und-lass-uns-das-gerne-die-ganze-Nacht-hindurch-erörtern-Blick.

»Na ja, ganz einfach, Mühle kennt nur zwei Farben: Schwarz und Weiß. Und der Spieler mit genau welcher Farbe darf mit dem ersten Zug beginnen? Darüber habt ihr noch nie nachgedacht, oder?«

Während die Töne von Ambas Lieblings-Bollywoodlied von der Tanzfläche her zu uns dringen, starren wir alle drei auf die Flamme des Windlichts auf dem Tischchen vor uns.

Und während ich noch versuche dahinterzukommen, wie jemand so eine bescheuerte Regel für mein Lieblingsspiel aufstellen konnte, und vor allem, warum mir das bisher noch nie aufgefallen ist, fragt Pen: »Aber warum genau bestehst du dann darauf, dass Mühle *unser* Spiel ist? Wenn die Regeln doch so rassistisch sind?«

»Stimmt, das macht wirklich keinen Sinn«, sage ich und nehme mir schnell auch eine Handvoll von den Nüsschen, bevor die alle weg sind.

»Ha, wo ihr gerade fragt, ich wollte euch doch noch was zeigen«, sagt Shive und zieht breit grinsend sein Smartphone aus der Hosentasche.

Während er wie wild in seinen Handy-Fotos nach etwas ganz Bestimmtem sucht, ziehe ich zum mindestens 237sten Mal den Sari-Stoff über meine Schulter und schiele zu Pen.

Obwohl Pen die Polyester-Version meines Kleidungsstücks in Neon-Pink aus dem Mini-Market trägt, rutscht bei ihr gar nichts irgendwohin und sie sieht aus wie eine waschechte Gottheit.

Es ist zum Verzweifeln: Manche Dinge ändern sich einfach nie.

»Und wie genau kommt es, dass du jetzt doch so schnell wieder hier in London bist und nicht in Inverness? Und doch bei der

Hochzeit dabei sein kannst?«, flüstere ich Pen zu und grinse sie an. »Hast du etwa wieder irgendwas zu Hause vergessen?«

»Reisepass«, antwortet sie und lacht sich dabei halb schlapp. »Habe ich aber auch erst am Zoll bemerkt. Und seit dem Brexit braucht man den ja plötzlich wieder, um in Frankreich einzureisen.«

»Seit wann liegt Inverness bitte schön in Frankreich?«, frage ich und verstehe plötzlich gar nichts mehr.

»Lange Geschichte«, sagt Pen und grinst mich an. »Es ist eben sehr viel in sehr kurzer Zeit passiert. Und ich kam mit dem SMS-Schreiben gar nicht mehr hinterher. Also habe ich gedacht, ich erzähle es euch einfach live.«

»Na, dann schieß los«, sage ich und setze mich auf. »Ich hätte gerade zufällig Zeit.«

Pen holt Luft und dann sprudelt alles nur so aus ihr heraus. Dass ihr Vater am Weihnachtsmorgen wirklich so richtig gut drauf war und sogar Weihnachtslieder vor sich hin trällerte. Und dass Pen daraufhin dann die Gunst der Stunde nutzen wollte, um ihrem Vater zu sagen, dass sie und Claire jetzt ein Paar sind.

Ihr Vater ist vollkommen ausgeflippt und wollte Claire schon vor die Tür setzen. Aber dann haben sich Pens Mutter und ihre Patentante eingeschaltet. Die ist nämlich über Weihnachten spontan auch noch nach Brighton gekommen und hat Pens Vater mal so richtig Bescheid gesagt. Und ihn gefragt, in welchem Jahrhundert er denn leben würde.

Daraufhin stellte sich heraus, dass Pens Vater immer gehofft hatte, dass das bei Pen »nur eine Phase« wäre. Dass sie sich in Frauen verliebt. Beziehungsweise, dass sie sich das »nur einbilden« würde, weil es »irgendwie hip wäre«. Und dass sich das alles irgendwann »verwachsen« würde und so einen Mist.

Und dann ist Pens Mutter komplett ausgeflippt und hat ihren Mann angeschrien, dass er schon so viel Vertrauen in seine Tochter haben müsste, dass sie wisse, was sie fühle. Und dass er ein verdammter Kontrolletti wäre. Und er ja das Recht hätte, über sehr viel in seinem Leben zu bestimmen. Aber ganz sicher nicht über das Herz seiner Tochter.

Und das hat dann wohl gesessen.

Und als Pen ihm dann auch noch androhte, dass sie mit Claire durchbrennen würde, da wurde ihr Vater einsichtig und entschuldigte sich schließlich sogar bei Pen. Und bei Claire.

Es geschehen noch Zeichen und Wunder, denke ich die ganze Zeit über. Das hätte ich Mrs Miller gar nicht zugetraut, das Schreien. Und dass Mr Miller sich für irgendwas entschuldigt, erst recht nicht.

»Bleibst du jetzt also doch hier?«, frage ich, als Pen aufhört zu erzählen. Mein Herz macht einen Luftsprung. Dann wären wir wieder komplett.

»Natürlich nicht. Ich vermisse Claire ja jetzt schon.«

Ich seufze und beiße mir auf die Lippen. »Wie jetzt, kommt Claire mit dir nach Inverness?«

Je mehr Pen redet, desto weniger kapiere ich.

»Nein, viel besser«, antwortet Pen und grinst mich an. Und dann erzählt sie weiter von den Tagen in Brighton. Und dass Pens Patentante irgendwann vorgeschlagen hat, dass Pen doch diese internationale Schule in Paris besuchen könnte, von der sie über eine Freundin so viel Gutes gehört hätte. Und als sich herausstellte, dass sie dort nicht nur Business sondern auch Kurse in Psychologie *und* Journalismus belegen kann, da war es um sie geschehen. Um Pen, um ihre Mutter, um Claire, und um ihre Patentante sowieso. Und nach drei Tagen Überzeugungsarbeit und jeder Menge Tränen und Schokoladenkeksen gab sich dann auch Pens Vater geschlagen.

Und das würde wahrscheinlich offiziell als achtes Weltwunder in die Geschichte eingehen.

»Echt jetzt?«, frage ich und kann es nicht fassen.

»Echt jetzt«, sagt Pen und bindet sich ihre Haare zu einem perfekten Vogelnest. »Und wie es aussieht, sehen wir uns ja spätestens im Sommer. Bei unserem Praktikum bei der *Le Monde*. Wer hätte gedacht, dass uns ein Häkelprojekt so weit bringen kann?«

»Bist du eigentlich sauer auf mich? Dass ich uns damit heimlich angemeldet habe, meine ich?«

»Ach, Blödsinn. Wieso sollte ich? Wer konnte denn wissen, dass wir drei es wirklich schaffen. Hab mich nur gewundert, dass das jetzt alles so schnell ging.«

»Fand ich erst auch seltsam und dachte, da will mich jemand gründlich veräppeln. Aber die Organisatoren von dem Praktikum schrieben, dass sie die Gewinner noch im alten Jahr aussuchen wollten, weil ... ich habs auch nicht ganz kapiert ... irgendwas mit Sponsoren und so ...«

»Aha, so ist das also«, sagt Pen und nimmt einen Riesenschlürfer von ihrem Cocktail.

»Ja, so ist das also«, sage ich und tue das Gleiche.

»Hab übrigens schon mal recherchiert. Bedarf für mein Basketball-Projekt gibt es auch in Paris. Und Shive lässt sich doch auch nicht aufhalten, Bäumchen zu pflanzen. Egal wo er gerade ist. Also alles gut, Em. Ausnahmsweise mal alles richtig gemacht.«

Ich zucke zusammen und sehe sie an.

Pen zwinkert mir zu und grinst über beide Backen.

Ich atme tief durch.

Pen hat Nerven.

»Aber dann hast du deinen Reisepass ja genau genommen nicht *vergessen*. Du wusstest beim Packen ja noch gar nicht, dass du gleich weiter nach Paris ziehst«, sage ich nach einer Weile Strohhalm-Schlürferei.

»Stimmt. Du bist einfach die Blitzbirne unter den Blitzbirnen«, antwortet Pen und grinst mich wieder an.

»Aber andere Frage, Pen: Wie hast du eigentlich diese Gleichung für diese Knobelaufgabe auf dem Schmierzettel erstellt, bei der 9 rauskam und ...«

»Erstens: Wer sagt eigentlich, dass nur du gute Connections zu Mrs Malloney hast? Und zweitens: Jetzt ist mal gut mit der ganzen Fragerei. Ich bin nicht die Auskunft! Anderes Thema: Wie haben es Sunyata und Bruce eigentlich geschafft, in der kurzen Zeit so eine Hammer-Hochzeit auf die Beine zu stellen? Vor Weihnachten sah es noch so aus, als würden die beiden nie mehr miteinander reden.«

»Deine Aktion mit dem Doppeldecker-Bus hat die beiden wohl wieder zusammengeschweißt. Und anscheinend hatten sie den Hochzeitstermin im Standesamt schon vor Monaten organisiert und wollten Amba damit überraschen. Dann wollten sie wegen der ganzen Streitereien doch alles abblasen, haben aber den Termin nie abgesagt. Und als sie nach ihrer Versöhnung kurzfristig eine Location fürs Fest brauchten, da kam Shive auf die Idee mit dem Gewächshaus. Und hier sind wir jetzt.«

Ich nehme Shives Hand und seufze.

Die Last-Minute-Hochzeitsvorbereitungen hier im Gewächshaus des botanischen Gartens waren ziemlich anstrengend gewesen.

Aber Shive und ich waren uns bei der ganzen Möbel-Rückerei so nah wie nie gekommen.

»Da ist es ja endlich! Apropos Mühlespiel: Ich hab uns da was gebastelt«, ruft Shive plötzlich, streift sich die Haare aus der Stirn und hält uns sein Handy-Display unter die Nase.

Pen und ich grinsen uns an und schütteln die Köpfe.

Anscheinend hat Shive überhaupt nichts von Pens und meinem Gespräch mitbekommen und hängt immer noch an unserer Diskussion über Mühle fest.

Ich sehe auf Shives Handy. Das Handy-Foto ist so dermaßen dunkel, dass man meinen könnte, es wäre mit Sanders' uralter Polaroid-Kamera geschossen, bei der der Blitz abgekracht ist, als Pheebs damit ein Bild von einem ihrer Saltos schießen wollte. Im Flug wohlgemerkt.

»Das hast du sehr schön gemalt, Shive. Dafür bekommst du ein Sternchen. Aber was soll das bitte schön sein? Der Plan für ein Rote-Liste-Kräuterbeet?«, fragt Pen.

»Da muss ich dich leider enttäuschen«, antwortet Shive und grinst in sich hinein, wie nur er es kann. Es ist so was von offensichtlich, wie sehr er den Schlagabtausch mit Pen vermisst hat. »Das ist ein neues Mühlespiel, sieht man das denn nicht?«

Ich kneife die Augen zusammen und versuche, etwas zu erkennen. Auf dem Foto sieht man drei ineinander verschachtelte Sechsecke aus Filzstiftlinien, die durch Querstriche verbunden sind. Auf den Schnittstellen liegen bunte Plastikknöpfe aus Ambas Sammlung.

Pen und ich sehen uns an und zucken mit den Schultern.

»Das ist jetzt nicht euer Ernst, oder? Ihr erkennt das wirklich nicht? Das habe ich extra für uns drei erfunden!«

Shive starrt uns an.

Wir starren zurück.

»Also, das ist doch wohl offensichtlich: Das ist ein Mühlespiel für *drei*. Hier muss keiner zuschauen und Loser-Tee kochen, statt mitzuspielen.«

Pen und ich beugen uns wieder über das Handy-Foto.

»Deswegen auch die Spielstein-Knöpfe in drei Farben auf dem Spielbrett«, sage ich, nehme noch einen Schluck Frucht-cocktail und sehe zu, wie Amba von Sunyata und Bruce auf die Tanzfläche gezogen wird.

»Genau!«, sagt Shive und lächelt mich an.

»Na ja, so wirklich innovativ ist das aber nicht, Shive. Der gleiche Mist in Grün sozusagen«, sagt Pen nach einer Weile und lässt sich wieder zurück in die Sofakissen fallen. »Im Endeffekt versucht jeder Spieler, seine drei gleichfarbigen Spielsteine nebeneinanderzuschieben. Nur dass es jetzt eine Farbe mehr gibt. Den Weltverbesserer-Preis des Jahres gewinnst du damit nicht!«

»Nee, nee, nicht so schnell, Pen. Ich hab die Regeln abgeändert. Jetzt gilt eine Mühle nur als Mühle, wenn sie alle drei Farben enthält. Da muss man zusammenarbeiten, nicht gegeneinander. Und das kippt das ganze System. Versteht ihr?«

Während ich überlege, ob Shives neue Spielregeln Sinn machen, kann ich den Blick nicht von der Tanzfläche wenden.

Amba überredet gerade den DJ wild gestikulierend zu irgendetwas.

Der scheint nicht sonderlich begeistert zu sein und verdreht die Augen. Aber kurz darauf läuft ein weiteres Lied aus einem von Ambas Lieblings-Bollywoodfilmen auf Maximal-Lautstärke.

Wie auf Knopfdruck drängen plötzlich jede Menge Hochzeitsgäste auf die Tanzfläche und treten sich gegenseitig auf die Füße.

Bruce hatte recht: So viel Platz ist da wirklich nicht.

Wie auch immer, ich hoffe gerade schwer, dass die uns alle vergessen. Zumindest, was den Tanz-Flashmob angeht, den wir geplant haben.

Unsere kuschelige Dreisamkeit möchte ich nämlich gerade ungern verlassen. Wer weiß, wann die wieder zustande kommt.

»Aber wer soll denn dann bei deinem Mühlespiel gewinnen?«, fragt Pen. »Das ist doch total unlogisch, Shivkens.«

»Ja, eben. Das ist es ja: Alle gewinnen. Alle oder keiner«, antwortet Shive.

Jetzt starren wir alle drei auf die Tanzfläche. So viel Philosophie am frühen Abend muss man schließlich erst mal verdauen.

Ich sehe zu Amba. Sie steht mittlerweile wieder am Rand der Tanzfläche, schnippt mit und strahlt übers ganze Gesicht.

Ich bin so was von erleichtert, dass es ihr wieder gut geht.

Aber auf Shives und meine Frage, ob es wirklich wahr ist, dass unsere Sterne so günstig stehen, und wenn ja, ob eigentlich Jadoo Shan oder sie selbst das behauptet hat, antwortete Amba nur lächelnd: »Das wird sich alles zeigen mit der Zeit!«, und kümmerte sich weiter um Sunyatas Hochzeits-Sari.

Ob Bruce' und Sunyatas Sterne günstig stehen, weiß ich nicht. Aber was ich weiß, ist, dass die beiden seit Stunden nicht weiter als einen Zentimeter weit weg voneinander tanzen.

»Also, ein Kassenschlager wird das sicher nicht, dein Mühlespiel«, sagt Pen und zieht den Quilt etwas mehr zu sich. »Keiner hat Lust, ein Spiel zu spielen, wenn er nicht gewinnen kann. Das ist sogar neurowissenschaftlich belegt. Hab ich letztens in irgendeinem Artikel gelesen. Wahrscheinlich endest du doch als mittelloser Wissenschafts-Philosoph unter irgendeiner Brücke. Aber sei nicht traurig: Der Weltverbesserer-Preis des Jahres geht dann wohl doch an dich!«

»Na ja, vielleicht ändert sich die Menschheit ja irgendwann doch noch, und keiner ist mehr daran interessiert, alleine zu gewinnen. Aber wenn nicht, ist dieser elendige Preis ja auch schon was«, antwortet Shive und legt den Arm um meine Schulter. »Außerdem können wir locker von dem leben, was Ems Nobelpreis reinbringt. Ich meine, der wird Em ja sicher bald aufgedrückt werden, jetzt, wo sie endgültig und für immer geklärt hat, für was dieses verdammte X steht.«

Ich muss lachen. Shives und mein Blick treffen sich.

Seine Augen lächeln. Bei mir lächelt so gut wie alles. Mit Sicherheit auch mein linkes Ohrläppchen.

Und wie es aussieht, habe ich recht behalten: Mein Leben steuert definitiv auf kein einziges Happy End zu.

Sondern auf mehrere.

Und wäre das nicht schon genug Freude für meinen armen Herzmuskel, beginnt die halbe Hochzeitsgesellschaft plötzlich mit dem Flashmob auf der Tanzfläche.

Ohne uns.

Aber mit ganz vielen Drehungen.

Vergessenwerden hat sich noch nie besser angefühlt.

Ich nehme Shives linke Hand in meine und lege den Kopf auf Pens Schulter.

Auch wenn sie erst mal ein ganz klein wenig zurückzuckt, lasse ich meine Wange auf ihrer Schulter liegen.

Und als sie mir ganz kurz durch die Haare wuschelt, atme ich so tief durch wie schon lange nicht mehr.

Was habe ich uns vermisst.

Sie.

Mich, wie ich bin, wenn sie da ist.

Sie zusammen mit Shive, wenn sie sich die Köpfe heißreden.

Und uns drei, wie wir nur sein können, wenn wir uns alle haben.

STREITEN BIS DIE FUNKEN FLIEGEN!

Kelly Quindlen
SHE DRIVES ME CRAZY
Klappenbroschur
304 Seiten
ISBN 978-3-551-58494-6
Auch als E-Book erhältlich

KEIN GUTER TAG FÜR BASKETBALLERIN SCOTTIE: Erst verliert sie beim Saisonauftakt haushoch gegen das Team ihrer Ex. Dann rammt sie das Auto ihrer Erzfeindin Irene und muss die Cheerleading-Queen ab jetzt zur Schule kutschieren. Absolutes Desaster! Doch ausgerechnet durch den Fahrdienst kommt Scottie auf eine Idee, wie sie ihrer toxischen Ex eins auswischen und ihr eigenes Standing verbessern kann. Sie bringt Irene dazu, sich als ihre neue Freundin auszugeben. Der verrückte Fake-Dating-Plan funktioniert überraschend gut – bis sich echte Gefühle Bahn brechen und für jede Menge Chaos sorgen.

WWW.CARLSEN.DE

CARLSEN

ENDLICH DIE HELDIN DER EIGENEN LIEBESGESCHICHTE SEIN!

Elise Bryant
ELF SCHRITTE BIS ZUM HAPPY END
Softcover
368 Seiten
ISBN 978-3-551-58450-2
Auch als E-Book erhältlich

EIGENTLICH HÄTTE TESSA ALLEN GRUND zur Freude, denn in ihrer neuen Schule darf sie sogar im Unterricht Liebesgeschichten schreiben. Endlich kann sie die Heldin ihrer eigenen Geschichte sein. Etwas Besseres kann sie sich gar nicht vorstellen. Doch ausgerechnet jetzt fällt ihr nichts mehr ein. Zum Glück weiß ihre beste Freundin Caroline Rat: Tessa muss sich einfach selbst verlieben. Und entspricht der gut aussehende Nico nicht genau dem Helden aus ihren Geschichten? Ein 11-Punkte-Eroberungsplan muss her! Aber da ist auch noch Sam mit seinen köstlichen selbstgebackenen Muffins und seiner ruhigen Art ...

WWW.CARLSEN.DE

CARLSEN